AF206837

Jack London

Ein Sohn der Sonne

Bibliografische Information der Deutschen Nationalbibliothek:
Die Deutsche Nationalbibliothek verzeichnet diese Publikation in der Deutschen Nationalbibliografie; detaillierte bibliografische Daten sind im Internet
über http://dnb.dnb.de abrufbar.

© 2017 Jack London

Herstellung und Verlag: BoD – Books on Demand, Norderstedt

ISBN: 978-3-7460-7689-8

Inhaltsverzeichnis

Ein Sohn der Sonne

I.

Die Willi-Waw lag in der Durchfahrt zwischen Küstenriff und Auenriff, wo das leise Murmeln der trägen Brandung erklang; aber die Wasserfläche, die keine hundert Schritt weit bis zu dem weißen Strande aus feingemahlenem Korallensand reichte, war glatt wie ein Spiegel. In der engen Durchfahrt lag das Schiff an einer Stelle verankert, die ihm kaum erlaubte zu schwojen, und seine Ankerkette lag auf einer Strecke von hundert Fuß in Windungen auf dem aus lebenden Korallen bestehenden Grunde. Wie eine riesige Schlange wand sich die rostige Kette über den Boden des Ozeans, ging mehrmals über ihre eigenen Glieder hinweg, um schließlich in einem nutzlosen Anker zu enden. Große, dunkle, gesprenkelte Schellfische spielten vorsichtig Verstecken zwischen den Korallenzweigen. Andre Fische von grotesken Formen und Farben zeigten kecke Gleichgültigkeit, selbst wenn ein großer Fischhai langsam vorbeiglitt und die Schellfische in wilder Flucht in ihre Schlupfwinkel jagte.

Vorn an Deck waren ein Dutzend Schwarze eifrig beschäftigt, die Teakholzreling abzuschrubben. Sie benahmen sich dabei so ungeschickt wie Affen. Tatsächlich erinnerten sie stark an Affen von irgendeiner riesigen prähistorischen Art. In ihren Augen lag die jammervolle Kläglichkeit des Affen, ihre Gesichter waren sogar noch unsymmetrischer, und mit ihren unbehaarten Körpern wirkten sie noch nackter als Affen, denn sie waren gänzlich unbekleidet. Dafür waren sie aber geputzt, wie kein Affe es je gewesen. In den durchlöcherten Ohren trugen sie kurze Tonpfeifen, Schildpattringe, riesige Holzpflöcke, rostige Nägel und alte Patronenhülsen. Die kleinsten Löcher, die ein Ohr aufwies, hatten das Kaliber einer Winchester-Büchse, einige der größeren einen Durchmesser von einem Zoll, und jedes einzelne Ohr war durchschnittlich mit drei bis sechs Löchern versehen. Durch ihre

Nasen waren lange Nägel und Pfriemen aus polierten Knochen oder Muschelschalen gesteckt. Einem hing ein weißer Türknauf auf der Brust, einem andern der Henkel einer Porzellantasse und einem dritten das kupferne Zahnrad einer Weckuhr. Sie schwatzten mit sonderbaren Fistelstimmen, und alle zusammen leisteten nicht mehr als ein einziger weißer Matrose.

Achtern, unter einem Zeltdach, saßen zwei Weiße. Sie trugen jeder ein Sechs-Penny-Hemd und einen schmalen Lendenschurz. Um den Leib hatten sie einen Riemen mit einem Revolver und einem Tabaksbeutel geschnallt. Der Schweiß stand ihnen in Myriaden von Kügelchen auf der Haut. Hier und dort flossen die Kügelchen zu winzigen Strömen zusammen, die auf das erhitzte Deck tropften und fast sofort verdampften. Dem mageren, dunkeläugigen Mann wurden vom Abwischen der Stirn die Finger naß, und er schleuderte die Tropfen mit einem Fluch von sich. Er ließ den Blick matt und hoffnungslos über das Außenriff bis zu den Kronen der Palmen am Strande gleiten.

»Acht Uhr«, klagte er, »und dabei wird es erst mittags richtig warm. Ich bitte Gott um ein bißchen Wind. Sollen wir denn nie von hier wegkommen?«

Der andere, ein schlanker, fünfundzwanzigjähriger Deutscher mit der breiten Stirn eines Gelehrten und dem weichen Kinn eines Degenerierten, gab sich nicht die Mühe, zu antworten. Er war damit beschäftigt, Chininpulver in ein Stück Zigarettenpapier zu schütten. Als er etwa 50 Gramm genommen hatte, rollte er das Papier zu einem Kügelchen zusammen, schob es in den Mund und verschluckte es ohne Wasser.

»Wenn ich nur etwas Whisky hätte«, keuchte der erste Mann nach einer Pause von einer Viertelstunde.

Es verging etwa dieselbe Zeit, bis der Deutsche ohne besonderen Anlaß äußerte: »Ich verbrenne vor Fieber. Sobald wir nach Sydney kommen, werde ich Sie verlassen, Griffiths. Ich habe genug von den Tropen. Ich hätte klüger sein und mich nicht heuern lassen sollen.«

»Ein guter Seemann sind Sie gerade nicht«, erwiderte Griffiths, dem es selbst zu warm war, als daß er sich ereifert hätte. »Als es am Strande von Guvutu bekannt wurde, daß ich Sie an Bord genommen hätte, wurde allgemein gelacht. ›Was? Jacobsen?‹ sagten sie. ›Du kannst keinen Fingerhut voll Brennsprit oder Schwefelsäure an Bord verstecken, ohne daß er es wittert!‹ Und den Ruf haben Sie wahrhaftig nicht zuschanden gemacht! Ich habe selbst seit vierzehn Tagen keinen Tropfen mehr geschmeckt, weil Sie meinen ganzen Vorrat ausgesoffen haben.«

»Wenn Ihnen das Fieber ebenso schlimm zugesetzt hätte wie mir, würden Sie es besser verstehen«, klagte der Steuermann.

»Ich mache Ihnen ja gar keinen Vorwurf«, antwortete Griffiths. »Ich wünschte nur, der Himmel schickte mir etwas zu trinken oder ein bißchen Wind. Morgen habe ich meinen Fieberanfall, das kann ich merken.«

Der Steuermann bot ihm von seinem Chinin an und rollte ihm eine Dosis von 50 Gramm, die Griffiths trocken verschluckte.

»Herrgott«, stöhnte er. »Ich möchte in irgendeinem Lande sein, wo es kein Chinin gibt. Verdammtes Zeug! Ich glaube, ich habe es schon tonnenweise gefressen.«

Wieder spähte er fragend über das Meer nach irgendeinem Anzeichen von Wind. Die gewöhnlichen Passatwolken waren fort, und die Sonne, die ihre Mittagshöhe noch nicht erreicht hatte, verwandelte den ganzen Himmel in glühendes Erz. Man schien die Hitze ebensosehr zu sehen wie zu fühlen, und Griffiths wandte vergebens den Blick nach dem Lande, um Trost zu finden. Der weiße Sand bereitete seinen Augen stechende Schmerzen. Die völlig unbeweglichen Palmen wirkten vor dem Hintergrunde des Dschungels mit seinem unfrischen Grün fast wie eine Ansichtskartenlandschaft. Die kleinen schwarzen Kinder, die nackt in dem blendenden Weiß von Sand und Sonne spielten, erschienen dem sonnenkranken Manne als ein schmerzender Hohn. Er fühlte etwas wie Erleichterung, als eins von ihnen beim Laufen strauchelte und auf allen vieren in das laue Wasser fiel. Ein Ausruf der

Schwarzen ließ die beiden Männer plötzlich seewärts blicken. Um die nahe Landspitze, kaum eine Viertelmeile entfernt, kam ein Kanu gepaddelt.

»Gooma-Leute von der nächsten Bucht«, meinte der Steuermann.

Einer der Schwarzen kam nach achtern; ruhig trat er auf das heiße Deck, er spürte offenbar die Hitze nicht. Auch das verursachte Griffiths Schmerz, und er schloß die Augen; aber im nächsten Augenblick waren sie weit geöffnet.

»Weiß fella Herr steuern mit Gooma-Jungens«, hatte der Schwarze gesagt.

Beide Männer sprangen auf und blickten auf das Kanu. Im Stern konnte man den unverkennbaren Sombrero eines Weißen sehen. Eine plötzliche Bestürzung spiegelte sich auf dem Gesicht des Steuermanns.

»Das ist Grief«, sagte er. Griffiths überzeugte sich durch einen Blick, daß der andre recht hatte, und stieß einen zornigen Fluch aus.

»Was hat der hier zu suchen?« fragte er, indem er sich an den Steuermann, das schmerzende Meer, den erbarmungslosen Glanz der Sonne und das ganze überhitzte Universum wandte, mit dem sein Geschick verknüpft war.

Der Steuermann begann zu glucksen.

»Ich sagte Ihnen ja, daß Sie ihm nicht entgehen könnten.«

Aber Griffiths hörte ihn nicht.

»Kommt hier an mit all seinem Gelde wie ein Steuereinnehmer«, platzte er in einem Wutanfall zornig heraus. Er ist mit Geld vollgepfropft, trotzt geradezu von Geld. Ich weiß mit Sicherheit, daß er die Yringa-Plantage für 300 000 Pfund verkauft hat. Bell hat es mir selbst erzählt, als wir uns das letztemal in Guvutu betranken. Er ist Millionen über Millionen schwer, und da ist er wie ein Shylock hinter mir her wegen einer Bagatelle, die für ihn nicht mehr wert ist als eine Pfeife Tabak.« Er wandte sich zu dem bestürzten Steuermann: »Gewiß, Sie haben es gesagt. Sagen Sie es nur noch einmal und so oft, wie Sie wollen. Was haben Sie doch gesagt?«

»Ich sagte, Sie kannten ihn nicht, wenn Sie meinten, von den Salomoninseln wegzukommen, ohne ihn zu bezahlen.

Dieser Grief ist der reine Teufel, aber er ist reell. Ich kenne ihn. Ich sage Ihnen, er würde Tausende aus reinem Vergnügen zum Fenster rausschmeißen, aber gleichzeitig um ein Sechs-Pence-Stück kämpfen wie ein Hai um eine rostige Blechdose. Ich sage Ihnen, ich kenne ihn. Hat er nicht seine Balakula der Queensland-Mission geschenkt, als sie die Evening Star bei San Christobal verloren hatte? – Und die Balakula war ihre 3000 Pfund wert, mindestens. Und hat er nicht Strothers verprügelt, daß er vierzehn Tage zu Bett liegen mußte, nur weil er ihm zwei Pfund zehn zuviel auf die Rechnung schrieb und noch dumm dazu tat?«

»Ich will blind werden –!« schrie Griffiths in ohnmächtiger Wut.

Der Steuermann fuhr fort:

»Ich sage Ihnen, nur ein anständiger Mensch kann mit einem anständigen Menschen wie ihm fertig werden, und die Salomoninseln hat noch keiner passiert, der es konnte. Männer wie Sie und ich können ihm nicht beikommen. Wir sind zu morsch, zu faul von innen und außen. Sie haben mehr als zwölfhundert Sovereigns unten liegen. Bezahlen Sie und versuchen Sie, darüber hinwegzukommen.«

Aber Griffiths knirschte mit den Zähnen und preßte die dünnen Lippen fest zusammen.

»Ich will schon mit ihm fertig werden«, murmelte er – mehr für sich und zu dem funkelnden Sonnenball als zu dem Steuermann. Dann wandte er sich um und schickte sich an, nach unten zu gehen, besann sich aber und kam wieder zurück. »Hören Sie, Jacobsen, er kann erst in einer Viertelstunde hier sein. Halten Sie zu mir? Kann ich mich auf Sie verlassen?«

»Selbstverständlich halte ich zu Ihnen. Habe ich nicht all Ihren Whisky ausgetrunken? Was wollen Sie tun?«

»Totschlagen werde ich ihn nicht, wenn ich es vermeiden kann. Aber bezahlen will ich auch nicht. Darauf können Sie Gift nehmen!«

Jacobsen zuckte die Achseln und ergab sich in sein Schicksal, während Griffiths in die Kajüte hinunterstieg.

II.

Jacobsen beobachtete das Kanu, das um das Riff herumkam und sich dem Eingang der Durchfahrt näherte. Mit Tintenflecken an Daumen und Zeigefinger erschien Griffiths wieder an Deck. Eine Viertelstunde später lag das Kanu längsseits. Der Mann mit dem Sombrero stand auf.

»Hallo, Griffiths!« rief er. »Hallo, Jacobsen!« Die Hände auf der Reling, wandte er sich an seine dunkelfarbige Mannschaft. »Ihr fella Jungens bleiben im Kanu allzusammen.«

Mit katzenartiger Geschwindigkeit schwang er seinen scheinbar schweren Körper über die Reling an Deck. Gleich den beiden andern Weißen war er nur spärlich bekleidet. Das billige Hemd und der Lendenschurz konnten den wohlgebauten Körper nicht verbergen. Seine Muskeln waren gut entwickelt, ohne doch massig und knotig hervorzuspringen. Sie spielten sanft gerundet unter der weichen, gebräunten Haut. Sonnenglut hatte sein Gesicht gebräunt, bis es dunkel wie das eines Spaniers war. In diesem dunklen Gesicht wirkte der blonde Bart seltsam, während die blauen Augen etwas Schreckeinflößendes hatten. Man konnte sich schwer vorstellen, daß die Haut dieses Mannes einmal weiß gewesen war.

»Wo hat der Wind Sie hergetrieben?« fragte Griffiths, als sie sich die Hände schüttelten. »Ich glaubte, Sie seien bei Santa Cruz.«

»Da waren wir auch«, antwortete der andre. »Aber wir kamen schnell vorwärts, und jetzt liegt die Wonder eben hier in der Gooma-Bucht und wartet auf Wind. Ein paar Buschleute erzählten mir, daß ein Kutter hier läge, und da kam ich, um nachzusehen. Nun, wie steht's?«

»Mäßig. Die Kopraschuppen sind beinahe leer, und es ist kein halbes Dutzend Tonnen Elfenbeinnüsse aufzutreiben. Alle Frauen hatten Fieber und rückten aus, und die Männer können sie nicht in die Sümpfe zurücktreiben. Es ist das reine Elend. Ich würde Sie bitten, ein Gläschen mit mir zu trinken, aber der Steuermann hat meine letzte Flasche ausgetrunken. Ich flehe zum Himmel um ein bißchen Wind.«

Grief blickte mit großem Gleichmut von einem zum andern und lachte.

»Ich freue mich,« sagte er, »daß die Windstille so lange anhielt. Das hat es mir ermöglicht, Sie zu besuchen. Mein Superkargo hatte noch eine kleine Rechnung für Sie, und ich habe sie mitgebracht.« Der Steuermann blickte diskret zur Seite und überließ es seinem Schiffer, wie er sich herausbeißen wollte.

»Es tut mir leid, Grief, tut mir verdammt leid,« sagte Griffiths, »aber ich kann nicht; Sie müssen mir noch etwas Zeit lassen.«

Grief lehnte sich gegen das Treppengeländer; unangenehme Überraschung malte sich auf seinen Zügen.

»Es ist doch wirklich toll,« meinte er, »wie die Leute auf den Salomons das Lügen lernen. Man kann ihnen aber auch nichts mehr glauben. Sie kennen doch Kapitän Jensen. Ich hätte auf seine Wahrheitsliebe geschworen. Und da erzählte er mir – es ist erst fünf Tage her – soll ich Ihnen sagen, was er mir erzählte?«

Griffiths fuhr sich mit der Zunge über die Lippen. »Lassen Sie hören.«

»Nun, er erzählte mir, daß Sie ausverkauft hätten – alles ausverkauft, aufgeräumt, und daß Sie jetzt unterwegs nach den Neuen Hebriden wären.«

»Er ist ein verdammter Lügner!« rief Griffiths wütend.

Grief nickte: »Ja, das scheint mir auch. Er hatte sogar die Stirn, mir zu erzählen, daß er zwei Ihrer Stationen – Mauri und Kahula – von Ihnen gekauft hätte. Sagte, er habe Ihnen siebzehnhundert Sovereigns in Gold bezahlt für Lagerschuppen und Fässer, Waren, Kredit und Kopra.«

Griffiths Augen zogen sich blitzend zusammen. Er wußte es selber nicht, aber Grief beobachtete ihn. »Und Parsons, Ihr Aufkäufer in Hickimavi, erzählte, daß die Fulcrum Kompanie diese Station von Ihnen gekauft hätte. Wieso lügt der nun auch?« Überreizt von Sonne und Krankheit, brach Griffiths jetzt los. Die ganze Bitterkeit seines Herzens trat in sein Gesicht und verzog seinen Mund zu einem Knurren.

»Sagen Sie, Grief, was für einen Sinn hat es, mir so zuzu-setzen? Sie wissen ebensogut Bescheid wie ich, was sollen wir uns weiter vormachen? Ich habe ausverkauft und gehe fort, und Sie können mich nicht daran hindern.«

Grief zuckte die Achseln, und auf seinen Zügen zeigte sich auch nicht der Schatten eines Entschlusses. Er sah eher aus wie ein Mann, der sich in Verlegenheit befindet.

»Hier gilt kein Gesetz«, bemerkte Griffiths, um sein Über-gewicht zu betonen. »Tulagi ist hundertfünfzig Meilen ent-fernt. Ich habe meine Zollscheine in Ordnung, bin hier auf meinem eignen Schiff. Nichts kann mich hindern, abzufahren. Sie haben kein Recht, mich zurückzuhalten, nur weil ich Ihnen ein bißchen Geld schulde. Und bei Gott, Sie können mich gar nicht halten! Machen Sie sich das mal klar!«

Der Ausdruck schmerzlicher Überraschung auf Griefs Gesicht vertiefte sich. »Also, Sie wollen mich um die zwölf-hundert bringen, Griffiths?«

»Ja, soviel macht es wohl gerade, Alter. Und schimpfen hat gar keinen Zweck. Jetzt kommt der Wind auf. Es ist am besten, wenn Sie machen, daß Sie von Bord kommen, sonst könnte Ihr Kanu leicht kentern.«

»Wirklich, ich muß Ihnen recht geben, Griffiths. Ich kann Sie nicht halten.« Grief suchte in der Tasche, die über seinem Revolvergurt hing, und zog ein zerknittertes Papier heraus. »Aber das kann Sie vielleicht halten. Jetzt können Sie sich das mal klar machen. Bitte!«

»Was heißt das?«

»Ein Vollstreckungsbefehl der Admiralität. Eine Flucht nach den Neuen Hebriden würde Sie nicht retten. Dies hat überall Gültigkeit.«

Griffiths zauderte. Er prüfte das Dokument und schluckte seine Wut herunter. Mit hochgezogenen Brauen erwog er die neue Phase der Situation. Dann hob er plötzlich den Kopf, und jetzt drückte sein Gesicht volle Offenheit aus.

»Sie sind klüger, als ich dachte, Alter«, sagte er. »Sie haben mich fest am Kragen. Ich hätte Sie besser kennen sollen, ehe ich den Versuch machte, Sie zu prellen. Jacobsen sagte gleich, daß ich es nicht könnte, aber ich wollte nicht hören. Er hat recht behalten – und Sie auch. Ich habe das Geld unten. Kommen Sie mit, dann bringen wir's in Ordnung.« Er schickte sich an, hinunterzugehen, und trat beiseite, um seinem Besucher den Vortritt zu lassen. Gleichzeitig blickte er über das Wasser nach einer dunklen Wolke, wo das Meer jetzt in Bewegung kam. »Holen Sie ein!« sagte er zum Steuermann. »Setzen Sie die Segel, und machen Sie alles klar.«

Als Grief sich auf die Kante der Koje vom Steuermann ganz dicht vor den winzigen Tisch setzte, bemerkte er einen Revolver, dessen Kolben unter den Kissen hervorlugte. Auf der Tischplatte, die an Scharnieren von der Decke herabhing, befanden sich Tinte und Feder sowie ein abgenutztes Logbuch. »Wissen Sie, ich nehme es nicht so genau mit einem schmutzigen Streich«, begann Griffiths verächtlich. »Ich bin zu lange in den Tropen gewesen. Ich bin ein kranker, ein verdammt kranker Mann. Und Whisky, Sonne und Fieber haben mich auch moralisch krank gemacht. Nichts ist zu gemein und zu niedrig für mich. Ich kann gut begreifen, wenn die Nigger sich gegenseitig auffressen, die Köpfe rauben und dergleichen mehr. Ich könnte es auch. Und wenn ich Sie um den kleinen Betrag gebracht hätte, so würde ich es als einen hübschen Trick angesehen haben. Es tut mir leid, daß ich Ihnen nichts zu trinken anbieten kann.«

Grief antwortete nicht, und der andre machte sich geschäftig daran, eine große, verbeulte Schatulle aufzuschließen. Von Deck erklangen das Schreien von Fistelstimmen und das Knarren und Rasseln der Blöcke, da die schwarze Mannschaft jetzt Großsegel und Besan setzte. Grief beobachtete eine große Küchenschwabe, die über die gestrichene Holzbekleidung lief. Mit einem gereizten Fluch trug Griffiths die Schatulle zur Treppe, um besser sehen zu können. Er neigte sich, seinem Besucher den Rücken zukehrend, über die Schatulle. Plötzlich streckte er die Hand nach der an die Treppe gelehnten Büchse aus und drehte sich schnell um.

»Rühren Sie sich nicht vom Fleck!« kommandierte er. Grief lächelte, hob spöttisch die Augenbrauen und gehorchte. Seine Linke ruhte auf der Koje neben ihm, während seine Rechte auf dem Tische lag. Sein Revolver hing offen an der rechten Hüfte. Aber seine Gedanken flogen zu dem andern Revolver unter dem Kissen.

»Huh!« höhnte Griffiths. »Jeden auf den Salomons haben Sie hypnotisiert, aber mich haben Sie doch nicht gekriegt. Jetzt werde ich Sie samt Ihrem Vollstreckungsbefehl von meinem Schiff herunterwerfen – das heißt, sobald Sie getan haben, was ich von Ihnen verlange. Heben Sie das Logbuch auf ... Ich habe Ihnen gesagt, Grief, daß ich ein kranker Mann bin; ich würde Sie niederschießen, wie ich eine Schabe zerquetsche. Heben Sie das Logbuch auf, sage ich.«

Krank sah er wirklich aus; sein mageres Gesicht arbeitete nervös, so groß war die Wut, die ihn beherrschte. Grief hob das Buch auf und legte es beiseite. Es lag das beschriebene Blatt eines Briefblocks darunter.

»Lesen Sie«, befahl Griffiths. »Lesen Sie laut.«

Grief gehorchte; während er las, begannen sich jedoch die Finger seiner Linken unendlich langsam und geduldig nach dem Revolverkolben unter dem Kissen zu bewegen.

Er las: »An Bord des Kutters Willi-Waw, Bombi-Bucht, Anna-Insel, Salomon-Archipel. Hiermit erkläre ich, mein volles Guthaben, welcher Art es immer sei, von Harrison J. Griffiths mit zwölfe hundert Pfund Sterling heute erhalten zu haben.«

»Wenn ich diesen Wisch in der Hand habe,« grinste Griffiths, »ist Ihr Vollstreckungsbefehl von der Admiralität nicht einmal das Papier wert, worauf er geschrieben ist. Unterschreiben Sie.«

»Das hat gar keinen Zweck, Griffiths«, sagte Grief. »Ein unter Zwang unterschriebenes Dokument hat keine gesetzliche Gültigkeit.«

»Dann haben Sie ja auch wohl nichts dagegen einzuwenden, es zu unterschreiben.«

»Allerdings nicht; ich möchte Ihnen nur eine Menge Ärger ersparen, indem ich es nicht tue.«

Unterdessen hatten Griefs Finger den Revolver erreicht, und während er sprach, spielte seine Rechte mit dem Federhalter, und die Linke begann langsam und unauffällig die Waffe hervorzuziehen. Als seine Hand sich endlich um den

Kolben schloß, und er den Mittelfinger auf den Drücker und den Zeigefinger auf den Zylinder gelegt hatte, überlegte er, wie er es machen sollte, schnell und ohne zu zielen mit der linken zu schießen.

»Zerbrechen Sie sich meinetwegen nur nicht den Kopf«, stichelte Griffiths. »Und vergessen Sie nicht: Jacobsen wird bezeugen, daß ich Ihnen das Geld gegeben habe. Jetzt unterschreiben Sie, unterschreiben Sie Ihren vollen Namen David Grief und das Datum.«

Vom Deck erklang das Rasseln der Blöcke und das Knattern der Seisinge gegen die Leinwand. In der Kajüte merkten sie, wie die Willi-Waw sich auf die Seite legte und sich dann in den Wind schwang und wieder aufrichtete. Noch zögerte David Grief. Von vorn kam das ruckweise Stoßen der Vorsegelfalle in den Scheibengatts. Das kleine Fahrzeug krengte wieder, und man hörte das Glucksen und Schlagen der Wellen gegen die Kajütwände.

»Los, beeilen Sie sich jetzt«, rief Griffiths. »Der Anker ist schon drin.«

Die Büchsenmündung war aus einer Entfernung von vier Fuß gerade auf ihn gerichtet, als Grief sich entschloß, zu handeln. Griffiths mußte bei einem plötzlichen Windstoß um sein Gleichgewicht kämpfen, und die Büchse schwankte. Diesen Augenblick benutzte Grief. Er tat, als wolle er unterzeichnen, und gleichzeitig vollführte er mit katzenartiger Gewandtheit und Schnelligkeit etwas sehr Schwieriges. Er duckte sich tief, warf seinen Körper vorwärts, und zugleich tauchte seine Linke über dem Tisch auf. So genau war der Stoß berechnet, daß der Schuß in derselben Sekunde abging. Aber Griffiths war nicht weniger schnell. Er senkte, als der andre sich duckte, den Büchsenlauf und schoß, ohne zu zielen. Büchse und Revolver knallten gleichzeitig. Grief fühlte das brennende Stechen einer Kugel, die ihm die Schulter streifte, und war sich klar, daß er selbst nicht getroffen hatte. Sein Vorstürzen brachte ihn Griffiths auf den Leib, bevor er einen zweiten Schuß abfeuern konnte, und ehe sein Gegner noch die Büchse losgelassen hatte, umklammerte er ihn schon mit beiden Armen und rannte ihm den Revolver in den

Bauch. Zorn und Schmerz übermannten Grief, er wollte schon zum zweiten Male abdrücken, als er sich jedoch plötzlich faßte. Über die Treppe herunter konnte man das empörte Rufen seiner Gooma-Leute im Kanu hören. Dies alles hatte nur Sekunden gedauert, und die Ereignisse folgten sich Schlag auf Schlag; er packte und umklammerte Griffiths und trug ihn mit reißender Schnelligkeit die steilen Stufen hinauf in den blendenden Sonnenschein. Ein Schwarzer stand grinsend am Steuer, und die Willi-Waw krengte im Winde und durchschnitt schäumend die Wellen. Das Gooma-Kanu fiel schnell ab. Grief wandte den Kopf. Mittschiffs sah er den Steuermann, der, den Revolver in der Hand, auf ihn zusprang. In zwei Sprüngen — immer noch den hilflosen Griffiths umklammert — war Grief an der Reling und über Bord.

Eng umklammert versanken die beiden Männer, aber Grief machte sich mit einem Stoß seines Knies gegen die Brust des andern frei und zwang ihn tiefer hinunter, während er selbst an die Oberfläche kam. Kaum hatte sich sein Kopf im Sonnenschein gezeigt, als zwei Spritzer in rascher Folge und keine zwei Fuß entfernt ihn belehrten, daß Jacobsen mit einem Revolver umzugehen verstand. Zu einem dritten Schuß fand er keine Gelegenheit mehr, denn Grief füllte seine Lunge mit Luft und tauchte wieder. Unter Wasser schwamm er rasch fort und kam erst wieder hoch, als er das Kanu mit seinen plätschernden Paddeln über sich sah.

Als er hineinkletterte, sah er, wie die Willi-Waw in den Wind ging, um den Versuch zu machen, ihn vom Strande abzuschneiden.

»Washee-washee!« rief Grief seinen Leuten zu. »Ihr fella machen schnell an Strand kommen. Schnell, ihr fella!«

Ohne sich zu schämen, gab er den Kampf auf und ergriff das Hasenpanier. Da die Willi-Waw beidrehen mußte, um ihren Kapitän aufzufischen, erhielt Grief einen Vorsprung. Von allen Paddeln mit voller Kraft getrieben, schoß das Kanu hoch auf den Strand. Sie sprangen heraus und liefen schutzsuchend hinter Bäume. Ehe sie die Deckung jedoch erreichten, sahen sie dreimal den Sand vor ihren Füßen von den

Kugeln des Feindes aufstieben. Dann hatte das grüne Dschungel sie aufgenommen.

Grief beobachtete, wie die Willi-Waw jetzt ihren Kurs änderte, durch die Durchfahrt hinausfuhr und dann, da sie den Wind jetzt dwars hatte, Leinwand einholte. Als das Schiff die Landspitze passierte, konnte er noch sehen, wie das Großsegel Überschwang, dann war es seinem Blick entschwunden. Einer der Gooma-Leute, ein fast fünfzigjähriger, durch Hautkrankheiten und Narben abscheulich entstellter Schwarzer, blickte ihm grinsend ins Gesicht: »Mein Wort, das fella Kapitän zu böse auf dich.« Grief lachte und führte seine Leute zum Kanu zurück.

III.

Wieviel Millionen David Grief schwer war, wußte keiner auf den Salomoninseln, denn in der ganzen Südsee konnte man seine Plantagen und Schiffe treffen. Von Samoa bis Neuguinea, ja, bis nördlich vom Äquator waren seine Besitzungen verstreut. Er besaß die Konzession für Perlenfischerei auf den Paumotus, und obgleich sein Name nicht genannt wurde, war er doch in Wirklichkeit identisch mit der deutschen Gesellschaft, die auf den französischen Marquesas Handel trieb. Seine Handelsstationen lagen wie auf Schnüren aufgereiht auf allen Inselgruppen, und er besaß unzählige Schiffe, die die Verbindung zwischen ihnen unterhielten. Ihm gehörten Atolle, die so entlegen und klein waren, daß seine kleinsten Schoner und Kutter die einsamen Verwalter nur einmal jährlich besuchten.

Seine Bureaus nahmen drei Stockwerke in der Castlereagh Street in Sydney ein. Aber nur selten war er hier zu treffen. Er zog es vor, stets von einer Insel nach der andern zu fahren, neue Möglichkeiten aufzuspüren, zu inspizieren und aufzurütteln, immer dort zu sein, wo das Leben am abenteuerlichsten war. Er kaufte das Wrack der Gavonne, eines großen Dampfers, für ein Ei und ein Butterbrot. Mit ihrer Bergung vollbrachte er fast Unmögliches, steckte aber einen Reinverdienst von einer Viertelmillion in die Tasche. Auf den Louisiaden pflanzte er die ersten Gummibäume, und in Bora-Bora rottete er die Südsee-Baumwolle aus und ließ die fröhlichen Insulaner statt dessen Kakao pflanzen. Er war es auch, der von der öden Insel Lallu-Ka Besitz ergriff und sie mit Polynesiern vom Ontong-Java-Atoll bevölkerte, die er viertausend Morgen mit Kokospalmen bepflanzen ließ. Und er war es ebenfalls, der die streitsüchtigen Häuptlinge von Tahiti miteinander versöhnte, und der den Handel auf der Phosphatinsel Hikiku in Schwung brachte. Seine eigenen Schiffe warben Arbeiter für seine Plantagen. Sie brachten Leute von Santa Cruz nach den Neuen Hebriden, Neu-Hebriden-Leute nach den Banksinseln und Kopfjäger von Malaita nach Neugeorgien. Von Tonga bis zu den Gilbertinseln, ja bis zu den Louisiaden versorgte er die Inseln mit Arbeitskräften. Seine Kiele pflügten alle Meere. Er besaß drei Dampfer, die regelmäßig die Inseln anliefen, aber er selbst fuhr selten mit ihnen, da er die primitiveren Segler vorzog.

Obgleich mindestens vierzig Jahre alt, wirkte er doch wie ein Dreißigjähriger. Alte Küstenbewohner erinnerten sich noch seiner Ankunft vor einigen zwanzig Jahren, und damals schon hatte der blonde Bart seidenweich seine Lippen umspielt. Im Gegensatz zu den meisten andern Weißen liebte er die Tropen. Seine Haut mußte ein glänzendes Schutzpigment enthalten. Er war geboren, um unter der Sonne zu leben. Nicht einer von Zehntausenden war so widerstandsfähig gegen die Sonnenstrahlen wie er. Es war, als ob die unsichtbaren, unendlich schnellen Lichtstrahlen nicht die Macht hatten, sich in ihn einzubohren wie in andre weiße Männer. Denen durchdrangen sie die Haut und zerrissen und zermürbten ihnen Gewebe und Nerven, bis sie, krank an Körper und Seele, die meisten der zehn Gebote über Bord warfen und zum Tier herabsanken, sich früh ins Grab tranken oder so verwilderten, daß man zuweilen Kriegsschiffe schicken mußte, um sie zu zähmen.

David Grief aber war ein wahrer Sohn der Sonne, er gedieh in jeder Beziehung. Er wurde kaum brauner mit den Jahren, aber seine Haut erhielt den Hauch eines goldenen Schimmers, wie er den Polynesiern eigen ist. Die blauen Augen jedoch behielten ihre Farbe, sein Bart blieb blond, und seine Züge waren unverkennbar die, welche seit Jahrhunderten die englische Rasse kennzeichnen. Englisches Blut strömte durch seine Adern, obwohl Leute, die genau Bescheid wissen wollten, behaupteten, daß er von Geburt Amerikaner sei. Nicht wie andre war er nach der Südsee gekommen, um sich ein Heim zu gründen. Er war überall zu Hause. Zuerst war er auf den Paumotus aufgetaucht, und zwar auf einer winzigen Schonerjacht, deren Besitzer er war, ein Jüngling auf der Jagd nach Romantik und Abenteuern an den sonnigen Tropenküsten. Seine Ankunft fand in einem Orkan statt, der ihn mit seiner Jacht und allem, was darinnen war, durch eine riesige Woge dreihundert Schritt landeinwärts mitten in ein Kokospalmenwäldchen setzte. Sechs Monate später wurde er durch einen Perlenfischer gerettet, aber da war ihm die Sonne schon ins Blut gedrungen. Statt mit einem Dampfer heimzufahren, kaufte er sich in Tahiti einen Schoner, befrachtete ihn mit Waren und begab sich auf einen Zug durch den gefährlichen Archipel.

Und das Gold, das sich ihm ins Gesicht brannte, floß ihm geschmolzen zu den Händen wieder heraus. Es war, als ob das Gold an ihm hängenbliebe, aber er spielte das Spiel nicht um des Goldes, sondern um des Spieles selbst willen. Es war Männerspiel, dieser rauhe Verkehr mit Abenteurern vom selben Schlage wie er, Menschen von allen Rassen, und es war ein gutes Spiel. Aber mehr noch bedeutete ihm alles übrige, was das Leben eines Südseevagabunden ausmacht – der Geruch der Riffe; das endlos wimmelnde Leben der Korallen unter dem blanken Spiegel der Lagunen; die schreienden Farben des Sonnenaufgangs, die sich mit gesetzloser Willkür über den Himmel ausbreiteten; die palmenbekränzten, ins tiefste Türkisblau gestreuten Inselchen; die befeuernde Trunkenheit des Passats, das regelmäßige Auf und Nieder der schaumgekrönten Wogen, das sich wiegende Deck unter seinen Füßen, die straff gespannten Segel über seinem Haupte; die blumengeschmückten, goldhäutigen Männer und Frauen Polynesiens, halb Kinder und halb Götter; und selbst die

heulenden Wilden Melanesiens, die Kopfjäger und Menschenfresser, halb Teufel und ganz wilde Tiere.

Und dieser Lieblingssohn der Sonne, dieser vielfache Mil-
lionär ließ sich aus reinem Überfluß an Energie und Lebensfreude auf seinen weiten Fahrten aufhalten, um sich mit Harrison J. Griffiths um einer elenden Summe Geldes willen zu
messen. Es war dies eine seiner Launen, ein Einfall, der Ausdruck seines Ichs und der ihn durchströmenden Sonnenwär-
me. Es war ein Scherz, ein Witz, eine Aufgabe, ein bißchen
Spielerei, aber er setzte aus reinem Vergnügen das Leben
dabei aufs Spiel.

IV.

Der frühe Morgen fand die Wonder dicht unter der Küste
von Guadalcanar. Vor dem ersterbenden Hauch des Land-
windes glitt sie ganz träge durchs Wasser. Im Osten verspra-
chen schwere Wolkenmassen die Auferstehung des Passats
mit heftigen Windstößen und Regenböen. Vor ihr segelte in
derselben Richtung ein kleiner Kutter, den die Wonder langsam überholte. Es war jedoch nicht die Willi-Waw, und Kapitän Ward von der Wonder meldete, als er das Glas vom Auge
sinken ließ, daß das Fahrzeug Kauri hieße.

Grief, der gerade an Deck gekommen war, seufzte bedauernd. »Schade, daß es nicht die Willi-Waw ist«, sagte er.

»Sie lassen sich auch nicht gern schlagen«, bemerkte Denby, sein Superkargo, mitfühlend.

»Nein, weiß Gott!« Grief lachte fröhlich. »Es ist meine feste Überzeugung, daß Griffiths ein Lump ist, und daß er mich
gestern niederträchtig behandelt hat. ›Unterschreiben Sie,‹
sagte er, ›unterschreiben Sie Ihren vollen Namen David Grief
und das Datum. Und Jacobsen, diese kleine Ratte, war mit
ihm im Bunde. Es war glatte Seeräuberei, ganz wie in den
Tagen von Bully Hays.«

»Wenn Sie nicht mein Brotherr wären, Herr Grief, würde
ich Ihnen mal meine Meinung sagen«, fuhr es aus Kapitän
Ward heraus.

»Genieren Sie sich nicht und legen Sie los«, ermunterte ihn Grief.

»Na schön –« Der Kapitän zögerte und räusperte sich. »Wenn man soviel Geld hat wie Sie, muß man ein Narr sein, um sich so in Gefahr zu begeben, wie Sie es bei diesen beiden Halunken getan haben. Weshalb taten Sie es eigentlich?«

»Offen gestanden, Kapitän, weiß ich es selber nicht. Ich glaube, ich mußte es tun. Haben Sie einen andern Grund, wenn Sie etwas tun?«

»Er wird Ihnen noch eines schönen Tages eine Kugel durch den Kopf jagen«, brummte Kapitän Ward zur Antwort, dann ging er ins Kompaßhäuschen, um ein Vorgebirge zu peilen, das soeben sein Haupt durch die Wolken steckte, die Guadalcanar bisher eingehüllt hatten.

Der Landwind machte noch eine letzte Anstrengung, und die Wonder glitt durchs Wasser und legte sich neben die Kauri. Grüße wurden gewechselt, dann rief David Grief:

»Habt Ihr was von der Willi-Waw gesehen?«

Der Kapitän, im Schlapphut und barfüßig, zog den Strick fester, der ihm den blauen Lendenschurz zusammenhielt und spuckte den Tabaksaft über Bord. »Aber sicher«, antwortete er. »Griffiths lag letzte Nacht vor Savo, nahm Schweine, Jams und frisches Wasser über. Es sah aus, als hätte er eine lange Fahrt vor, aber er sagte nein. Warum meinen Sie? Wollen Sie ihn sprechen?«

»Ja – wenn Sie ihn aber früher sehen sollten als ich, dann sagen Sie ihm nichts davon.«

Der Kapitän nickte und dachte ein wenig nach, dann ging er schnell nach vorn, um möglichst neben dem andern zu bleiben, dessen Schiff schneller fuhr. »Halt!« rief er plötzlich. »Jacobsen sagte mir, daß sie heut nachmittag nach Gabera kommen würden, sagte, sie würden über Nacht dort liegenbleiben, um Bataten zu laden.«

»Gabera hat doch das einzige Leuchtfeuer im Salomonarchipel, nicht wahr?« sagte Grief, während der Kutter immer mehr abfiel. »Stimmt das nicht, Kapitän Ward?«

Der Kapitän nickte.

»Und die kleine Bucht hinter dem Vorgebirge hier ist doch ein schlechter Ankerplatz?«

»Überhaupt keiner, nur Korallenklippen und Sandbänke. Die Molly wurde dort vor drei Jahren vollkommen erledigt.«

Grief starrte eine ganze Minute mit glanzlosen Augen vor sich hin, dann umspielten Fältchen seine Augen, und seine blonden Schnurrbartspitzen hoben sich mit einem Lächeln.

»Wir ankern vor Gabera«, sagte er. »Aber laufen Sie erst die kleine Bucht an, ich möchte gern mit dem Boot an Land, wenn wir das Vorgebirge passieren. Geben Sie mir sechs Mann mit Gewehren mit. Morgen früh werde ich wieder an Bord sein.«

Das Gesicht des Kapitäns nahm zuerst einen mißtrauischen, dann einen Vorwurfs vollen Ausdruck an.

»Ach, nur ein kleiner Scherz, Kapitän«, entschuldigte sich Grief wie ein Schuljunge, der bei einem Streich ertappt wird.

Kapitän Ward grunzte, Denby aber war sichtlich belebt.

»Ich möchte gern mitkommen, Herr Grief«, sagte er. Grief nickte zustimmend.

»Holen Sie ein paar Beile und Messer«, sagte er. »Ja, halt, auch ein paar helle Laternen. Und sorgen Sie dafür, daß sie genügend mit Öl versehen sind.«

V.

Eine Stunde vor Sonnenaufgang zog die Wonder an der kleinen Bucht vorbei. Der Wind hatte aufgefrischt, und die See wurde bewegt. Die Sandbänke dicht vor der Küste waren schon weiß vor Schaum, die draußen liegenden zeichneten sich durch die Färbung des Wassers ab. Während der Schoner in den Wind ging und Klüver und Stag braßte, wurde das Walboot ausgeschwungen. Sechs fast nackte Santa-Cruz-Leute sprangen hinein, jeder mit einer Büchse bewaffnet. Denby ließ sich mit den Laternen auf dem Achtersitz nieder. Grief folgte ihm, blieb aber einen Augenblick auf der Reling sitzen.

»Jetzt beten Sie, daß wir eine dunkle Nacht kriegen, Kapitän«, sagte er.

26

»Die kriegen wir«, erwiderte Kapitän Ward. »Der Mond scheint nicht, so daß die Wolken am Himmel nicht zu sehen sind. Übrigens müssen wir auf stürmisches Wetter gefaßt sein.«

Diese Prophezeiung ließ Griefs Gesicht aufleuchten, so daß der Goldschimmer seiner sonnengebräunten Haut noch deutlicher wurde. Mit einem Sprung stand er neben dem Superkargo.

»Loswerfen!« befahl Kapitän Ward. »Rad über! So! Los!«

Die Wonder braßte mit prallen Segeln und lief weiter um das Vorgebirge herum nach Gabera, während das Walboot unter dem Druck von sechs Riemen von Grief nach der Küste gesteuert wurde. Mit fabelhafter Geschicklichkeit durchfuhr er den engen, gewundenen Kanal, der für kein größeres Fahrzeug als ein Walboot schiffbar gewesen wäre, bis sie die Sandbänke hinter sich hatten und auf den stillen, wellenbespülten Strand auffuhren.

Die nächsten Stunden hatten sie alle Hände voll zu tun. Grief ging zwischen den Kokospalmen und dem Buschholz von Baum zu Baum.

»Fällt dies fella Baum. Fällt das fella Baum«, sagte er zu seinen Schwarzen. »Nicht fällen dies fella Baum«, meinte er kopfschüttelnd.

Schließlich war ein keilförmiger Ausschnitt im Busch gelichtet. Unten am Strande stand noch eine einzige Palme, am oberen Ende der Rodung eine zweite. Die Dunkelheit senkte sich herab, als die Laternen angezündet und in den Wipfeln der beiden Bäume befestigt wurden.

»Die äußere Laterne hängt zu hoch,« meinte Grief nach einem kritischen Blick. »Hängen Sie sie zehn Fuß tiefer, Denby.«

VI.

Die Willi-Waw schoß unter dem starken Druck der vorbeiziehenden Bö durchs Wasser. Dann setzten die Schwarzen das Großsegel, das man gestrichen hatte, weil der Wind zu stark gewesen war. Jacobsen, der das Manöver überwachte, befahl, die Falle festzumachen, dann ging er nach vorn und trat neben Griffiths. Beide starrten gespannt in die Dunkelheit, die wie eine blasse Wand vor ihnen stand, und auf die sie geradenwegs lossteuerten. Angestrengt lauschten sie, um das Brechen der Wellen an dem unsichtbaren Strande zu vernehmen. Nur nach diesem Geräusch konnten sie jetzt steuern.

Der Wind legte sich, die Wolken lichteten sich, die Sterne schimmerten trübe hindurch, und bei ihrem Schein sahen sie die schwachen Umrisse einer buschbekleideten Küste. Gerade voraus erschienen die zackigen Konturen eines felsigen Vorgebirges, auf das beide Männer jetzt den Blick richteten.

»Kap Amboy«, verkündete Griffiths. Tiefes Wasser bis an die Küste. Nehmen Sie das Ruder, Jacobsen, bis wir den Kurs haben.«

Der Steuermann rannte barfuß und von Regen triefend nach achtern und schob den Schwarzen vom Rade fort.

»Welcher Kurs?« rief Griffiths

»Süd, einen Strich West!«

»Geben Sie Süd zu West. Stimmt es?«

»Süd zu West stimmt.«

Griffiths beobachtete die scheinbar veränderte Lage von Kap Amboy. Er mußte glauben, daß sie falsch steuerten.

»Und ein halb West!« rief er.

»Ein halb West!« lautete die Antwort.

»Recht so! Genug!«

Jacobsen ließ den Schwarzen wieder ans Rad. »Du steuern gut fella, du wissen«, warnte er. »Kein gut fella, ich schlagen dir deinen verdammten schwarzen Schädel ein.«

Dann begab er sich wieder nach vorn zu Griffiths. Die Wolken zogen sich von neuem zusammen und verbargen die Sterne. Der Wind wuchs wieder und fuhr heulend durch die Takelung.

»Nehmen Sie die Großschoot«, schrie Griffiths dem Steuermann ins Ohr und beobachtete scharf die Bewegungen des Kutters.

Das Schiff krengte so stark, daß die Reling ganz unter Wasser geriet, und der Kapitän suchte Stärke und Stetigkeit des Windes zu berechnen. Das laue Wasser, das von winzigen, phosphoreszierenden Kügelchen schimmerte, umspülte ihm die Knöchel. Der Wind pfiff in einem höheren Ton, und jede Wante, jedes Stag kreischte mit, während die Willi-Waw sich vorwärts krengte.

»Großsegel nieder!« schrie Griffiths, sprang ans Gaffelnockfall, stieß den Schwarzen beiseite und warf los. Jacobsen tat dasselbe am Klaufall. Das schwere Segel rasselte herunter, und schreiend und heulend stürzten sich die Schwarzen über die wogende Leinwand. Im Dunkeln stieß der Steuermann auf einen, der sich versteckt hatte, aber ein Faustschlag ins Gesicht trieb ihn an die Arbeit.

Die Bö hatte jetzt ihren Höhepunkt erreicht, und die Willi-Waw jagte schäumend unter verminderten Segeln dahin. Wieder standen die beiden Männer vorn und suchten vergebens mit ihren Blicken den wagerecht peitschenden Regen zu durchdringen.

»Es wird schon gehen«, meinte Griffiths. »Der Regen wird nicht lange dauern. Wir halten den Kurs, bis wir die Feuer sehen. Wir haben dreizehn Faden Wasser. Sie können das Großsegel beschlagen. Wir brauchen es heute nicht mehr.«

Eine halbe Stunde später wurden seine müden Augen durch den Anblick zweier Lichter belohnt. »Da sind sie, Jacobsen. Ich nehme selbst das Ruder. Halten Sie das Stagsegel fertig zum Fallen. Lassen Sie die Nigger springen.«

Griffiths begab sich ans Rad und setzte den Kurs so, daß er die beiden Feuer in einer Linie hatte; dann legte er plötzlich um und fuhr direkt auf sie zu. Er hörte das Brechen und Brüllen der Brandung, glaubte aber nicht, daß sie so nahe wäre. Es mußte ja Gabera sein.

Er hörte den Schreckensschrei des Steuermanns und drehte mit aller Gewalt das Rad, als die Willi-Waw auch schon auflief. Im selben Augenblick stürzte der Großmast zersplittert über Bord. Fünf wahnsinnige Minuten folgten. Alle klammerten sich fest, der Schiffsrumpf hob sich und krachte dann wieder auf die spröden Korallen, während die warmen Wellen über ihn hinwegspülten. Knirschend drehte sich die Willi-Waw, arbeitete sich los und lag schließlich in einem verhältnismäßig ruhigen Kanal. Griffiths setzte sich auf den

Rand der Kajüte, er hatte den Kopf auf die Brust gesenkt und war stumm vor Zorn und Verzweiflung. Einmal hob er den Kopf, um in die beiden Lichter zu starren, die – eines höher als das andre – in gerader Linie hintereinanderlagen. »Das sind sie«, sagte er. »Aber das ist doch nicht Gabera. Zum Teufel was ist denn?« Während die Brandung noch brüllend ihren Sprühregen über die Sandbänke spritzte, erstarb der Wind, und die Sterne kamen wieder zum Vorschein. Von der Landseite her ertönten Ruderschläge.

»Was ist los? – Habt Ihr Erdbeben gehabt?« rief Griffiths. »Das Fahrwasser ist ja ganz verändert. Hundertmal habe ich hier in dreizehn Faden Tiefe Anker geworfen. Sind Sie's, Wilson?«

Ein Walboot kam längsseits, und ein Mann kletterte über die Reling. In dem schwachen Licht sah Griffiths, wie sich eine automatische Pistole gegen sein Gesicht richtete, und als er aufblickte, erkannte er David Grief.

»Nein, hier haben Sie nie geankert«, lachte Grief. »Gabera liegt hinter dem Vorgebirge, und ich fahre dorthin, sobald ich mein kleines Guthaben von zwölfhundert Pfund einkassiert habe. Über die Quittung werden wir uns nicht streiten, ich gebe Ihnen einfach meine Rechnung.«

»Das habe ich also Ihnen zu verdanken«, schrie Griffiths und sprang in einem plötzlichen Wutanfall auf die Füße. »Sie haben diese Irrlichter angezündet und mich auf Grund gesetzt, und ich –«

»Immer ruhig!« Griefs Stimme klang hart und drohend. »Darf ich Sie ersuchen, herauszurücken mit den zwölfhundert.«

Griffiths überkam eine grenzenlose Ohnmacht. Tiefer Abscheu überwältigte ihn, Ekel vor dem Sonnenlande und vor der Sonnenkrankheit, vor der Nutzlosigkeit aller seiner Anstrengungen, vor diesem blauäugigen, goldhäutigen Manne, der ihm so überlegen war und ihm diese Niederlage zugefügt hatte.

»Jacobsen,« sagte er, »wollen Sie die Kasse öffnen und diesem Blutsauger zwölfhundert Pfund auszahlen.«

Aloysius Pankburns wunder Punkt

I.

Ein so wachsames Auge David Grief auch für alles hatte, was nach Abenteuern aussah, so vorbereitet er auch immer darauf war, hinter der nächsten Kokospalme etwas Unerwartetes hervorspringen zu sehen, so war der Anblick Aloysius Pankburns doch eine Überraschung für ihn. Es geschah auf dem kleinen Dampfer Berthe. Grief fuhr mit dem Dampfer, um so schnell wie möglich von Raiatea nach Papeete zu gelangen, und ließ seinen Schoner nachkommen.

Als er Aloysius Pankburn zum ersten Male sah, stand dieser schon etwas angesäuselte Herr einsam in der winzigen Bar neben dem Barbierladen und trank einen Cocktail. Und als Grief eine halbe Stunde später aus den Händen des Barbiers entlassen wurde, hing Aloysius Pankburn immer noch einsam trinkend über der Bar.

Nun es ist nicht gut für einen Mann, wenn er einsam trinkt, und Grief warf im Vorbeigehen einen forschenden Blick auf ihn. Er sah, daß er einen gut gewachsenen jungen Mann von etwa dreißig Jahren mit hübschen Zügen, gut gekleidet, offenbar den besseren Ständen angehörend, kurz, einen Gentleman vor sich hatte. Eine Andeutung von Verfall, die zitternde Hand, die das Getränk vergoß, und der nervöse, flackernde Blick zeigten Grief unverkennbar, daß er es mit einem chronischen Säufer zu tun hatte.

Nach dem Mittagessen stieß er wieder auf Pankburn. Diesmal geschah es an Deck, und der junge Mann hing über der Reling, starrte blinzelnd auf einen Mann und eine Frau, die ihre Deckstühle dicht aneinandergerückt hatten, und weinte wie ein Trunkener. Grief bemerkte, daß der Mann seinen Arm um die Dame geschlungen hatte. Aloysius Pankburn weinte über diesen Anblick.

»Das ist doch kein Grund zum Heulen«, sagte Grief ermunternd.

Pankburn sah ihn an und zerfloß in einen aus tiefstem Mitleid mit sich selber geborenen Tränenstrom. »Es ist hart«, seufzte er. »Sehr, sehr hart. Das ist mein Geschäftsführer. Mein Angestellter. Ich zahle ihm ein hohes Gehalt. Und so verdient er es sich!«

»Warum entlassen Sie ihn denn nicht?« rief Grief.

»Ich kann nicht. Sie würde den Whisky einschließen. Sie ist meine Krankenschwester.«

»Dann werfen Sie sie doch hinaus und trinken Sie, bis Sie platzen.«

»Das kann ich auch nicht. Er hat all mein Geld. Wenn ich es täte, würde er nicht mit einem Groschen herausrücken, daß ich mir was zu trinken kaufen könnte.«

Diese schmerzliche Aussicht entfesselte einen neuen Tränenstrom. Griefs Interesse erwachte. Eine so ungewöhnliche Situation hatte sich nie vorgestellt. »Sie sind beide engagiert, um auf mich aufzupassen,« schluchzte Pankburn, »um mir das Trinken abzugewöhnen. Und das tun sie auf diese Weise. Sie lungern auf dem Schiff herum, und ich kann mich zu Tode trinken. Es ist nicht recht, sage ich Ihnen, es ist nicht recht. Sie sind ausdrücklich angestellt, um aufzupassen, daß ich nicht trinke, und da lassen sie mich saufen wie ein Schwein, bloß, damit ich sie nicht störe. Beklage ich mich, dann drohen sie, mir nicht einen einzigen Tropfen mehr zu erlauben. Was soll ich armer Teufel tun? Mein Tod wird über sie kommen, das ist alles. Kommen Sie und leisten Sie mir Gesellschaft.«

Er ließ die Reling los und wäre umgefallen, hätte Grief ihn nicht am Arm gepackt. Plötzlich schien sich eine Wandlung mit ihm zu vollziehen, er richtete sich auf, schob das Kinn angriffslustig vor, und seine Augen glitzerten.

»Aber ich lasse doch nicht zu, daß sie mich umbringen. Und es wird ihnen leid tun. Ich bot ihnen fünfzigtausend an – für später natürlich. Aber sie lachten nur. Sie wissen nicht Bescheid. Aber ich.« Er kramte in seiner Überziehertasche und holte einen Gegenstand hervor, der in dem schwachen Licht aufleuchtete. »Sie wissen nichts hiervon. Aber ich.« Er blickte mit einem plötzlichen Mißtrauen auf Grief. »Was meinen Sie dazu, wie? Was meinen Sie?«

David Grief sah einen degenerierten Säufer vor sich, der mit einem Kupfernagel ein verliebtes Pärchen töten wollte, denn ein Kupfernagel war es, was der andre in der Hand hielt, offenbar ein alter Schiffsnagel.

»Meine Mutter glaubt, ich sei hier, um vom Trinken kuriert zu werden. Sie ahnt nichts. Ich habe den Arzt bestochen, mir eine Reise zu verschreiben. Sobald wir nach Papeete kommen, wird mein Geschäftsführer einen Schoner chartern, und dann segeln wir los. Aber sie ahnen nicht, was dahinter steckt. Sie glauben, es sei versoffenes Geschwätz. Ich weiß Bescheid. Ich allein weiß Bescheid. Gute Nacht. Ich gehe jetzt zu Bett, es sei denn, daß Sie mir bei meinem Schlummertrunk Gesellschaft leisten wollen. Nur einen Schluck, verstehen Sie?«

II.

In der folgenden Woche hatte Grief unzählige Male einen seltsamen Anblick von Aloysius Pankburn. Und ebenso erging es allen andern in der kleinen Inselhauptstadt, denn einen solchen Skandal hatte Lavinas Gasthof, hatte die ganze Küste noch nicht erlebt. Mittags lief Aloysius ohne Kopfbedeckung, nur in Badehosen durch die Hauptstraßen vom Hotel zum Wasser hinunter. Er forderte einen Heizer von der Berthe zu einem regelrechten Boxkampf auf vier Runden in den Folies Bergères heraus, und wurde in der zweiten Runde k. o. geschlagen. In einem Anfall von Säuferwahnsinn versuchte er, sich in einem zwei Fuß tiefen Tümpel zu ertränken, und in der Trunkenheit machte er einen prächtigen Kopfsprung aus fünfzig Fuß Höhe von der Takelung der Mariposa aus, die am Pier vertäut war. Er charterte den Kutter Toerau für einen Preis, für den er ihn zweimal hätte kaufen können, und entging den Folgen nur, weil sein Geschäftsführer die Zahlung verweigerte. Er kaufte dem alten blinden Aussätzigen auf dem Markte seine sämtlichen Waren ab und verkaufte selbst Brotfrüchte, Pisangs und Bataten zu so herabgesetzten Preisen, daß die Gendarmerie den Ansturm der kauflustigen Eingeborenen abwehren mußte. Dreimal wurde er wegen Ruhestörung verhaftet, und dreimal mußte sein Geschäftsführer seine Liebeserklärungen unterbrechen, um die Strafe zu bezahlen, die seinem Herrn von einer geldbedürftigen Kolonialverwaltung auferlegt wurde.

Dann fuhr die Mariposa nach San Francisco, mit dem Geschäftsführer und der Krankenschwester als Ehepaar, noch in ihrer Hochzeitskleidung, an Bord. Vor der Abreise hatte der Geschäftsführer Aloysius rücksichtsvoll acht Fünfpfundscheine ausgehändigt mit dem vorausgesehenen Erfolge, daß Aloysius einige Tage später völlig zusammengebrochen und dem Delirium tremens nahe erwachte. Lavina, die sogar unter den Abenteurern und Gaunern der Südseeküsten ihres guten Herzens wegen bekannt war, pflegte ihn gesund und verheimlichte ihm die ganze Zeit, während seine Vernunft langsam wiederkehrte, daß weder ein Geschäftsführer noch Geld zur Bezahlung seines Unterhaltes mehr da war.

Einige Abende später begab es sich, daß David Grief, lässig unter dem Sonnensegel ausgestreckt, die mageren Spalten des Papeete-Couriers durchlief. Plötzlich setzte er sich auf und rieb sich die Augen. Es war unglaublich, aber es stand da. Die alten Südseemärchen waren also nicht tot. Er las:

Gesucht

zur Hebung eines Schatzes im Werte von fünf Millionen ein Mann, der den Transport nach einer unbekannten kleinen Insel im Stillen Ozean und die sonstigen Kosten tragen will, gegen halbe Beteiligung an der Ausbeute.

Offerten an

Folly bei Lavina.

Grief sah auf die Uhr. Es war noch früh, erst acht. »Herr Carlsen«, rief er in der Richtung einer glühenden Pfeife. »Rufen Sie die Bootsmannschaft. Ich gehe an Land.«

Die rauhe Stimme des norwegischen Steuermanns ließ sich vorn hören, dann stellte ein halbes Dutzend stämmiger Rapainsulaner das Singen ein und bemannte das Walboot.

»Ich möchte gern mit Folly reden, Herrn Folly, nehme ich an«, sagte Grief zu Lavina.

Er bemerkte, wie sich in ihren Augen sofort reges Interesse ausdrückte; dann wandte sie den Kopf und rief etwas in der Sprache der Eingeborenen durch zwei Zimmer in die

Küche. Einige Minuten später watschelte ein barfüßiges, einheimisches Mädchen herein und schüttelte den Kopf.

Lavina war offensichtlich enttäuscht.

»Sie sind ja auf der Kittiwake, nicht wahr?« sagte sie.

»Ich werde ihm sagen, daß Sie hier waren.«

»Es ist also ein Er?« nickte Grief.

Lavina nickte.

»Ich hoffe, daß Sie etwas für ihn tun können, Kapitän Grief. Ich bin nur eine gutmütige Frau. Ich kenne mich nicht aus. Aber er ist solch ein netter Junge, und es mag sein, daß er die Wahrheit sagt. Sie können das besser beurteilen. Sie sind nicht so weichherzig wie ich. Darf ich Ihnen einen Cocktail mixen?«

III.

Grief war wieder auf seinen Schoner zurückgekehrt und lag im Halbschlaf, mit einem drei Monate alten Magazin zugedeckt, auf einem Deckstuhl, als er plötzlich durch ein merkwürdiges Schnaufen und Stöhnen außenbords geweckt wurde. Er öffnete die Augen. Auf dem eine Viertelstunde entfernt liegenden chilenischen Kreuzer hörte man acht Glockentöne. Es war Mitternacht. Wieder hörte er das Schnaufen und gleichzeitig ein Plätschern im Wasser. Er war sich anfangs nicht klar darüber, ob das Geräusch von einem Amphibium herrührte oder von einem Menschen, der jammernd dem ganzen Universum seine Not klagte.

Mit einem Sprunge war David Grief an der niedrigen Reling. Gerade unter sich sah er einen phosphoreszierenden Schimmer über einer Stelle schäumenden Wassers und hörte das Schnaufen. Er lehnte sich hinüber, packte einen Mann unter den Armen und zog nach verschiedenen wechselnden Griffen die nackte Gestalt Aloysius Pankburns an Bord.

»Ich hatte keinen Pfennig«, klagte er. »Da mußte ich herschwimmen und konnte Ihr Fallreep nicht finden. Es war eine scheußliche Geschichte, nehmen Sie's mir nicht übel. Wenn Sie ein Handtuch hätten, in das ich mich einwickeln könnte, und einen steifen Grog, würde ich bald wieder in Ordnung sein. Ich bin Herr Folly, und ich denke mir, daß Sie Kapitän Grief sind, der mich aufgesucht hat. Nein, ich bin nicht betrunken. Mich friert auch nicht. Das ist es nicht. Aber Lavina hat mir heute nur zwei Glas bewilligt. Ich bin eben vorm Umklappen, weiter nichts, und ich fing schon an, Gespenster zu sehen, als ich das Fallreep nicht finden konnte. Ich wäre Ihnen sehr verbunden, wenn Sie mich mit nach unten nehmen wollten. Sie sind der einzige, der auf meine Annonce geantwortet hat.«

Er zitterte jämmerlich trotz der warmen Nachtluft, und als sie in die Kajüte kamen, beeilte sich Grief, ihm noch vor dem Handtuch ein halbvolles Glas Whisky zu geben.

»Nun schießen Sie los«, sagte Grief, nachdem er seinen Gast in ein Hemd und eine Segeltuchhose gesteckt hatte. »Was bedeutet Ihre Anzeige? Ich bin ganz Ohr.«

Pankburn warf einen flehenden Blick auf die Whiskyflasche, aber Grief schüttelte den Kopf.

»Also schön, Kapitän, aber erst schwöre ich Ihnen bei allem, was noch von meiner Ehre übrig ist, daß ich ganz nüchtern – nicht die Spur betrunken bin. Ferner muß ich Ihnen sagen, daß das, was ich Ihnen erzählen werde, wahr ist, und ich werde es kurz machen, denn ich weiß, daß Sie ein Geschäftsmann und ein Mann der Tat und daß Sie an Körper und Geist gesund sind. Ihnen haben nie die tausend Würmer des Alkohols jede Fiber Ihres Körpers benagt. Sie waren noch nie in der Hölle, in der ich jetzt brenne. Und nun hören Sie.

Meine Mutter lebt noch. Sie ist Engländerin. Ich bin in Australien geboren, in New York und Yale erzogen. Ich bin Doktor der Philosophie und ein Taugenichts. Dazu bin ich Säufer. Ich habe Athletik betrieben. Ich habe bis hundertzehn Fuß getaucht, und ich bin Inhaber von mehreren Amateurrekorden. Ich schwimme wie ein Fisch. Ich bin dreißig Meilen in schwerer See geschwommen. Noch einen andern Rekord halte ich. Ich habe mehr Whisky vertilgt als irgendein Mensch sonst in meinem Alter. Um etwas zu trinken zu kriegen, könnte ich Ihnen fünf Groschen stehlen. Und ich will Ihnen die ganze Wahrheit erzählen: Mein Vater war Amerikaner – aus Annapolis. Den Bürgerkrieg machte er als Seekadett mit.

Im Jahre 66 war er Leutnant auf der Suwanee, die von Paul Shirley befehligt wurde. Im selben Jahre bunkerte die Suwanee auf einer Südseeinsel – der Name tut nichts zur Sache. An Land in einem Wirtshaus sah mein Vater an der Wand drei kupferne Nägel – Schiffsnägel.« David Grief lächelte ruhig.

»Den Namen der Kohlenstation kann ich Ihnen nennen«, sagte er.

»Wissen Sie auch etwas von den Nägeln?« fragte Pankburn mit gleicher Ruhe. »Bitte, sie sind nämlich jetzt in meinem Besitz.«

»Gewiß. Sie befanden sich in der Bar des Deutschen Oskar in Peenoo-Peenoo. Johnny Black hatte sie in der Nacht, als er starb, von seinem Schoner an Land gebracht. Er war gerade nach einer langen Fahrt aus dem Westen zurückgekehrt, wo er Trepang gefischt und mit Sandelholz gehandelt hatte. Die ganze Küste kennt die Geschichte.«

Pankburn schüttelte den Kopf.

»Weiter«, drängte er.

»Es war natürlich vor meiner Zeit«, erklärte Grief. »Ich kann nur berichten, was ich gehört habe. Dann lief ein Kreuzer aus Ecuador, von Westen kommend, auf dem Heimwege die Insel an. Die Offiziere erkannten die Nägel. Johnny Black war tot, aber sie erwischten seinen Steuermann und sein Logbuch und fuhren dann weiter. Sechs Monate später kamen Sie, ebenfalls auf der Heimreise, wieder nach Peenoo-Peenoo. Es war ihnen mißglückt, aber man vergaß die Geschichte bald.«

»Als die Aufrührer nach Guyaquil marschierten,« nahm Pankburn den Faden wieder auf, »hielten die Beamten jede Verteidigung für aussichtslos und verpackten daher die Schatzkiste der Regierung. Sie enthielt etwa eine Million Golddollar – alles in englischer Münze –, und man brachte sie an Bord des amerikanischen Schoners Flirt. Am nächsten Morgen sollte das Schiff abfahren. Aber der amerikanische Kapitän machte sich heimlich in der Nacht davon. Können Sie weitererzählen?«

»Ja, es ist eine alte Geschichte«, meinte Grief. »Da kein andres Schiff im Hafen lag, konnten die Beamten nicht wegkommen. Rücken gegen Rücken mußten sie sich verteidigen. Rohjas Salced entsetzte die Stadt durch einen Eilmarsch. Die Revolution war zusammengebrochen, und der einzige, uralte Dampfer, der die Seemacht von Ecuador repräsentierte, wurde zur Verfolgung der Flirt ausgeschickt. Zwischen der Banksgruppe und den Neuen Hebriden fingen sie sie ab, wie sie mit geheißtem Notsignal herumirrte. Der Kapitän war am Tage zuvor am Schwarzwasserfieber gestorben.«

»Und der Steuermann?« fragte Pankburn herausfordernd.

»Der Steuermann war eine Woche zuvor beim Wassereinnehmen auf einer der Banksinseln von den Eingeborenen getötet worden. Darum hatten sie jetzt keinen Menschen mehr an Bord, der etwas von Navigation verstand. Die ganze Mannschaft wurde gefoltert. Es war zwar nach den internationalen Gesetzen nicht erlaubt, und die Leute würden auch gern bekannt haben, aber sie konnten nicht. Sie konnten nur von drei Nägeln erzählen, die in Bäume am Strande geschlagen worden waren, aber wo die Insel lag, ahnten sie nicht. Im Westen, weit im Westen – das war alles, was sie wußten. Von dem Folgenden gibt es nun zwei Fassungen. Nach der einen starb die ganze Mannschaft unter der Folter: nach der andern wurden die, welche sie überstanden, an die Rahnock gehängt. Wie dem auch sei, jedenfalls mußte der Kreuzer heimkehren, ohne den Schatz oder den Ort, wo er versteckt war, gefunden zu haben. Johnny Black brachte die drei Nägel nach Peenoo-Peenoo und ließ sie beim Deutschen Oskar, aber wie und wo er sie gefunden hat, erzählte er nie.«

Pankburn starrte unabgewandt auf die Whiskyflasche.

»Nur zwei Finger breit«, wimmerte er.

Nach kurzer Überlegung bewilligte Grief ihm ein kleines Glas. Pankburns Augen begannen zu leuchten, und er schien neuen Lebensmut zu fassen.

»Und hier kann ich fortfahren und die fehlenden Einzelheiten ergänzen«, sagte er. »Johnny Black hat es erzählt. Er berichtete es meinem Vater. Schrieb ihm von Levuka aus, kurz bevor er nach Peenoo-Peenoo kam, um zu sterben. Mein Vater hatte ihm eines Nachts bei einer Schlägerei in einer Kneipe in Valparaiso das Leben gerettet. Ein Perlenfischer hatte die drei Nägel einem Nigger auf der Donnerstagsinsel abgekauft. Johnny Black hatte sie von ihm zum Kupferwert erstanden. Er wußte von ihnen nicht mehr als der, der sie ihm verkauft hatte, bis er auf der Heimfahrt, um Karettschildkröten zu fangen, eben die Küste anlief, wo der Steuermann der Flirt getötet worden sein sollte. Aber er war gar nicht getötet worden, die Eingeborenen hielten ihn nur gefangen, bis er am Brand im Kiefer, der Folge eines Pfeilschusses, starb. Vor seinem Tode erzählte er Johnny Black die Geschichte, und der schrieb sie meinem Vater von Levuka aus. Er wußte, daß es aus mit ihm war – Krebs. Mein Vater holte sich die drei Nägel zehn Jahre später beim Deutschen Oskar – er war damals Kapitän der Perry. Und mein Vater hat mir in seinem Testament die Nägel nebst den nötigen Angaben vermacht. Ich kenne die Insel, kenne Längen- und Breitengrad der Küste, wo die drei Nägel in den Baumstämmen saßen. Die Nägel habe ich jetzt bei Lavina. Längen- und Breitengrad habe ich im Kopf. Na, was meinen Sie dazu?«

»Faul«, lautete Griefs schnelles Urteil. »Warum hat Ihr Vater nicht selbst den Schatz geholt?«

»Er brauchte ihn nicht. Ein Onkel hinterließ ihm sein Vermögen. Er nahm seinen Abschied, wurde von einer Art Manie für Krankenschwestern gepackt, und meine Mutter ließ sich von ihm scheiden. Auch sie machte eine Erbschaft und ließ sich mit einer Rente von 30 000 Dollar in Neuseeland nieder. Ich wurde gewissermaßen zwischen ihnen geteilt und verlebte die halbe Zeit in Neuseeland, die andre Hälfte in den Vereinigten Staaten, bis mein Vater voriges Jahr starb. Jetzt hat meine Mutter mich ganz. Er hinterließ mir all sein Geld – ein paar Millionen –, aber meine Mutter hat einen Vormund für mich ernannt, weil ich trinke. Ich habe eine ganze Menge Geld, kann aber nicht über einen Pfennig mehr verfügen, als man mir mit Ach und Krach zugesteht. Aber mein alter Herr, der von meinem Trinken gehört hatte, hinterließ mir die Nägel. Ich bekam sie hinter dem Rücken meiner Mutter durch seinen Rechtsanwalt. Er soll gesagt haben, das sei mehr wert als eine Lebensversicherung, und wenn ich auch nur die Spur von Rückgrat hätte, sollte ich sehen, das Geld zu kriegen;

dann könnte ich saufen, daß mir die Zähne im Munde rasselten, und bis an mein seliges Ende. Millionen in den Händen meines Vormunds, haufenweise Geld bei meiner Mutter – wenn sie ins Krematorium kommt, gehört der ganze Schwindel mir – und noch eine Million, die nur darauf wartet, ausgegraben zu werden – und dabei muß ich Lavina um zwei Glas Whisky täglich anbetteln. Ist das nicht ein Höllenleben – bei meinem Durst?«

»Wo liegt die Insel?«

»Weit von hier.«

»Wie heißt sie?«

»Nicht zu machen, Kapitän Grief. Sie können mit Leichtigkeit eine halbe Million an der Sache verdienen; Sie brauchen nur nach meiner Anweisung zu steuern, und wenn wir gut unterwegs sind, werde ich es Ihnen sagen.«

Grief zuckte die Achseln und ließ den Gegenstand fallen. »Jetzt gebe ich Ihnen noch ein Glas, und dann lasse ich Sie an Land rudern«, sagte er.

Pankburn war bestürzt. Gut fünf Minuten kämpfte er mit sich, dann befeuchtete er sich die Lippen mit der Zunge und kapitulierte.

»Wenn Sie mir versprechen, hinzufahren, will ich es Ihnen jetzt sagen.«

»Selbstverständlich bin ich bereit, zu fahren. Deshalb habe ich Sie ja gefragt. Wie heißt die Insel?«

Pankburn sah auf die Flasche. »Ich glaube, ich möchte das Glas jetzt haben, Kapitän.«

»Nein, das gibt es nicht. Wenn Sie an Land gegangen wären, hätten Sie es bekommen. Sie sollen mir Bescheid über die Insel sagen, und da müssen Sie nüchtern sein.«

»Francisinsel, wenn Sie es denn durchaus wissen wollen; Bougainville nannte sie die Barbourinsel.«

»Ach, die einsame Insel im Kleinen Korallenmeer«, sagte Grief. »Die kenne ich. Liegt zwischen Neuirland und Neuguinea. Ein Loch jetzt, war aber mal ganz gut zu der Zeit, als die Flirt da war und die drei Nägel eingeschlagen wurden, und als der Perlenfischer sie kaufte. Dort war es, wo der Dampfer Castor, der Arbeiter für die Plantagen in Upolo werben sollte, vernichtet und seine ganze Mannschaft niedergemacht wurde. Ich kannte den Kapitän. Die Deutschen schickten dann einen Kreuzer hin, der den Busch bombardierte, ein halbes Dutzend Dörfer niederbrannte, ein paar Nigger und eine ganze Menge Schweine tötete – das war der ganze Effekt. Die Nigger dort waren immer eine böse Gesellschaft, aber ganz schlimm wurden sie erst vor vierzig Jahren. Damals, als sie den Walfänger überfielen. Warten Sie mal – wie hieß er noch?«

Er schritt an das Bücherbrett, zog das staubige »Südsee-Diktionär« heraus und blätterte darin.

»Ja, hier ist es. Francis oder Barbour«, las er. »Die Eingeborenen kriegerisch und verräterisch – Melanesier – Kannibalen. Walfänger Western überfallen – so hieß er. Sandbänke – Riffe – Ankergründe – ah, Redscar, die Owen-Bucht, die Likikili-Bucht, da wird es wohl sein. Tiefe Einschnitte, Mangrovensümpfe, bei neun Faden guter Grund, wenn man die weiße Klippe in Südwest hat.«

Grief blickte auf.

»Ich wette, daß es da ist, Pankburn.«

»Und wollen Sie hinfahren?« fragte der andre eifrig.

Grief nickte.

»Die Geschichte klingt ganz vernünftig. Ja, wenn es hundert Millionen oder dergleichen geheißen hätte, dann würde ich nicht einen Gedanken darauf verschwendet haben. Wir segeln morgen, aber unter einer Bedingung. Sie müssen sich ganz unter meinen Befehl stellen.«

Sein Gast nickte froh und eifrig.

»Das heißt, Sie kriegen keinen Tropfen zu trinken.«

»Das ist recht hart«, jammerte Pankburn.

»Es ist Bedingung. Ich bin Arzt genug, um dafür zu sorgen, daß es Ihnen nicht schadet. Und Sie werden arbeiten – schwer arbeiten – als Matrose. Sie werden die regelmäßigen Wachen gehen und was es sonst zu tun gibt, aber achtern mit uns essen und schlafen.«

»Also schön – abgemacht.« Pankburn streckte die Hand aus, um den Pakt zu besiegeln. »Wenn ich nur nicht dabei um die Ecke gehe«, fügte er hinzu.

David Grief füllte ihm mitfühlend das Glas dreifinger-
hoch und reichte es ihm hin. »Trinken Sie.«

Pankburn streckte die Hand aus. Aber mit plötzlich erwa-
chender Energie hielt er in der Bewegung inne, hob den Kopf
und warf die Schultern zurück. »Ich glaube, ich lasse es lieber
bleiben«, begann er. Dann wurde er jedoch wieder von seiner
Schwäche übermannt, und er griff hastig nach dem Glase, als
fürchte er, daß es zurückgezogen würde.

IV.

Es ist eine weite Reise von Papeete, einer der Gesellschaftsinseln, bis nach dem Kleinen Korallenmeer – vom
hundertfünfzigsten Grad westlicher bis zum hundertfünfund-
fünfzigsten Grad östlicher Länge, in der Luftlinie etwa so weit
wie eine Reise quer über den Atlantischen Ozean. Aber die
Kittiwake fuhr nicht in der Luftlinie. Die zahllosen Interessen
David Griefs änderten ihren Kurs immer wieder. So stattete
er der unbewohnten Roseninsel einen kurzen Besuch ab, um
ihre Möglichkeiten mit Bezug auf Kolonisierung und Anbau
von Kokospalmen zu untersuchen. Dann steuerte er nach Tui
Manua, einer der östlichen Samoainseln, um von dem ster-
benden König der drei Inseln einen Anteil am Handelsmono-
pol zu erhalten. Von Apia brachte er mehrere abgelöste Agen-
ten sowie eine Ladung Stückgut nach den Gilbertinseln. Er
machte einen Abstecher nach dem Ontong-Java-Atoll, besich-
tigte seine Pflanzungen auf Ysabal und kaufte den Küsten-
häuptlingen im nordwestlichen Malaita Ländereien ab. Und
auf dieser weiten Fahrt machte er allmählich Aloysius Pankburn zum Manne.

Dieser immer Durstige wohnte zwar achtern, mußte aber
die Arbeit eines einfachen Matrosen verrichten. Und er mußte
nicht allein am Rade stehen, Ausguck halten und Leinen und
Taljen heißen, ihm wurde auch die schmutzigste und mühe-
vollste Arbeit zugeteilt. Er wurde in die Takelung geheißt und
mußte die Masten von oben bis unten schrubben, er mußte
das Deck scheuern und so lange mit frischen Zitronen abrei-
ben, bis ihn der Rücken schmerzte. Aber seine schlaffen

Muskeln wurden stark dabei. Als die Kittiwake vor Anker lag und ihr Kupferboden von der eingeborenen Mannschaft mit Kokosnußschalen abgeschrabt wurde, mußte Pankburn wie jeder andre von seiner Schicht unter Wasser arbeiten.

»Schauen Sie sich an«, sagte Grief. »Sie sind jetzt zehnmal so stark wie damals, als Sie an Bord kamen. Sie haben nicht ein einziges Glas bekommen und sind nicht gestorben, sondern haben sich das Gift hübsch aus dem Körper herausgetrieben. Das haben Sie der Arbeit zu verdanken. Die ist besser als Krankenschwestern und Geschäftsführer. Wenn Sie durstig sind – bitte! Trinken Sie.«

Mit einigen geschickten Schlägen seines dickrückigen Dolchmessers hieb Grief ein dreieckiges Loch in die Schale einer von den Fasern befreiten Kokosnuß. Die dünne, kühle Flüssigkeit quoll milchig und leicht aufbrausend hervor. Pankburn beugte sich vor, setzte diese natürliche Tasse an den Mund, warf dann den Kopf zurück und trank, bis sie leer war. Viele solcher Nüsse leerte er täglich. Der schwarze Steward, ein sechzig jähriger Eingeborener von den Neuen Hebriden, und sein Gehilfe, ein Lark-Insulaner von elf Jahren, mußten dafür sorgen, daß sie stets zur Hand waren.

Pankburn hatte nichts gegen die schwere Arbeit einzuwenden. Er verschlang sie geradezu, drückte sich nie und schlug die Eingeborenen stets um mehrere Längen, wenn es galt, einen Befehl auszuführen. Was er in der Periode, als der Alkohol aus ihm herausgetrieben wurde, aushielt, war wirklich heroisch. Als aber der letzte Rest vom Gift ausgeschieden war, blieb doch immer noch der Drang nach Alkohol in seinem Hirn. Und so kam es, daß er, als er gegen sein Ehrenwort in Apia an Land gelassen wurde, hier den Versuch unternahm, alle Wirtschaften trockenzulegen, indem er ihre gesamten Vorräte aussoff. Um zwei Uhr morgens traf David Grief ihn vor dem Tivoli, aus dem Charley Roberts ihn mit Gewalt hinausgeworfen hatte. Aloysius sang wie in alten Tagen den Sternen seine Not. Den Takt schlug er dazu in etwas handgreiflicher Weise, indem er Charley Roberts mit bewundernswerter Genauigkeit Korallenstücke in die Fenster warf.

David Grief nahm ihn mit, setzte ihm aber erst am nächsten Morgen den Kopf zurecht. Er besorgte das auf dem Deck der Kittiwake, und was er tat, war kein Kinderspiel. Grief bearbeitete Pankburn mit geballten Fäusten und bloßen Knöcheln, stieß und schlug ihn, kurz, versetzte ihm die schrecklichsten Prügel, die er je erhalten hatte.

»Zum Heil Ihrer Seele, Pankburn«, sagte er tröstend, um seinen Schlägen Nachdruck zu verleihen. »Um Ihrer Mutter willen. Um Ihrer Nachkommenschaft willen. Zum Besten für die Welt und für das ganze kommende Menschengeschlecht. Und damit Sie sich die Lektion merken, wollen wir noch einmal von vorn beginnen. Also: dies zum Heil Ihrer Seele. Und das um Ihrer Mutter willen; und das um der Kinder willen, von denen Sie sich noch nichts träumen lassen; und weil Sie ein Mann werden, wenn ich Sie in die Mache nehme. Jetzt sollen Sie Ihre Medizin kriegen. Ich bin noch nicht fertig. Ich habe eben erst angefangen. Ich habe noch viele Gründe, die ich Ihnen jetzt auseinandersetzen werde.«

Die braunen Matrosen, der schwarze Steward und der Koch sahen zu und amüsierten sich königlich. Sie dachten nicht daran, sich die Köpfe über die mysteriösen, unerforschlichen Wege der weißen Männer zu zerbrechen. Carlsen, der Steuermann, billigte vollkommen die Handlungsweise seines Herrn, während Albright, der Superkargo, sich lächelnd den Schnurrbart drehte. Sie waren beide Seeleute, die ein rauhes Leben führten, und der Alkohol war für sie ein Problem, das nicht nach den Büchern der Ärzte gelöst wurde.

»Boy! Einen Eimer frisches Wasser und ein Handtuch«, befahl Grief, als er fertig war. »Zwei Eimer und zwei Handtücher«, fügte er hinzu, als er seine eigenen Hände betrachtete.

»Sie sind mir ja ein schöner Kerl«, sagte er zu Pankburn. »Sie haben alles verdorben. Ich hatte das Gift schon vollständig aus Ihnen herausgepumpt, und jetzt rauchen Sie direkt davon. Wir müssen ganz von vorne anfangen. Herr Albright, erinnern Sie sich an die alte Kette, die in einem großen Haufen an der Landungsstelle lag? Versuchen Sie, den Besitzer zu finden, kaufen Sie die Kette und lassen Sie sie an Bord schaffen. Es müssen mindestens hundertfünfzig Faden sein. Pank-

burn, morgen früh werden Sie anfangen, den Rost loszu-
hämmern, und wenn das gemacht ist, werden Sie die Kette
mit Sandpapier scheuern. Dann wird sie gestrichen. Und Sie
werden nichts andres tun, bis sie so glatt und fein wie eine
neue ist.«

Aloysius Pankburn schüttelte den Kopf.

»Ich verschwinde. Die Francisinsel kann meinetwegen
zum Teufel gehen. Ich habe Ihre Sklaverei satt. Wollen Sie
mich gefälligst sofort an Land setzen. Ich bin ein weißer
Mann und lasse mich nicht auf diese Art behandeln.«

»Herr Carlsen, Sie werden dafür sorgen, daß Herr Pankburn an Bord bleibt.«

»Ich werde Sie dafür zur Rechenschaft ziehen!« schrie
Aloysius. »Sie dürfen mich nicht festhalten.« »Ich kann Sie
noch einmal vermöbeln«, antwortete Grief. »Und ich will
Ihnen etwas sagen, Sie versoffener Bengel: Ich werde Sie so
lange prügeln, wie meine Gelenke aushalten, oder bis Sie mich
anflehen, die rostige Kette säubern zu dürfen. Ich habe Sie
nun einmal in die Mache genommen, und ich werde einen
Mann aus Ihnen machen, und wenn Sie dabei zum Teufel
gehen. Jetzt begeben Sie sich nach unten und ziehen Sie sich
um. Und heute nachmittag werden Sie mit dem Hammer zur
Stelle sein. Herr Albright, lassen Sie die Kette an Bord schaffen, Herr Carlsen wird Ihnen das Boot dazu geben. Und
halten Sie ein Auge auf Pankburn. Wenn er schlapp macht
oder Schüttelfrost kriegt, geben Sie ihm einen Schluck – aber
nicht zuviel. Nach solcher Nacht wird er es nötig haben.«

V.

Die ganze Nacht, die die Kittiwake noch in Apia lag,
hämmerte Aloysius Pankburn noch den Rost von der Kette.
Zehn Stunden täglich hämmerte er. Und die ganze weite
Fahrt bis nach den Gilbertinseln hämmerte er ebenfalls. Dann
kam das Scheuern mit Sandpapier. Hundertfünfzig Faden
sind fast dreihundert Meter, und jedes einzelne Glied der
Kette wurde geglättet und poliert wie wohl noch keine Kette

je. Und als das letzte Glied den Anstrich mit schwarzer Farbe erhalten hatte, kam er selber zu Grief und sagte:

»Geben Sie mir noch mehr solche Dreckarbeit. Ich werde auch noch mit andern Ketten fertig werden. Und haben Sie keine Angst. Ich trinke keinen Tropfen mehr. Jetzt bin ich im Training. Sie haben meinen wunden Punkt berührt, als Sie mich verprügelten, aber ich sage Ihnen, darüber werden wir noch einmal reden. Training! Jetzt trainiere ich, bis ich durch und durch hart und sauber bin wie diese Kette. Und eines schönen Tages, Herr David Grief, irgendwo und irgendwie werde ich genügend in Form sein, und dann verdresche ich Sie, wie Sie mich verdroschen haben. Ich werde Ihr Gesicht bearbeiten, daß Ihre eignen Nigger Sie nicht wiedererkennen.«

Grief strahlte.

»Jetzt reden Sie wie ein Mann«, rief er. »Die einzige Möglichkeit, wenn Sie mich verdreschen wollen, ist, daß Sie ein Mann werden. Und dann werden Sie vielleicht – –«

Er hielt inne in der Hoffnung, daß der andre den Gedanken aufgreifen sollte. Und Aloysius griff ihn auf, und etwas wie Erleuchtung trat plötzlich in seine Augen.

»Und dann mache ich mir vielleicht nichts mehr daraus, meinen Sie?«

Grief nickte.

»Ja, das ist das Verfluchte«, klagte Aloysius. »Ich glaube wirklich, daß es so kommen wird. Aber einerlei, jetzt will ich doch weiter an mir arbeiten, trotz allem.«

Die warme Sonnenglut in Griefs Gesicht schien noch wärmer zu werden. Er streckte die Hand aus. »Pankburn, dafür habe ich Sie gern.«

Aloysius ergriff die Hand und schüttelte mit betrübter Ehrlichkeit den Kopf.

»Grief,« seufzte er, »Sie haben meinen wunden Punkt berührt, meinen Stolz, und ich fürchte, das kann ich nicht verwinden.«

VI.

An einem tropenschwülen Tage, als das letzte Aufflackern des Passats erstarb, um der Jahreszeit gemäß vom Monsun abgelöst zu werden, fuhr die Kittiwake durch die Brandung in die buschbewachsene Küste der Francisinsel. Mit Hilfe von Kompaß und Glas fand Grief den Vulkan, der die Einfahrt von Redscar markierte, lief an der Owenbucht vorbei und trieb mit dem letzten Windhauch in die Likikilibucht. Im Schlepp der beiden Walboote und unter fortwährendem Loten Carlsens drang die Kittiwake langsam in einen tiefen, engen Einschnitt ein. Einen Strand gab es nicht. Die Mangroven wuchsen direkt aus dem Wasser heraus, und gleich dahinter erhob sich steil die Dschungel, hie und da von zackigen Felsspitzen durchbrochen. Als sie nach einer Meile die weiße Felswand in Westsüdwest hatten, ließen sie in neun Faden Tiefe den Anker fallen.

Den Rest des Tages und den ganzen folgenden Vormittag blieben Sie auf der Kittiwake und warteten. Kein Kanu ließ sich sehen, keine Spur menschlichen Lebens zeigte sich. Abgesehen von gelegentlichem Plätschern eines Fisches oder dem Schreien eines Kakadus schien alles ausgestorben zu sein. Einmal flatterte jedoch ein riesiger Schmetterling – er maß sicher zwölf Zoll von einer Flügelspitze zur andern – hoch über ihren Mastspitzen nach der jenseitigen Dschungel.

»Es hätte keinen Sinn, ein Boot auszuschicken und mit anzusehen, wie es überfallen wird«, sagte Grief.

Pankburn war ungläubig und erbot sich, allein an Land zu gehen. Er wollte sogar schwimmen, wenn man ihm die Jolle nicht gäbe.

»Die Nigger haben den deutschen Kreuzer sicher nicht vergessen«, erklärte Grief. »Und ich wette, daß der Busch jetzt von ihnen wimmelt. Was meinen Sie, Herr Carlsen?«

Der erfahrene Südseeabenteurer stimmte ihm nachdrücklich bei.

Spät am Nachmittag des zweiten Tages befahl Grief, das eine Walboot zu Wasser zu lassen. Er nahm selbst am Bug Platz, zündete sich eine Zigarette an und nahm eine Dynamitstange mit einer kurzen Lunte in die Hand, um Fische zu schießen. An den Duchten standen ein halbes Dutzend Winchesterbüchsen. Albright, der das Ruder übernahm, hatte einen Mauser in Reichweite. So ruderten sie an der grünen Mangrovemauer vorbei. Hin und wieder ließen sie die Riemen ruhen und lauschten auf die tiefe Stille.

»Ich wette zwei zu eins, daß der Busch voll von ihnen ist«, flüsterte Albright.

Pankburn lauschte einen Augenblick und nahm dann die Wette an. Fünf Minuten darauf sichteten sie einen Schwärm Seebarben. Die braunen Matrosen hörten auf zu rudern. Grief berührte die kurze Lunte mit seiner Zigarette und warf die Bombe. So kurz war die Lunte, daß das Dynamit im selben Augenblick explodierte, als es das Wasser berührte. Und im selben Augenblick explodierte auch der Busch. Wildes, höhnisches Geschrei ertönte, und schwarze nackte Körper sprangen wie Affen durch die Mangroven.

Im Walboot war jede Büchse erhoben. Dann trat eine Pause ein. Etwa hundert Schwarze, einige mit altertümlichen Sniderflinten, die meisten jedoch mit Streitäxten, feuergehärteten Speeren und Pfeilen mit Knochenspitzen bewaffnet, hingen rings an den Wurzeln, die aus der Bucht herauswuchsen. Jede Partei beobachtete die andre auf eine Entfernung von zwanzig Fuß über das Wasser hinweg. Ein alter, einäugiger Neger mit abstoßendem Gesicht hatte seine Sniderflinte von der Hüfte aus auf Albright angelegt, der seinerseits wiederum mit dem Mauser auf ihn zielte. So vergingen ein paar Minuten. Die getroffenen Fische trieben an die Oberfläche oder zappelten, noch halb bewußtlos, auf dem Grunde des klaren Wassers.

»Es ist gut, Jungens«, sagte Grief ruhig. »Senkt die Gewehre und über Bord mit euch. Herr Albright, werfen Sie den Tabak dieser einäugigen Bestie zu.«

Während die Rapa-Leute nach den Fischen tauchten, warf Albright ein Päckchen Tabak ans Land. Der Einäugige nickte und verzog sein Gesicht zu einem liebenswürdigen Grinsen. Die Waffen wurden gesenkt, die Bogen entspannt und die Pfeile wieder in ihre Köcher gesteckt.

»Tabak kennen sie doch«, bemerkte Grief, als sie wieder zum Schiff zurückruderten. »Wir werden sicher bald Besuch bekommen, öffnen Sie eine Kiste, Herr Albright, und nehmen Sie einige Messer heraus. – Aha, da kommt schon ein Kanu.«

Der einäugige Alte mußte in seiner Eigenschaft als Häuptling und Anführer allein paddeln und im Namen seines Stammes der Gefahr trotzen. Als Carlsen sich über die Reling beugte, um dem Gast an Bord zu helfen, wandte er den Kopf und sagte leise:

»Sie haben das Geld ausgegraben, Herr Grief. Der alte Bettler ist ganz beladen damit.«

Der Einäugige wurde zappelnd an Deck gezogen. Er grinste friedfertig, aber es gelang ihm nicht ganz, die ausgestandene und noch nicht überwundene Angst zu verbergen. Eins seiner Beine war lahm, offenbar infolge einer furchtbaren Narbe, die, zolltief, von der Hüfte bis zum Knie lief. Er war gänzlich unbekleidet, aber seine Nase war an einem Dutzend Stellen durchlöchert, und in jedem Loch, steckte ein geschnitzter Knochensplitter, so daß die Nase einem Stachelschwein glich. Um den Hals trug er eine Schnur, an der eine Reihe Goldsovereigns auf die schmutzige Brust herabbaumelten. In seinen Ohren hingen silberne Halbkronenstücke, und an seinem Nasenknorpel, grün und blind, aber nicht zu verkennen, ein großes englisches Pennystück.

»Hören Sie, Grief«, sagte Pankburn mit verstellter Gleichgültigkeit. »Sie sagen, daß die Kerle nur Tabak und Perlen kennen. Schön. Folgen Sie meinem Rat. Die Nigger haben den Schatz gefunden, und wir müssen ihn von ihnen erstehen. Nehmen Sie die ganze Mannschaft beiseite und instruieren Sie sie, daß sie tun sollen, als ob sie sich nur für die Pennystücke interessieren. Verstehen Sie? Die Goldstücke wollen wir gar nicht sehen, und die Silbermünzen gehen eben noch an. Die Pennys sind das einzige, woraus wir uns etwas machen.«

Pankburn überwachte den Handel. Für den Penny in der Nase des Einäugigen gab er zehn Stück Tabak. Da jedes Stück Grief einen Cent kostete, war das entschieden ein schlechtes Geschäft. Für die Halbkronenstücke gab Pankburn jedoch nur je ein Stück. Von den Sovereigns wollte er überhaupt nichts wissen. Und je abweisender er sich verhielt, desto dringlicher wurde der Einäugige. Schließlich gab Pankburn doch nach, wenn auch sehr widerwillig, fast zornig. Es war ganz offensichtlich ein großes Entgegenkommen, daß er für das ganze Halsband mit den zehn Sovereigns zwei Stücke Tabak bezahlte.

»Ich ziehe den Hut vor Ihnen«, sagte Grief beim Abendessen zu Pankburn. »Die Geschichte geht ja glänzend. Sie haben die Werte umgekehrt. Die Kerle halten die Pennys für unschätzbar und die Goldstücke für wertlos. Folglich halten sie die Pennys fest und zwingen uns, ihnen das Gold abzukaufen. Pankburn, Ihr Wohl! – Boy! Noch eine Tasse Tee für Herrn Pankburn!«

VII.

Es folgte eine goldene Woche. Vom frühen Morgen bis zum späten Abend lag ein Schwarm von Kanus auf ihren Paddeln zweihundert Fuß vom Schiff entfernt. Dort war die Grenze gezogen, die die Rapa-Matrosen mit ihren Gewehren hielten. Nur ein Kanu zur Zeit durfte längsseits kommen, und nur einem einzigen Schwarzen wurde erlaubt, über die Reling zu klettern. Hier, unter dem Sonnensegel, wurde gehandelt. Die vier Weißen lösten sich allstündlich ab. Die Preise waren gewissermaßen durch den Handel zwischen Pankburn und dem Einäugigen festgelegt: Fünf Sovereigns kostete ein Päckchen Tabak, für zwanzig Päckchen erhielt man hundert Goldstücke. Auf diese Weise brachte mancher Kannibale tausend Dollar in Gold und zog beglückt mit Tabak im Wert von vierzig Cent über die Reling ab.

»Ich hoffe, daß wir Tabak genug haben«, murmelte Carlsen zweifelnd, als die zweite Kiste geöffnet wurde.

Albright lachte.

»Wir haben fünfzig Kisten im Raume«, sagte er, »und nach meiner Schätzung bringen drei Kisten hunderttausend Dollar. Da nur eine Million vergraben ist, so müßten dreißig Kisten reichen, wenn wir natürlich auch einen gewissen Betrag auf das Silber und die Pennys rechnen müssen. Diese Ecuadorianer müssen alles Geld vergraben haben, das sie kriegen konnten.«

Es kamen nur sehr wenige Pennystücke und Schillinge auf den Markt, obgleich Pankburn dauernd ängstlich nach ihnen forschte. Pennys waren das einzige, wonach er Verlangen trug, und er ließ seine Augen gierig blitzen, sobald einer zum Vorschein kam. Seine Berechnung erwies sich als richtig: die Wilden brachten zuerst das wertlose Gold. Da die Pennys fünfzigmal soviel einbrachten wie die Goldstücke, mußten sie zurückgehalten und aufbewahrt werden. Auf den Lagerplätzen in der Dschungel saßen sicher die weisen Graubärte, steckten die Köpfe zusammen und beschlossen, den Pennypreis noch weiter in die Höhe zu treiben, sobald sie das wertlose Gold losgeworden waren. Wer konnte wissen, ob die merkwürdigen weißen Männer nicht dazu gebracht werden konnten, zwanzig Stück Tabak für jeden zu geben.

Gegen Ende der Woche ließ das Geschäft nach. Das Gold kam nur noch tropfenweise herein, und nur zögernd wurde ein Penny für zehn Stangen abgegeben; immerhin kamen mehrere tausend Dollar in Silber herein.

Am Morgen des achten Tages wurde überhaupt nicht gehandelt. Die Graubärte hatten ihren Entschluß gefaßt, und es wurden zwanzig Stücke Tabak für einen Penny verlangt. Der Einäugige verkündete den neuen Preis. Die weißen Männer schienen die Sache sehr ernst zu nehmen, sie unterhielten sich leise und eindringlich. Hätte der Einäugige verstanden, was sie sagten, so wäre ihm wohl ein Licht aufgegangen.

»Wir haben jetzt etwas mehr als Achthunderttausend in Gold, außer dem Silber, bekommen«, sagte Grief. »Und soviel wird auch ungefähr da sein. Die andern Zweihunderttausend sind vermutlich in den Busch gewandert. Wenn wir in drei Monaten wiederkommen, dann werden die Salzwasserleute sie wahrscheinlich wieder zurückerhandelt haben, und auch der Tabak wird unterdessen auf die Neige gegangen sein.«

»Ja, es wäre Verschwendung, jetzt Pennys zu kaufen«, grinste Albright. »Es würde meiner Kaufmannsseele wehtun.«

»Wir scheinen ein bißchen Landwind zu bekommen«, bemerkte Grief und blickte Pankburn an.

»Was meinen Sie?«

Pankburn nickte.

»Also schön.« Grief maß Stärke und Stetigkeit des Windes an seiner Backe. »Herr Carlsen, holen Sie den Anker ein, und machen Sie die Segel los! Und lassen Sie die Boote zum Schleppen klarmachen. Auf den Wind können wir uns noch nicht verlassen.« Er nahm ein Paket mit sechs- bis siebenhundert Stück aus der Tabakkiste, legte es dem Einäugigen in die Hände und half dem bestürzten Wilden über die Reling. Als das Vorsegel hochging, erhob sich ein Jammergeschrei in den Kanus, die an der Grenzlinie lagen. Und als der Anker geheißt war, und die Kittiwake die leichte Brise spürte, paddelte der einäugige Alte, den drohend auf ihn gerichteten Flinten zum Trotz, längsseits und gab durch heftiges Gestikulieren zu erkennen, daß der Stamm bereit sei, den Penny für zehn Stücke Tabak zu verkaufen.

»Boy! Eine Trinknuß!« rief Pankburn.

»Sie wollen nach Sydney Heads«, sagte Grief.

»Und dann?«

»Ich will mit Ihnen wieder herkommen und die übrigen Zweihunderttausend holen«, antwortete Pankburn. »Unterdessen lasse ich mir einen Südseeschoner bauen. Ferner will ich meinen Vormund vor Gericht zitieren und feststellen lassen, ob es noch einen Grund gibt, mir das Geld meines Vaters vorzuenthalten. Und Sie können sich darauf verlassen, daß ich den Leuten meine Meinung sagen werde.«

Er spannte stolz seine Armmuskeln, packte die beiden schwarzen Stewards und stemmte sie wie ein paar Hanteln über seinen Kopf.

»Kommen Sie! Schwingen Sie den Vorbaum aus!« rief Carlsen.

Pankburn ließ die Stewards fallen und rannte nach vorn, um den Befehl auszuführen. Mit zwei Sprüngen ließ er einen Rapa-Matrosen weit hinter sich.

Die Teufel von Fuatino

I.

Von all seinen vielen Schonern und Kuttern, die zwischen den Koralleninseln der Südsee herumpirschten, liebte David Grief die Rattler am meisten. Es war dies ein jachtähnlicher Schoner von 90 Tonnen, der so schnell war, daß er in den Tagen des Opiumschmuggels von San Diego nach Puget Sound berühmt gewesen war. Er hatte Robbenraubfang in der Beringsee und Waffenschmuggel im fernen Osten betrieben. Allen Regierungsbeamten ein Dorn im Auge, war das Schiff die Freude aller Seefahrer und der Stolz seines Erbauers gewesen. Und noch jetzt, nach vierzig Jahren, war sie die alte, gute Rattler, die die Wogen so prachtvoll durchschnitt, daß ein Seemann es sehen mußte, um es zu glauben, und immer noch verursachte sie in den Häfen von Valparaiso bis Manila manche heftige Debatte, bei der Zunge wie Fäuste gebraucht wurden.

In der Nacht, von der hier die Rede ist, machte sie bei der denkbar schwächsten Brise mit ganz schlaff hängendem Großsegel eine Fahrt von vier Knoten durch die ruhige See. Eine Stunde lang hatte David Grief sich vorn in Lee über die Reling gelehnt und in das phosphoreszierende Kielwasser gestarrt. Der von den Toppsegeln zurückgefächelte schwache Lufthauch strich ihm kühl über die Wangen, und er begeisterte sich an seinem herrlichen Schiff.

»Ach, ist sie nicht prächtig, Taute, was?« sagte er zu dem Kanaken, der den Ausguck hatte, und seine Hand streichelte zärtlich die Teakholzreling.

»Eh, Kapitän,« antwortete der Kanake mit der reichen, kraftvollen, klingenden Stimme des Polynesiers, »dreißig Jahre befahre ich die See, aber noch nie habe ich ein Schiff wie dieses gesehen. Auf Raiatea nennen wir sie Fanauao.«

»Die Taggeborene«, übersetzte Grief den Kosenamen. »Wer nannte sie so?«

Ehe Taute antworten konnte, sah er gerade voraus etwas, das seine Aufmerksamkeit völlig in Anspruch nahm.

Grief blickte ebenfalls hin.

»Land«, sagte Taute.

»Ja, Fuatino«, bestätigte Grief, dessen Augen noch auf der Stelle ruhten, wo der sternenleuchtende Horizont von einem dunklen Punkt durchbrochen wurde. »Es stimmt, ich werde dem Kapitän Bescheid sagen.«

Die Rattler glitt weiter, bis man die Umrisse der Insel sehen, das schläfrige Brüllen der Brandung und das Meckern der Ziegen hören und den Blumenduft, den der Landwind herübertrug, spüren konnte.

»Wenn kein Riff wäre, könnten wir in einer Nacht wie dieser glatt einfahren«, meinte Kapitän Glaß, der den Rudergast beaufsichtigte, welcher das Rad jetzt hart herumlegte.

Eine Meile vom Lande entfernt drehte die Rattler bei, um das Tageslicht abzuwarten, ehe sie sich in die gefährliche Einfahrt von Fuatino wagte. Es war eine völlig tropische Nacht, ohne einen Hauch, ohne Matrosen zum Schlafen auf das Deck. Achtern bereiteten der Kapitän, der Steuermann und David Grief sich ihre Betten in ähnlicher primitiver Weise. Sie legten sich auf ihre Decken, rauchten und erzählten sich leise, was sie von Mataara, der Königin von Fuatino, und von der Liebesgeschichte ihrer Tochter Naumoo und Motuaro wußten.

»Ja, es ist eine sehr romantische Rasse,« sagte Brown, der Steuermann, »ebenso romantisch wie wir Weißen.«

»Gerade so romantisch wie Pilsach,« lachte Grief, »und das will etwas heißen. Wie lange ist es eigentlich her, Kapitän, daß er Ihnen durchbrannte?«

»Elf Jahre«, grunzte Kapitän Glaß ärgerlich.

»Erzählen Sie ein bißchen davon«, bat Brown. »Es heißt, daß er Fuatino seitdem nicht mehr verlassen hätte. Stimmt das?«

»Das stimmt«, polterte der Kapitän. »Er ist in seine Frau verliebt. Das verteufelte kleine Frauenzimmer! Hat ihn mir einfach gestohlen, und einen bessern Seemann hat's auf diesen Meeren nie gegeben, wenn er auch Holländer ist.«

»Deutscher«, berichtigte Grief.

»Das kommt auf eins hinaus«, lautete die Antwort. »In der Nacht, als wir hier an Land gingen und Notutu ihren Blick auf ihn warf, war die See um einen guten Mann ärmer. Sie glotzten sich beide schön an. Ehe man pieps sagen konnte, hatte sie ihm einen Kranz aus irgendwelchen weißen Blumen auf den Kopf gesetzt, und fünf Minuten später liefen sie wie ein paar Kinder, sich an den Händen haltend, über den Strand. Ich hoffe nur, daß er jetzt den großen Korallenblock im Kanal gesprengt hat. Ich schramme mir jedesmal eine Kupferplatte daran ab.«

»Erzählen Sie weiter«, drängte Brown.

»Das ist alles. Es war aus mit ihm. Heiratete noch dieselbe Nacht und kam nicht mehr an Bord. Am nächsten Tage suchte ich ihn auf. Fand ihn in einer Grashütte im Busch, barfüßig, ein weißer Wilder, ganz unter Blumen und anderm Zeugs vergraben und auf einer Gitarre spielend. Sah aus wie 'n Pfingstochse. Sagte mir, ich solle seine Sachen an Land schicken. Ich sagte, erst wolle ich ihn gehängt sehen. Das ist die ganze Geschichte. Morgen werden Sie die beiden zu sehen kriegen. Jetzt haben sie noch dazu drei Junge, prächtiges kleines Gesindel. Ich habe ihm ein Grammophon und eine Menge Platten mitgebracht.«

»Und dann machten Sie ihn zum Händler?« wandte sich der Steuermann an Grief.

»Was blieb mir übrig? Fuatino ist ein Land der Liebe und Pilsach ein Liebender. Er kennt die Eingeborenen und ist nebenbei einer der besten Händler, die ich jemals hatte. Er ist durchaus zuverlässig. Sie werden ihn ja morgen kennen lernen.«

»Hören Sie mal, junger Mann«, sagte Kapitän Glaß drohend zu seinem Steuermann. »Sind Sie romantisch veranlagt? Wenn Sie es sind, dann bleiben Sie gefälligst an Bord. Fuatino ist das Land der romantischen Tollheit. Jeder ist in irgend jemand verliebt. Sie leben nur für die Liebe. Es kommt von der Kokosmilch oder von der Luft und der See. Die Geschichte dieser Insel besteht seit zehntausend Jahren nur aus Liebesgeschichten. Ich weiß das. Ich habe mit den Alten gesprochen. Und wenn ich Sie auf dem Strand erwische Hand in Hand – –« Plötzlich hielt er inne. Die beiden andern folgten seinem Blick, der am Großmast vorbei an die Reling glitt, und sahen eine braune Hand und einen muskulösen, nassen Arm, denen gleich darauf eine zweite Hand und ein zweiter Arm folgten. Dann kam ein Kopf mit langen, wirren Locken und ein Gesicht, in dem ein paar schelmische schwarze Augen lachend blitzten.

»Mein Gott«, stammelte Brown. »Ein Faun – ein richtiger Meeresfaun.«

»Der Ziegenmann«, sagte Glaß.

»Es ist Mauriri«, sagte Grief. »Mein Blutsbruder nach dem heiligen Brauch der Eingeborenen. Mein Name ist der seine, seiner der meine.«

Breite braune Schultern und eine prachtvolle Brust schoben sich über die Reling, dann folgte, anscheinend ohne Anstrengung, der mächtige Körper, und der Mann betrat geräuschlos das Deck. Brown, der sich zu allem andern eher als zum Steuermann eines Südseeschoners eignete, war entzückt. Alles, was er darüber gelesen hatte, mußte den Gedanken an einen Faun in ihm wachrufen. »Aber ein trauriger Faun«, dachte der junge Mann, als der goldbraune Waldgott über das Deck auf den mit ausgestreckter Hand dasitzenden David Grief zuschritt.

»David«, sagte David Grief.

»Mauriri, mein großer Bruder«, sagte Mauriri.

Und während des ganzen Gesprächs nannte jeder den andern bei seinem eignen Namen, wie Männer tun, die Blutsbrüderschaft geschlossen haben. Im übrigen sprachen sie polynesisch, und Brown konnte nur erraten, wovon die Rede war.

»Du bist weit geschwommen, um talofa zu sagen«, meinte Grief, als der andre sich, von Wasser triefend, niedersetzte.

»Viele Tage und viele Nächte habe ich nach dir ausgespäht, großer Bruder«, erwiderte Mauriri. »Ich saß auf dem großen Felsen, wo das Dynamit aufbewahrt wird, zu dessen Wächter man mich gemacht hat. Ich sah dich einlaufen und wieder in der Dunkelheit verschwinden. Ich dachte mir, daß du bis zum Morgen warten würdest, und folgte dir. Große

Trauer ist über uns gekommen. Mataara hat viele Tage nach deinem Kommen gerufen. Sie ist eine alte Frau, Motuaro ist tot, und sie ist traurig.«

»Heiratete er nicht Naumoo?« fragte Grief, nachdem er den Kopf geschüttelt und geseufzt hatte, wie es die Sitte gebot.

»Ja. Schließlich liefen sie zu den Ziegen und lebten dort, bis Mataara ihnen verzieh; dann kehrten sie zu ihr in das große Haus zurück. Aber jetzt ist er tot, und Naumoo wird auch bald sterben. Groß ist unser Schmerz, großer Bruder. Tori ist tot und Tati-Tori und Petoo und Nari und Pilsach und viele andre.«

»Pilsach auch!« rief Grief. »War denn eine große Krankheit?«

»Es war ein großes Sterben. Höre, großer Bruder. Vor drei Wochen kam ein fremder Schoner. Vom Großen Fels aus sah ich seine Masten. Er wurde von den Booten eingeschleppt und lief mehrmals auf die Riffe auf. Jetzt liegt er auf dem Strande, und sie bessern die Schäden aus. Es sind acht weiße Männer an Bord. Sie haben Frauen mit von einer Insel weit im Osten. Die Frauen reden eine Sprache, die der unsern ähnlich ist, so daß wir sie verstehen können. Sie sagen, daß die Männer auf dem Schoner sie gestohlen haben. Wir wissen es nicht, aber sie singen und tanzen und sind glücklich.«

»Und die Männer?« unterbrach ihn Grief.

»Sie sprechen französisch. Ich weiß es, denn vor langer Zeit war auf deinem Schoner ein Steuermann, der französisch sprach. Sie haben zwei Häuptlinge, und die sehen nicht wie die andern aus. Sie haben blaue Augen wie du und sind Teufel. Einer ist ein größerer Teufel als der andre. Die übrigen sechs sind auch Teufel. Sie zahlen uns nichts für unsre Jamswurzeln, unsern Taro, unsre Brotfrüchte. Sie nehmen uns alles, und wenn wir uns beklagen, dann töten sie uns. So wurden Tori und Tati-Tori und Petoo und andre getötet. Wir können nicht kämpfen, denn wir haben keine Flinten – nur zwei oder drei alte.

Sie mißhandeln unsre Frauen. Motuaro wurde getötet, als er Naumoo verteidigte, die sie nun auf ihren Schoner gebracht haben. Aus demselben Grunde wurde Pilsach getötet. Der eine von den beiden Häuptlingen, der größte Teufel, schoß ihn in seinem Walboot und dann noch zweimal, als er auf den Strand zu kriechen versuchte. Pilsach war ein tapferer Mann, und jetzt sitzt Notutu in ihrem Hause und weint ohne Aufhören. Viele, die sich fürchteten, sind fortgelaufen, um bei den Ziegen zu leben. Aber in den Bergen ist nicht Nahrung genug für sie alle. Und keiner will mehr fischen und in den Gärten arbeiten, weil die Teufel ihnen alles, was sie haben, fortnehmen. Aber wir sind bereit, zu kämpfen.

Großer Bruder, wir brauchen Gewehre und viel Munition. Ehe ich zu dir herausschwamm, benachrichtigte ich die Männer, und sie warten. Die fremden weißen Männer wissen nicht, daß du gekommen bist. Gib mir ein Boot und Gewehre, und ich bin drüben, ehe die Sonne aufgeht. Und wenn du morgen kommst, wirst du uns bereit finden, unter deinem Befehl die fremden Weißen zu töten. Sie müssen getötet werden. Großer Bruder, du bist von unserm Blut, und Männer und Frauen haben die Götter um dein Kommen angefleht, und nun bist du gekommen.«

»Ich werde dich im Boot an Land begleiten«, sagte Grief.

»Nein, großer Bruder«, entgegnete Mauriri, »du mußt auf dem Schoner bleiben. Die fremden weißen Männer werden den Schoner fürchten und gar nicht an uns denken. Wir werden Gewehre haben, ohne daß sie es wissen. Sobald sie deinen Schoner erblicken, werden sie sich fürchten. Schicke lieber diesen jungen Mann mit dem Boot.«

Und so kam es, daß Brown, durchzittert von der Romantik der Abenteuer, von denen er gelesen und gehört, die er aber nie erlebt hatte, auf dem Achtersitz eines mit Gewehren und Munition angefüllten Walbootes Platz nahm, das von vier Raiatea-Matrosen gerudert und von einem goldbraunen, aus dem Meere getauchten Faun durch die warme tropische Dunkelheit nach der sagenhaften Liebesinsel Fuatino gesteuert wurde, die von Seeräubern überfallen worden war.

II.

Wenn man eine Linie von Jaluit in den Marschallinseln bis Bougainville in den Salomoninseln und mitten durch diese Linie eine andre nach Ukuor in den Karolinen zieht, so stößt man, zwei Grad südlich vom Äquator, auf Fuatino, das hoch aus diesem einsamen Meere emporragt. Von einem den Hawaianern, Samoanern, Tahitianern und Maoris verwandten Stamm bewohnt, bildet diese Insel die äußerste Spitze eines Keils, den die Polynesier weit nach Westen zwischen Melanesier und Mikronesier getrieben haben.

Und nach Fuatino steuerte David Grief am nächsten Morgen – zwei Meilen östlich und dann gerade in die aufgehende Sonne hinein. Der leichte Wind hielt an, und die Rattler glitt durch die glatte See mit einer Schnelligkeit, die für jeden andern Südseeschoner bei dreifach stärkerem Winde ungewöhnlich gewesen wäre.

Fuatino war nichts als ein alter Krater, der in Urzeiten durch eine verheerende Katastrophe vom Meeresgrunde emporgeschleudert war. Im Westen bildete der bis zur Meereshöhe abgebröckelte Kraterrand selbst die Hafeneinfahrt. Derart war Fuatino ein zackiges, nach Westen offenes Hufeisen. Und in dieses Hufeisen hinein steuerte nun die Rattler. Kapitän Glaß stand auf Deck, das Glas in der Hand, und blickte auf seine selbstverfertigte Seekarte, die er auf dem Kajütendach ausgebreitet hatte. Dann richtete er sich mit einem halb bestürzten, halb ergebenen Ausdruck auf.

»Ich spüre, daß es kommt,« sagte er, »das Fieber. Es ist eigentlich erst morgen fällig. Es packt mich immer tüchtig, Herr Grief. In fünf Minuten weiß ich nichts mehr von mir. Sie werden selbst den Schöner führen müssen. – Boy! Mach' meine Koje zurecht. Viele Decken! Und füll' die Wärmflasche! Es ist so still, Her Grief, daß ich glaube, Sie kommen am großen Riff vorbei, ohne zu bugsieren. Gehen Sie einfach in den Wind. Die Rattler ist das einzige Fahrzeug in der ganzen Südsee, das es machen kann, und ich weiß, daß Sie den Trick kennen. Sie können eben um den Großen Fels herumkommen, aber achten Sie auf den Großbaum.«

Er hatte hastig, fast wie ein Betrunkener gesprochen; sein schwindelndes Hirn kämpfte gegen den drohenden Malariaanfall. Als er auf die Kajüttreppe zuwankte, wurde sein Gesicht schon fleckig und rot, wie mit einem schrecklichen Ausschlag übersät. Seine Augen wurden glasig, seine Hände zitterten, und seine Zähne schlugen frostklappernd zusammen.

»Es dauert zwei Stunden, ehe ich in Schweiß gerate,« stammelte er mit einem unheimlichen Grinsen, »und dann noch ein paar Stunden, und ich bin wieder in Ordnung. Ich kenne die verfluchte Geschichte durch und durch. S-S-S-ie n-n-ehmen d-d-d«

Seine Stimme sank zu einem undeutlichen Gestammel herab. In der Kajüte brach er zusammen, und sein Dienstherr mußte den Befehl über den Schoner übernehmen. Die Rattler hatte gerade die Einfahrt erreicht. Die Enden der Hufeisen bildeten zwei mächtige, tausend Fuß hohe Felsen, die beide mit der eigentlichen Insel nur durch schmale Landzungen zusammenhingen. Von dem südlichen Felsen erstreckte sich ein Korallenriff fast über die ganze Breite von etwa einer halben Meile. Die von Kapitän Glaß erwähnte Einfahrt wand sich durch dieses Riff hindurch, führte dann gerade auf den nördlichen Felsen zu und an ihm entlang. Der Großmast des Schiffes berührte fast die überhängende Felswand, und wenn David Grief an Steuerbord über die Reling blickte, konnte er das steil abschießende Riff zwei Faden unter sich sehen. Ein Walboot wurde zu Wasser gelassen und nahm die Rattler ins Schlepp, um sie klar vom Felsen zu halten; dann benutzte Grief die schwache Brise, schwenkte hinein und glitt an der Korallenwand entlang. Die Schiffswand schrammte den Felsen, aber so leicht, daß keine von den Kupferplatten beschädigt wurde.

Jetzt lag der Hafen von Fuatino offen vor ihm, ein runder See von fünf Meilen Durchmesser, umrahmt von dem weißen Korallenstrand, aus dem sich unvermittelt die grünbekleideten Böschungen zu den drohenden Kraterwänden erhoben. Den Kamm bildeten zackige vulkanische Spitzen, über denen die Passatwolken wie ein Heiligenschein thronten. Jeder Winkel, jeder Spalt in der zermürbten Lava bildete einen Stützpunkt für kriechende und kletternde Ranken und Bäume; das Grün überschäumte gleichsam den Felsen. Feine, nebelartige Wasserfälle stäubten hundert Fuß tief in den Abgrund hinunter. Und um den Zauber vollkommen zu machen, war die warme feuchte Luft schwanger vom Duft der gelben Zimtblüten.

Gegen die leichte unregelmäßige Landbrise ankreuzend, näherte sich die Rattler dem Strande. Grief holte das Walboot ein und suchte das Gestade mit dem Glase ab. Nichts Lebendiges regte sich. In der heißen Tropensonne schlief das Land. Kein Willkommen wurde der Rattler geboten. Am Nordende des Strandes, wo der Saum von Kokospalmen das Dorf verbarg, konnte er die dunklen Steven einiger Kanus in den Kanuhäusern sehen, und hoch auf dem Strande lag der fremde Schoner. Nichts regte sich an Bord oder in der Nähe des Schiffes. Erst fünfzig Schritt vom Strande ließ Grief in vierzig Faden Tiefe den Anker fallen. In der Mitte des Bassins hatte er vor vielen Jahren bei dreihundert Faden noch keinen Grund gefunden, was doch bei einem stillen Krater wie Fuatino zu erwarten gewesen wäre. Als die Kette durch das Klüsgatt rasselte, bemerkte er eine Anzahl prächtig gewachsener polynesischer Frauen in wehenden Ahus und mit Blumen geschmückt an Bord des Schoners. Ferner bemerkte er, was sie nicht sahen, wie eine zusammengekauerte männliche Gestalt über das Deck huschte, sich auf den Strand hinabließ und im grünen Schirm des Busches untertauchte.

Während die Segel beschlagen, das Sonnensegel ausgespannt und das Tauwerk aufgerollt wurde, schritt Grief an Deck auf und ab und spähte vergebens nach einem Lebenszeichen an Land. Einmal hörte er unzweifelhaft in der Ferne, in der Richtung des Großen Felsens, eine Büchse knallen, da aber keine weiteren Schüsse folgten, vermutete er, daß ein Jäger eine wilde Ziege geschossen hätte. Nach zwei Stunden hatte Kapitän Glaß unter einem Berg von Decken aufgehört, vor Kälte zu zittern, und stand jetzt alle Qualen einer gründlichen Schwitzkur aus. »In einer halben Stunde ist es vorbei«, sagte er schwach.

»Schön«, meinte Grief. »Es sieht aus, als ob die ganze Insel ausgestorben wäre; ich gehe jetzt an Land, um Mataara zu besuchen und mich über die Lage zu orientieren.«

»Es ist eine schlimme Bande, halten Sie die Augen offen«, warnte ihn der Kapitän. »Wenn Sie nicht in einer Stunde zurück sein können, so geben Sie mir Nachricht.«

Grief nahm das Ruder, und vier von seinen Raiatea-Leuten beugten sich über die Riemen. Als sie den Strand erreicht hatten, betrachtete er neugierig die Frauen unter dem Sonnensegel des Schoners. Er winkte mit der Hand, und sie kicherten und winkten wieder.

»Talofa!« rief er.

Sie verstanden ihn, erwiderten jedoch seinen Gruß mit dem Worte »Irana«, woraus er schloß, daß sie von den Gesellschaftsinseln stammten.

Einer der Matrosen nannte, ohne zu zögern, den Namen der Insel: »Huahine«, und auf Griefs Frage bestätigten sie es unter Kichern und Lachen.

»Es sieht aus, als wäre es der Schoner vom alten Dupuy«, sagte Grief leise auf Tahitanisch. »Starrt nicht so hinüber. Was meint ihr, ist das nicht die Valetta?«

Während die Matrosen aus dem Boot kletterten und es auf den Strand zogen, warfen sie verstohlene Blicke auf das Fahrzeug.

»Es ist die Valetta«, bestätigte Taute. »Vor sieben Jahren hat sie ihren Mast verloren. In Papeete wurde ein neuer eingesetzt, der zehn Fuß niedriger war. Das ist er.«

»Geht hinüber und sprecht mit den Frauen, Jungens. Von Raiatea kann man beinahe nach Huahine hinübersehen, und ihr werdet sicher einige von ihnen kennen. Sucht soviel wie möglich zu erfahren. Und wenn sich einer von den Weißen zeigt, dann seht, ohne Streit auszukommen.«

Ein ganzes Heer von Einsiedlerkrebsen flüchtete raschelnd vor Griefs Füßen, als er über den Strand schritt; aber unter den Palmen wühlten und grunzten nicht wie sonst die Schweine. Die Kokosnüsse lagen, wie sie gefallen waren, und in den Kopraschuppen deutete nichts darauf, daß gearbeitet wurde. Fleiß und Sauberkeit waren verschwunden, und die Grashütten eine wie die andre verödet. Er stieß auf einen alten Mann, der blind und zahnlos und voller Runzeln war; er saß hinter einem Baum versteckt und zitterte vor Angst, als man ihn ansprach. Grief dachte, daß der Ort wie von der Pest verheert war. Jetzt näherte er sich dem Versammlungshause. Alles war trostlos und öde. Es waren keine mit Blumen bekränzten Männer und Mädchen zu sehen, keine braunen Kinder spielten im Schatten der Avocadobäume. In der Tür saß, zusammengekauert und sich hin und her wiegend, die alte Königin Mataara. Bei seinem Anblick brach sie in Tränen aus, und während sie ihm ihr Herz ausschüttete, entschuldigte sie sich immer wieder bei ihm, daß sie ihm keine Gastfreundschaft erweisen konnte.

»Sie haben Naumoo geraubt«, schloß sie. »Motuoro ist tot. Mein Volk ist geflohen und hungert bei den Ziegen. Und es gibt keinen, der dir auch nur eine Kokosnuß zum Trunk öffnen könnte. O Bruder, deine weißen Brüder sind Teufel.«

»Das sind nicht meine Brüder, Mataara«, erklärte Grief. »Es sind Räuber, Schurken, und ich werde schon die Insel von ihnen säubern — —«

Er unterbrach sich und drehte sich blitzschnell um, seine Hand fuhr nach dem Gürtel, und in der nächsten Sekunde zeigte die Mündung seines großen Coltrevolvers auf das Gesicht eines krummgebeugten Mannes, der zwischen den Bäumen hervorgesprungen war. Er feuerte nicht, obwohl der Mann nicht stehenblieb, sondern sich ihm zu Füßen warf. Dann begann er einen Strom schrecklicher Laute hervorzusprudeln, und Grief erkannte in ihm das Geschöpf, das er von der Valetta fortschleichen und im Busch verschwinden gesehen hatte. Aber erst, als er den Mann aufgehoben hatte und die Zuckungen des durch eine Hasenscharte verunzierten Mundes beobachten konnte, verstand er, was der Mann sagte.

»Retten Sie mich, Herr, retten Sie mich!« jammerte der Mann auf englisch, obwohl er unverkennbar ein eingeborener Südseeinsulaner war. »Ich kenne Sie, retten Sie mich!«

Und dann folgte ein wilder Ausbruch unzusammenhängender Worte, der erst versiegte, als Grief ihn bei den Schultern packte und schüttelte, bis er schwieg.

»Ich kenne dich«, sagte Grief. »Du warst vor zwei Jahren doch Koch im französischen Hotel auf Papeete. Sie nannten dich Hasenscharte.«

Der Mann nickte heftig.

»Und jetzt bin ich Koch auf der Valetta«, spie und sprudelte er, indem sein Mund verzweifelt kämpfte, um die Worte herauszubringen. »Ich kenne Sie. Ich habe Sie im Hotel gesehen. Und ich habe Sie bei Lavina getroffen. Ich sah Sie auf der Kittiwake. Ich sah Sie auf der Mariposawerft. Sie sind Kapitän Grief, und Sie können mich retten. Diese Männer sind Teufel. Sie haben Kapitän Dupuy getötet. Mich haben sie gezwungen, ihnen zu helfen, die halbe Mannschaft zu töten. Zwei haben sie von den Dwarssalingen heruntergeschossen, die übrigen im Wasser. Ich kannte sie alle. Sie haben die Mädchen in Huahine gestohlen. Dann bekamen sie Verstärkung durch Verbrecher aus Noumea. Sie haben die Händler auf den Neuen Hebriden beraubt. Sie töteten den Händler in Vanikori und stahlen zwei Frauen dort. Sie – –«

Mehr hörte Grief nicht. Vom Hafen her ertönte das Knallen von Büchsen, und er lief zum Strand hinab. Seeräuber aus Tahiti und Sträflinge aus Neu-Caledonia! Eine schöne Gesellschaft! Und jetzt griffen sie offenbar den Schoner an. Hasenscharte folgte ihm, immer noch seine Geschichte von den weißen Teufeln sprudelnd.

Das Schießen hörte so plötzlich auf, wie es begonnen hatte, aber Grief rannte mit trüben Ahnungen weiter, bis er an einer Wegbiegung auf Mauriri stieß, der ihm vom Strande her entgegenlief.

»Großer Bruder«, keuchte der Ziegenmann. »Ich kam zu spät. Sie haben deinen Schoner genommen. Komm! Denn sie suchen dich schon.«

Sie liefen den Weg zurück, den Grief gekommen war. »Wo ist Brown?« fragte er.

»Auf dem Großen Felsen. Ich erzähle es dir später. Komm jetzt!«

»Aber meine Leute im Walboot?«

Mauriri dachte an nichts, als fortzukommen.

»Bei den Frauen auf dem fremden Schoner. Sie werden nicht getötet werden. Ich spreche die Wahrheit. Die Teufel brauchen Seeleute. Aber dich werden sie töten. Horch!« Vom

Wasser herüber klang ein französisches Jagdlied, von einem brüchigen Tenor gesungen.

»Jetzt gehen sie an Land. Sie haben deinen Schoner genommen – – das sah ich. Komm!«

III.

Obwohl David Grief nicht davor zurückschreckte, seine Haut zu wagen, war er doch nicht unüberlegt tollkühn. Er wußte, wann es zu kämpfen und wann es auszureißen galt, und daß er jetzt laufen mußte, war ihm keinen Augenblick zweifelhaft. Er schoß den Pfad hinauf, an dem blinden Alten, der im Schatten saß, vorbei, vorbei an Mataara, die im Eingang des Versammlungshauses zusammengekauert saß, und immer weiter, dicht hinter Mauriri. Ihm auf den Fersen folgte wie ein Hund Hasenscharte. Hinter ihnen her drangen die Rufe der Verfolger, aber der Weg, den Mauriri einschlug, war für sie schauerlich. Er verengte sich immer mehr und führte fast senkrecht empor. Das letzte Grashaus lag hinter ihnen, und durch ein hohes Dickicht von Cassibäumen und Schwärme großer goldener Wespen ging es steil hinauf, bis es zuletzt nur noch ein Ziegensteig war. Mauriri wies auf einen nackten Felsabsatz über ihnen.

»Wenn wir den hinter uns haben, sind wir in Sicherheit, großer Bruder«, sagte er. »Die weißen Teufel wagen sich nicht hin, denn dort können wir ihnen Felsblöcke auf die Köpfe schleudern, und einen andern Weg gibt es nicht. Wenn wir den Felsen überschreiten, bleiben sie immer zurück und schießen von hier aus. Komm!«

Eine Viertelstunde später machten sie halt, wo der Pfad auf den nackten Felsen stieß.

»Wart' einen Augenblick; dann aber schnell!« mahnte Mauriri.

Er selbst sprang zuerst in die blendende Sonne, und im selben Augenblick knallten unten mehrere Büchsen. Die Kugeln umpfiffen ihn, und kleine Staubwölkchen wirbelten auf, aber er kam sicher hinüber. Grief folgte ihm, und so nahe schwirrte eine Kugel, daß er einen Schlag auf der Wange spürte. Auch Hasenscharte wurde nicht getroffen, obwohl er langsamer als die andern war.

Den Rest des Tages lagen sie in einer Felsenschlucht, wo Taro und Papaia wuchsen. Und hier erfuhr Grief alles und schmiedete seine Pläne.

»Es war ein Unglück«, sagte Mauriri. »Von allen Nächten hatten die weißen Teufel gerade diese eine zum Fischen ausersehen. Es war finster, als wir durch die Einfahrt kamen. Sie waren in Booten und Kanus. Stets haben sie ihre Büchsen bei sich. Einen Raiatea-Mann erschossen sie. Brown war sehr tapfer. Wir versuchten, an ihnen vorbei bis zum Ende der Bucht zu gelangen, wurden aber von ihnen abgeschnitten und zwischen dem Großen Fels und dem Dorf eingeschlossen. Wir retteten die Schußwaffen und die ganze Munition, aber sie nahmen das Boot. So hörten sie von deinem Kommen. Brown ist jetzt mit den Büchsen und der Munition auf dieser Seite.«

»Aber warum kletterte er nicht über den Großen Fels und warnte uns, ehe wir einliefen?« sagte Grief vorwurfsvoll.

»Sie kannten den Weg nicht. Nur die Ziegen und ich kennen ihn, und ich dachte nicht daran und kroch durch den Busch bis ans Wasser, um zu dir zu schwimmen. Aber die Teufel waren schon im Busch und schossen auf Brown und die Raiatea-Leute. Mich jagten sie bis spät in den Morgen hinein. Dann fuhrst du mit deinem Schoner ein, und ich entkam, aber du warst schon an Land.«

»Du warst es, der den Schuß abgab?«

»Ja, um dich zu warnen. Aber sie waren klug genug, nicht auch noch zu schießen, und es war meine letzte Patrone.«

»Und du, Hasenscharte?« fragte Grief den Koch. Sein Bericht war lang und wurde mühsam hervorgestammelt. Vor einem Jahr hatte er auf der Valetta Tahiti verlassen und die Paumotus befahren. Besitzer und Kapitän des Schiffes war der alte Dupuy. Auf der letzten Reise hatte er in Tahiti zwei Fremde als Steuermann und Superkargo geheuert. Noch einen dritten Fremden hatte er an Bord, der auf Fanriki als Agent abgesetzt werden sollte. Steuermann und Superkargo hießen Raoul van Asveld und Karl Lepsius.

»Es sind Brüder, das weiß ich, denn ich habe sie im Dunkeln auf Deck miteinander reden hören, als sie sich unbelauscht glaubten«, erklärte Hasenscharte. Die Valetta kreuzte durch die Lowinseln und holte von den Stationen Dupuys Schildpatt und Perlen. Frans Amundson, so hieß der dritte Fremde, löste Pierre Gollard in Fanriki ab. Pierre Gollard kam an Bord, um nach Tahiti zurückzukehren. Die Eingeborenen von Fanriki sagten, er hätte eine Menge Perlen für Dupuy. In der ersten Nacht nach der Abfahrt von Fanriki gab es eine Schießerei in der Kajüte. Dann wurden die Leichen von Dupuy und Pierre Gollard über Bord geworfen. Die Tahiti-Leute flüchteten ins Vorderkastell und blieben dort zwei Tage lang ohne Nahrung. Dann ließ Raoul van Asveld ihnen durch Hasenscharte Essen bringen, in das er Gift getan hatte. Die Hälfte der Matrosen starb.

»Er richtete seine Büchse auf mich, Herr, was konnte ich tun?« wimmerte Hasenscharte. »Zwei von den Tahiti-Leuten flohen in die Takelung und wurden erschossen. Fanriki war zehn Meilen entfernt, aber trotzdem sprangen die übrigen über Bord, um hinzuschwimmen. Sie wurden im Wasser erschossen. Nur ich und die beiden Teufel blieben am Leben. Ich sollte für sie kochen. Am selben Tage fuhren sie nach Fanriki zurück und holten Frans Amundson ab, der mit ihnen im Bunde war.«

Dann folgte der Bericht über Hasenschartes Leiden während der zweiten Fahrt des Schoners nach Westen. Als einziger überlebender Zeuge wußte er, daß sie ihn getötet haben würden, wenn sie ihn nicht als Koch gebraucht hätten. In Noumea hatten sich ihnen fünf Sträflinge angeschlossen. Hasenscharte durfte nirgends an Land gehen, und Grief war der erste Mensch, dem er sein Herz ausschütten konnte.

»Und jetzt werden sie mich töten,« sprudelte Hasenscharte, »denn sie wissen, daß ich Ihnen alles erzählt habe. Aber ich bin kein Feigling, und ich will bei Ihnen bleiben, Herr, und mit Ihnen sterben.«

Der Ziegenmann schüttelte den Kopf und stand auf. »Leg' dich schlafen«, sagte er zu Grief. »Wir müssen heute nacht

weit schwimmen. Den Koch werde ich jetzt höher in die
Berge bringen, wo meine Brüder mit den Ziegen leben.«

IV.

»Es ist gut, daß du schwimmst wie ein Mann, großer Bruder«, flüsterte Mauriri.

Von der Bergschlucht waren sie zum Strande der Bucht
hinabgestiegen. Sie schwammen leise, ohne zu plätschern,
Mauriri voran. Die schwarzen Kraterwände erhoben sich
rings um sie, und es sah aus, als schwämmen sie auf dem
Grunde einer gewaltigen Schüssel. Über ihnen wölbte sich,
schwach leuchtend, der von Sternen überstäubte Himmel.
Vor sich konnten sie die Lichter der Rattler erblicken, und aus
der Ferne erklangen die Töne eines Chorals von dem Grammophon, das für Pilsach bestimmt gewesen war.

Die beiden Schwimmer wandten sich nach links, um dem
gekaperten Schiff nicht zu nahe zu kommen. Die Klänge des
Chorals wurden von Lachen und Singen abgelöst, und dann
setzte das Grammophon wieder ein. Grief mußte lächeln, als
jetzt »Führe mich, freundliches Licht« über die dunkle Fläche
klang.

»Wir müssen durch das Riff und versuchen, auf den Großen Felsen zu kommen«, flüsterte Mauriri. »Die Teufel haben
die Landzunge besetzt. Horch!«

Ein halbes Dutzend Büchsenschüsse, die in unregelmäßi-
gen Abständen knallten, bezeugten, daß Brown noch den
Felsen hielt, und daß die Piraten ihn von der Landenge aus
belagerten.

Nach zwei Stunden hatten sie den finster dräuenden
Schatten des Großen Felsen erreicht. Mauriri tastete sich
vorwärts, bis er einen Spalt fand, der hundert Fuß aufwärts zu
einem schmalen Grat führte.

»Warte hier«, sagte Mauriri. »Ich gehe zu Brown. Am
Morgen kehre ich zurück.«

Mauriri lauschte in der Finsternis.

»Selbst du, großer Bruder, kannst das nicht. Ich bin der
Ziegenmann, und auf ganz Fuatino bin ich der einzige, der

nachts über den Großen Felsen gehen kann, ja, es ist das erstemal, daß selbst ich es tue. Strecke die Hand aus. Fühlst du etwas? Hier liegt Pilsachs Dynamit. Lege dich dicht an die Wand, und du kannst gut schlafen, ohne hinabzustürzen. Ich gehe jetzt.«

Und hoch über der rauschenden Brandung, auf einem schmalen Felsvorsprung saß David Grief neben einer Tonne Dynamit und entwarf seinen Kriegsplan, dann legte er den Kopf auf seinen Arm und schlief ein.

Als Mauriri ihn am Morgen über den Gipfel des Großen Felsen führte, verstand David Grief, warum es in der Nacht nicht möglich gewesen wäre. Trotz seiner Seemannsnerven, die schwieriges Klettern gewöhnt waren, wunderte er sich, daß er das Wagestück überhaupt, selbst jetzt bei hellem Tage, unternehmen konnte. Es gab Stellen, an denen er sich, stets unter der sorgsamsten Führung Mauriris, über hundert Fuß tiefe Spalten vornüber fallen lassen mußte, bis seine ausge- streckte Hand einen Halt an der gegenüberliegenden Wand fand, worauf er die Füße nachziehen konnte. Einmal galt es, einen zehn Fuß weiten Sprung über einen tausend Fuß tief gähnenden Schlund schräg hinunter auf einen Absatz zu machen, der kaum Platz für seine Füße bot. Und einmal ver- lor er trotz seines kühlen Kopfes die Selbstbeherrschung, als er auf einem nur zwölf Zoll breiten Vorsprung 6tand, wo er nirgends einen Halt fand. Er schwankte, aber da schwang Mauriri sich an ihm vorbei über die Tiefe und versetzte ihm dabei einen scharfen Hieb auf den Rücken, der ihn wieder zu sich brachte. Jetzt verstand er, warum Mauriri die Bezeich- nung »Ziegenmann« erhalten hatte.

V.

Die Verteidigung des Großen Felsen hatte ihre Vorzüge und ihre Nachteile. Für den Belagerer uneinnehmbar, konn- ten zwei Mann die Stellung gegen Zehntausende halten. Dazu beherrschte sie die Ausfahrt in das offene Meer, und so konn- ten die beiden Schoner mit Raoul van Asveld und seiner Räuberbande nicht entkommen. Mit seiner Tonne Dynamit, die er höher hinauf auf den Felsen geschafft hatte, war Grief Herr der Situation. Das bewies er eines Morgens, als die Schoner den Versuch machten, in See zu stechen. Die Valetta übernahm die Führung, im Schlepp des Walbootes, das mit Gefangenen aus Fuatino bemannt war. Grief und der Ziegenmann blickten von ihrer sicheren Zuflucht dreihundert Fuß tief auf sie hinab. Ihre Gewehre lagen neben ihnen, dazu ein glimmender Feuerschwamm und ein großes Bündel mit Lunten versehener Dynamitpatronen. Als das Boot gerade unter ihnen war, schüttelte Mauriri den Kopf:

»Es sind unsre Brüder, wir dürfen nicht schießen.«

Vorn auf der Valetta standen einige von Griefs eignen Raiatea-Leuten. Einer stand achtern am Rade. Die Piraten befanden sich unter Deck oder auf dem andern Schoner, bis auf einen, der, ein Gewehr in der Hand, mittschiffs stand. Als Deckung hielt er Naumoo, die Tochter der Königin, dicht an sich.

»Das ist der Hauptteufel«, flüsterte Mauriri, »und seine Augen sind ebenso blau wie die deinen. Er ist ein schrecklicher Mann. Schau! Er hält Naumoo vor sich, damit wir nicht auf ihn schießen können.«

Ein leichter Gegenwind und die Strömung hemmten die Schnelligkeit des Schoners.

»Sprechen Sie englisch?« rief Grief hinunter.

Der Mann zuckte zusammen, dann hob er die Büchse und blickte hinauf. Es war etwas Blitzhaftes, Katzenartiges in seinen Bewegungen, und sein sonnengebräuntes Gesicht funkelte vor Kampfgier. Es war das Gesicht eines Mörders.

»Ja«, antwortete er. »Was wünschen Sie?«

»Kehren Sie um, oder ich sprenge den Schoner in die Luft«, warnte Grief ihn. Er blies auf den Feuerschwamm und sagte leise zu Mauriri: »Ruf Naumoo zu, daß sie sich losreißen und nach achtern laufen soll.«

Auf der Rattler, die gleich hinterher folgte, knallten die Büchsen, und die Kugeln stoben gegen den Felsen. Van Asveld lachte verächtlich, und Mauriri rief dem Mädchen etwas in der Sprache der Eingeborenen zu. Als das Schiff gerade unter ihnen war, sah Grief, wie das junge Mädchen sich losriß, und im selben Augenblick berührte er mit dem Schwamm die Lunte, sprang an den Rand des Felsens und ließ das Dynamit fallen. Van Asveld war es indessen gelungen, Naumoo wieder zu fangen, und er kämpfte mit ihr. Der Ziegenmann hielt seine Büchse auf ihn gerichtet und wartete auf eine Gelegenheit, um zum Schusse zu kommen. Das Dynamit fiel auf das Deck und rollte an das Backbordspeigatt. Van Asveld sah es, ließ das Mädchen los, und beide liefen nach achtern, um sich in Sicherheit zu bringen. Der Ziegenmann feuerte, traf aber nur die Ecke der Kombüse. Die Kugeln von der Rattler flogen dichter, und die beiden Männer auf dem Felsen zogen sich zurück und warteten. Mauriri wollte sehen, was unten geschah, aber Grief hielt ihn zurück.

»Die Lunte war zu lang«, sagte er. »Das nächste Mal wird es besser gehen.«

Es dauerte eine halbe Minute, ehe die Explosion erfolgte. Sie konnten indessen die Wirkung nicht gleich sehen, da die Schützen auf der Rattler sich jetzt eingeschossen hatten und ein heftiges Feuer unterhielten. Einmal wagte Grief sich doch vor, um einen Blick hinunterzuwerfen, obwohl ihm die Kugeln um die Ohren pfiffen. An Backbord der Valetta waren Deck und Reling fortgerissen, sie krengte stark und trieb in den Hafen zurück. Die Besatzung und die Frauen von Huahine, die sich in der Kajüte der Valetta befunden hatten, schwammen zur Rattler und kletterten an Bord. Die Fuatino-Leute, die mit dem Walboot die Valetta bugsiert hatten, ruderten wild durch die Einfahrt nach dem Südstrand zurück.

Vom Ufer der Landenge ertönte das Knallen von vier Büchsen; Brown und seine Leute hatten sich einen Weg durch den Busch gebahnt und griffen jetzt ein. Auch Grief und Mauriri feuerten, vermochten aber nicht viel auszurichten, da ihre Feinde auf der Rattler Deckung hinter den Kajütaufbauten suchten, während Wind und Strömung das Fahrzeug immer weiter zurücktrieben. Die Valetta war spurlos in der Tiefe des Kraters verschwunden.

Jetzt zeigte Raoul van Asveld eine Kühnheit und Besonnenheit, die die Bewunderung Griefs erregte. Mit Büchsenschüssen von der Rattler zwang er die fliehenden Fuatino-

Leute zur Umkehr; gleichzeitig schickte er die Hälfte seiner Banditen mit dem Boot an Land und ließ sie die Landenge besetzen, wodurch Brown von der Insel selbst abgeschnitten wurde. Und den Rest des Morgens hindurch konnte Grief aus dem Schießen hören, wie Brown auf der entgegengesetzten Seite nach dem Großen Felsen zurückgetrieben wurde. Mit Ausnahme des Verlustes der Valetta war die Lage unverändert.

VI.

Auf dem Großen Felsen sah es in Wirklichkeit katastrophal aus. Es gab weder Nahrung noch Wasser. Mehrere Nächte hintereinander schwamm Mauriri in Begleitung eines Raiatea-Mannes bis ans Ende der Bucht, um Lebensmittel zu holen. Dann kam eine Nacht, in der Lichter über dem Wasser aufblitzten und Schüsse knallten. Der Große Fels war auch von der Wasserseite blockiert.

»Eine merkwürdige Situation«, meinte Brown, der jetzt alle Abenteuer erlebte, von denen er geträumt hatte. »Wir haben sie und können sie nicht loslassen, und Raoul hat uns und kann nichts machen. Er kann nicht entwischen, und während wir ihn bewachen, können wir verhungern.«

»Wenn es nur regnen würde, daß die Felslöcher sich füllten«, sagte Mauriri. Sie waren jetzt vierundzwanzig Stunden ohne Wasser gewesen. »Großer Bruder, heute nacht werden du und ich Wasser holen. Es ist eine Arbeit für starke Männer.«

In der Nacht führte er Grief vom Großen Felsen auf die Landenge hinunter. Sie waren beide mit festverkorkten Kokosnußkalabassen versehen. Dann schwammen sie etwa hundert Fuß weit hinaus. Sie konnten hin und wieder das Plätschern von Riemen oder das Schlagen eines Paddels gegen die Kanuwand hören; zuweilen blitzte ein Streichholz auf, wenn einer der Männer in den Booten, die den Felsen bewachten, sich eine Zigarette oder seine Pfeife anzündete.

»Warte hier und halte die Kalabassen,« flüsterte Mauriri. Dann tauchte er. Grief beobachtete die phosphoreszierende

Spur im Wasser, die sich allmählich trübte und verschwand. Erst nach einer guten halben Minute tauchte Mauriri geräuschlos wieder neben ihm auf. »Hier! Trink!«

Er hatte eine Kalabasse gefüllt, und Grief trank das labende frische Wasser, das Mauriri ihm aus der salzigen Tiefe gebracht hatte.

»Es kommt vom Lande«, sagte Mauriri.

»Ganz unten auf dem Grunde?«

»Nein. Das Meer ist hier so tief, wie die Berge hoch sind. Fünfzig Fuß unter der Oberfläche strömt es. Tauch' hinunter, bis du seine Kühle spürst.«

Nach Taucherart füllte und leerte Grief seine Lunge erst einigemal, ehe er tauchte. Das Wasser war salzig und warm, aber tief unten wurde es plötzlich kühl und schmeckte brackig. Dann befand er sich in dem klaren unterseeischen Strom. Er zog den Stöpsel aus der Kalabasse, und während das süße Wasser hineingurgelte, sah er, einem Seegespenst gleich, den phosphoreszierenden Umriß eines großen Fisches langsam vorbeigleiten. Dann blieb er oben und hielt das immer schwerer werdende Gewicht der Kalabassen, während Mauriri immer wieder tauchte und eine andre füllte.

»Es waren Haie da«, sagte Grief, als sie an Land zurückschwammen.

»Pah!« lautete die Antwort. »Das sind nur Fischhaie! Wir Männer von Fuatino sind ihre Brüder.«

»Aber die Tigerhaie, die habe ich auch schon hier gesehen.«

»Wenn die kommen, großer Bruder, werden wir kein Wasser mehr zu trinken haben – es sei denn, daß es regnet.«

VII.

Eine Woche darauf schwammen Mauriri und ein Raiatea-Mann mit leeren Kalabassen zurück. Die Tigerhaie waren in die Bucht gekommen. Am nächsten Tage durstete man auf dem Großen Fels. »Wir müssen unser Heil versuchen«, sagte Grief. »Heute nacht werde ich mit Mautau Wasser holen, und morgen, Bruder, wirst du mit Tehaa gehen.«

Nur drei Flaschen konnte Grief füllen, dann vertrieben die Haie sie. Sie waren sechs auf dem Felsen, und ein halbes Liter täglich ist bei der sengenden Hitze der Tropen keine genügende Feuchtigkeit für den Körper eines Mannes. In der folgenden Nacht kehrte Mauriri und Tehaa ohne Wasser zurück. Und am nächsten Tage lernte Brown den Durst kennen. Er erfuhr, was es heißt, wenn die Lippen rissig werden, daß sie bluten, wenn die Mundhöhle sich mit körnigem Schleim bedeckt und die Zunge so anschwillt, daß sie keinen Platz mehr im Munde zu finden scheint.

Bei Einbruch der Dunkelheit schwamm Grief mit Mautau hinaus. Immer wieder tauchten sie durch die salzige Flut in den kühlen süßen Strom hinab und tranken sich satt, während die Kalabassen sich füllten. Dann kam die Reihe an Mautau, um die letzte Kalabasse zu füllen. Grief sah von der Oberfläche aus den Schimmer der Seegespenster, dann das phantastische Phosphoreszieren eines Kampfes unter Wasser. Er schwamm allein zurück, ohne jedoch die kostbare Last der gefüllten Kalabassen im Stich zu lassen.

Auch die Nahrung wurde knapp. Auf dem Felsen wuchs nichts, und der Fuß war zwar mit Schaltieren bedeckt, aber die Brandung war zu stark und der Hang zu abschüssig, als daß man hätte hingelangen können. Hin und wieder fanden sie in einem Spalt einige übelriechende Muscheln und Seeigel, und zuweilen glückte es ihnen, einen Fregattvogel oder eine Möwe in der Schlinge zu fangen. Dann gelang es ihnen, mit einem Stück Vogelfleisch einen Hai zu angeln. Das Haifleisch benutzten sie wieder als Köder und fingen damit mehrere weitere Haie.

Aber der Wassermangel war schrecklich. Mauriri betete zum Ziegengott, Taute zum Gott der Missionare um Regen, und seine beiden Landsleute wurden rückfällig und riefen die Götter aus ihrer Heidenzeit an. Grief lächelte und dachte nach, Brown aber fluchte mit wilden Blicken und geschwollener, schwarzer Zunge. Namentlich verfluchte er das Grammophon, das, wenn die kühlen Abende hereinbrachen, seine Lieder herunterleierte. Der Choral »Jenseits von Lächeln und Weinen« konnte ihn zur Verzweiflung bringen. Es schien das

Lieblingslied der Besatzung zu sein und wurde immer wieder gespielt. Wenn Brown auch vor Hunger, Durst und Schwäche halb von Sinnen war, konnte er doch dem Zirpen der Ukulélés und Gitarren und dem Singen der Huahine-Frauen ruhig lauschen. Sobald aber der Gesang des Dreifaltigkeits-Chors über das Wasser tönte, geriet er außer sich. Eines Abends fiel sogar der brüchige Tenor ein und sang den Choral mit.

Da stand Brown auf. Und immer wieder schoß er, blind vor Wut, seine Büchse auf den Schoner ab. Männer und Frauen brachen in Lachen aus, und ein Kugelregen von der Landenge war die Antwort. Der Tenor aber sang, und Brown schoß, bis der Choral zu Ende gespielt war.

In dieser Nacht kehrten Grief und Mauriri nur mit einer Kalabasse zurück. Das Fehlen eines sechs Zoll langen Hautfetzens an Griefs Schulter zeugte von der Berührung mit der sandpapierartigen Haut eines Hais, dem er nur mit Mühe und Not entronnen war.

VIII.

Früh am Morgen des nächsten Tages, ehe noch die Sonne ihre volle Kraft erreicht hatte, schlug Raoul van Asveld eine Unterredung vor. Brown, der hundert Schritt entfernt auf dem Ausguck gelegen hatte, brachte den Bescheid. Grief kauerte an einem kleinen Lagerfeuer und briet ein Stück Haifleisch. Man hatte Seeanemonen und Seeigel gefunden, Tehaa hatte einen Hai geangelt, und Mauriri auf dem Grunde des Spalts, in dem das Dynamit aufbewahrt wurde, einen ansehnlichen Kraken gefangen. In der Dunkelheit waren sie zudem zweimal hinausgeschwommen und hatten Wasser geholt, ehe die Tigerhaie ihnen auf die Spur gekommen waren.

»Er sagt, er möchte gern herkommen und mit Ihnen sprechen«, berichtete Brown. »Aber ich weiß ja, was der Kerl will. Er will nur sehen, wie nahe wir am Verhungern sind.«

»Bringen Sie ihn her«, sagte Grief.

»Und dann töten wir ihn«, rief der Ziegenmann froh. Grief schüttelte den Kopf.

»Aber er ist ein Mörder, großer Bruder, ein Ungeheuer, ein Teufel«, protestierte der Ziegenmann.

»Er darf nicht getötet werden, Bruder. Wir brechen nicht unser Wort.«

»Das ist töricht.«

»So sind wir nun einmal«, antwortete Grief ernst, indem er das Haistück über dem Feuer drehte. Er merkte, wie Tehaa einen Blick voller Gier darauf warf. »Tue das nicht, wenn der große Teufel kommt, Tehaa. Du mußt aussehen, als ob Hunger dir etwas ganz Unbekanntes wäre. Koche diese Seeigel, und du, Bruder, koche den Kraken. Wir werden einen Festschmaus mit dem großen Teufel halten! Spart nichts, kocht alles!«

Grief erhob sich, das Fleisch, das er briet, noch in der Hand, als Raoul van Asveld sich in Begleitung eines kräftigen irischen Terriers dem Lager näherte. Raoul beging nicht den Fehler, die Hand auszustrecken.

»Hallo!« sagte er. »Habe von Ihnen gehört.«

»Ich möchte, ich hätte nie von Ihnen gehört«, antwortete Grief.

»Danke, gleichfalls!« lautete die Antwort. »Ehe ich wußte, wer Sie waren, glaubte ich, mit einem gewöhnlichen Handelskapitän zu tun zu haben. Sonst hätten Sie mich nie hier eingeschlossen.«

»Und ich muß zu meiner Schande gestehen, daß ich Sie auch unterschätzte«, lächelte Grief. »Ich hielt Sie für einen gewöhnlichen Strandräuber und nicht für einen intelligenten Piraten und Mörder. Wir haben uns also nichts vorzuwerfen.«

Das Blut stieg in Raouls sonnengebräunte Wangen, aber er bezwang seinen Zorn. Sein Blick glitt über die Vorräte und die vollen Kalabassen, aber er ließ sich seine Überraschung nicht merken. Er war ein großer, schlanker, gut gewachsener Mann, und Grief betrachtete genau seine Züge, um seinen Charakter abzuschätzen. Die Augen waren kühn und scharf, saßen aber etwas zu dicht zusammen – ein wenig zu nahe im Verhältnis zu der breiten Stirn, dem kräftigen Kinn, den starken Kiefern und den weit ausladenden Backenknochen. Stärke! Das war es, was das Gesicht ausdrückte, und doch spürte Grief, daß dem Manne etwas Unbestimmbares fehlte.

»Wir sind beide starke Männer«, sagte Raoul mit einer Verbeugung. »Vor hundert Jahren würden wir um Kaiserreiche gekämpft haben.«

Jetzt verbeugte Grief sich.

»Aber wie die Dinge stehen, schlagen wir uns jetzt unter dem Zwang der Gesetze gerade der Reiche, deren Geschick wir vermutlich vor hundert Jahren bestimmt haben würden«, sagte er.

»Alles wird zu Staub«, sagte Raoul sinnend, indem er sich niedersetzte. »Essen Sie nur weiter. Lassen Sie sich nicht stören.«

»Wollen Sie nicht mitessen?« forderte Grief ihn auf.

Der andere blickte ihn scharf an.

»Ich klebe von Schweiß«, sagte er. »Kann ich mich waschen?«

Grief nickte und befahl Mauriri, eine Kalabasse zu bringen. Raoul sah dem Ziegenmann in die Augen, konnte aber nur die größte Gleichgültigkeit darin entdecken, als das kostbare Naß auf den Boden verschüttet wurde.

»Der Hund ist durstig«, sagte Raoul.

Eine zweite Kalabasse wurde dem Tiere gereicht. Wieder forschte Raoul in den Augen des Eingeborenen, aber ohne Ergebnis.

»Tut mir leid, daß ich Ihnen keinen Kaffee anbieten kann«, entschuldigte Grief sich. »Sie müssen mit reinem Wasser vorliebnehmen. Eine Kalabasse, Tehaa! Wollen Sie nicht ein Stück Hai versuchen? Hinterher gibt es Kraken und Seeigel nebst Algensalat. Es ist schade, daß wir heute keinen Fregattvogel haben, die Leute waren aber gestern faul und haben keinen gefangen.«

Mit einem Appetit, der nicht vor in Schmalz gebackenen Nägeln zurückgeschreckt wäre, aß Grief gedankenlos und schob die Reste dann dem Hunde hin.

»Ich fürchte, ich habe mich noch nicht recht an die primitive Kost gewöhnt«, seufzte er, sich zurücklehnend. »Die Konservenbüchsen auf der Rattler wären jetzt nicht ohne, aber dieser Dreck — —« Er nahm ein halbes Pfund Haifleisch und warf es dem Hunde hin. »Wenn Sie sich nicht bald ergeben, werde ich mich schließlich daran gewöhnen müssen.«

Raoul lachte etwas gezwungen:

»Ich bin gekommen, um Ihnen ein Angebot zu machen«, sagte er mit Nachdruck.

Grief schüttelte den Kopf.

»Von einem Vergleich kann nicht die Rede sein. Jetzt hab' ich Sie an der Leine, und ich denke nicht daran, loszulassen.«

»Sie glauben also, daß Sie mich in diesem Loch festhalten können!« rief Raoul.

»Lebendig kommen Sie nicht heraus, es sei denn an Händen und Füßen gefesselt.« Grief betrachtete seinen Gast genau, um ihn abzuschätzen. »Ich bin schon früher mit Leuten Ihres Schlages fertig geworden. Wir haben die Südsee hübsch von ihnen gesäubert. Sie – nun ja, wie soll ich sagen – Sie sind eine Art Anachronismus, Sie sind eine Rückfallsform, von der wir uns befreien müssen. Wenn ich Ihnen einen Rat geben darf, dann begeben Sie sich wieder auf den Schoner und schießen Sie sich eine Kugel durch den Kopf. Das ist die einzige Möglichkeit für Sie, dem Schicksal zu entgehen, das Ihnen sonst blüht.«

Raoul verstand, daß jede Unterhandlung fruchtlos enden mußte, und kehrte zurück mit der festen Überzeugung, daß die Männer auf dem Großen Felsen jahrelang aushalten konnten. Hätte er aber gesehen, wie Tehaa und die Raiatea-Leute sich, sobald er außer Sicht war, über die Brocken stürzten, die der Hund übriggelassen hatte, so wäre er schnell andrer Meinung geworden.

IX.

»Jetzt hungern wir zwar, Bruder«, sagte Grief. »Aber besser jetzt eine kurze Weile, als noch lange Zeit zu hungern. Nachdem der große Teufel in Hülle und Fülle bei uns gegessen und gutes Wasser getrunken hat, wird er nicht mehr lange in Fuatino bleiben. Er wird wohl schon morgen den Versuch machen, wegzukommen. Heute nacht werden du und ich auf dem Gipfel des Felsen schlafen, und Tehaa, der gut schießt, wird mit uns gehen, wenn er sich hinauf wagt.«

Tehaa war der einzige der Raiatea-Leute, der das Wagestück unternehmen konnte, und als der Tag anbrach, befand er sich hinter einer Barrikade Ton Felsblöcken, hundert Schritt von der Stelle, wo Grief und Mauriri lagen.

Das Signal gab ein heftiges Schießen von der Landenge. Brown und seine beiden Raiatea-Leute hatten den Rückzug ihrer Belagerer bemerkt und verfolgten sie jetzt durch den Busch bis an den Strand.

Eine Stunde lang konnte Grief aus seinem Ausguck nichts bemerken. Dann erschien plötzlich die Rattler, die offenbar die Ausfahrt forcieren wollte. Wie beim erstenmal mußten die gefangenen Fuatino-Leute im Walboot bugsieren. Als sie langsam unten vorbeifuhren, rief Mauriri ihnen Weisungen zu, die Grief ihm gab. Neben Grief lag ein ganzer Haufen Dynamitpatronen, die fest zusammengeschnürt und mit ganz kurzen Lunten versehen waren.

Vorn auf dem Deck der Rattler stand mitten unter den Raiatea-Matrosen, die Büchse in der Hand, einer der Verbrecher, wie Mauriri erklärte, der Bruder Raouls. Achtern neben dem Rudergast standen ein zweiter und, mit einem Tau an ihn gebunden, Mataara, die alte Königin. Auf der andern Seite des Rudergastes stand, einen Arm in der Schlinge, Kapitän Glaß, mittschiffs sah man wieder Raoul und, fest an ihn gebunden, Naumoo.

»Guten Morgen, Herr David Grief«, rief Raoul.

»Ich habe Sie doch gewarnt und Ihnen gesagt, daß Sie die Insel nur an Händen und Füßen gefesselt verlassen würden«, rief Grief bedauernd.

»Sie können doch nicht alle Ihre Leute töten, die ich an Bord habe«, lautete die Antwort.

Der Schoner bewegte sich langsam unter den Ruderschlägen der Leute im Walboot und war beinahe unter der Stelle, wo Grief und Mauriri lagen. Die Ruderer hielten inne, wurden aber sofort von dem Mann, der vorn auf der Rattler stand, mit der Büchse bedroht.

»Wirf, großer Bruder!« rief Naumoo in der Sprache von Fuatino. »Ich bin traurig und möchte gern sterben. Er hat sein Messer zur Hand, um das Tau zu durchschneiden, aber ich werde ihn halten. Hab keine Furcht, großer Bruder. Wirf und wirf richtig. Lebe wohl!«

Grief zögerte, dann senkte er den Feuerschwamm, den er zu heller Glut angefacht hatte.

»Wirf!« drängte der Ziegenmann. Noch zögerte Grief. »Wenn sie hinausgelangen, stirbt Naumoo doch. Und auch die andern werden getötet. Was gilt Naumoos Leben gegen das so vieler!«

»Wenn Sie das Dynamit fallen lassen oder einen einzigen Schuß abgeben, töten wir alle, die wir an Bord haben«, rief Raoul nach oben. »Jetzt habe ich Sie, David Grief. Sie können die Leute nicht töten, aber ich kann es. Halt den Mund!«

Die letzten Worte waren an Naumoo gerichtet, die in ihrer Sprache etwas hinaufgerufen hatte. Jetzt packte Raoul sie mit einer Hand am Genick, um sie zum Schweigen zu bringen. Da schlang sie beide Arme um ihn und blickte flehend zu Grief empor. »Werfen Sie, Herr Grief, und lassen Sie sie alle zur Hölle gehen«, rief Kapitän Glaß mit seiner rauhen Stimme. »Es sind blutige Mörder, und die ganze Kajütte ist voll von ihnen.«

Der Kerl, an den die alte Königin gebunden war, drehte sich halb um und richtete die Büchse drohend auf Kapitän Glaß. In diesem Augenblick feuerte Tehaa aus seinem Versteck auf ihn. Die Büchse entfiel seiner Hand, und mit einem Ausdruck tiefsten Erstaunens brach er zusammen, im Fallen die Königin mit sich reißend.

»Backbord! Hart Backbord!« schrie Grief.

Kapitän Glaß und der Rudergänger legten das Ruder über, und der Bug der Rattler bewegte sich geradewegs auf den Felsen zu. Mitschiffs kämpfte Raoul noch mit Naumoo. Sein Bruder rannte ihm zu Hilfe; einige rasche Schüsse von Tehaa und dem Ziegenmann verfehlten ihn. Als er die Mündung seiner Büchse Naumoo an die Seite setzte, berührte Grief mit dem Feuerschwamm das gespaltene Ende einer Lunte. Er stieß an das große Dynamitbündel, und im selben Augenblick ging unten die Büchse los. Naumoo brach auf dem Deck zusammen, und gleichzeitig fiel das Dynamit. Diesmal war die Lunte kurz genug. In dem Augenblick, als der Sprengstoff das Deck berührte, fand die Explosion statt, und der Teil der Rattler, auf dem Roul, sein Bruder und Naumoo gestanden hatten, verschwand für immer. Die Seite des Schoners war zerschmettert, und er begann sofort zu sinken. Vorn sprangen alle Raiatea-Leute über Bord. Den ersten Mann, der die Kajüttreppe heraufstürmte, traf Kapitän Glaß mit einem wuchtigen Tritt ins Gesicht, dann aber wurde er über den Haufen geworfen und niedergetrampelt. Den Verbrechern folgten die Huahino-Frauen, und als sie über Bord gesprungen waren, sank die Rattler dicht an der Felswand. Ihre Dwarssalinge guckten noch heraus.

Grief konnte von seinem Standpunkt aus beobachten, was unter der Oberfläche geschah. Er sah Mataara, die sich von dem toten Piraten befreite und dann nach oben schwamm. Als ihr Kopf auftauchte, sah sie Kapitän Glaß, der nicht schwimmen konnte, dicht neben sich untersinken. War die Königin auch eine alte Frau, so war sie doch Insulanerin. Sie schwamm zu ihm, hielt seinen Kopf über Wasser und schleppte ihn zu den Dwarssalingen.

Fünf blonde und braune Köpfe schwammen zwischen den schwarzen der Polynesier auf der Oberfläche. Grief wartete, die Büchse in der Hand, darauf, zum Schuß zu kommen. Der Ziegenmann feuerte, und im nächsten Augenblick sah man den Körper eines Mannes langsam sinken. Aber jetzt war für die Raiatea-Leute der Augenblick der Rache gekommen. Rasch wie die Fische schwammen sie herbei, und vom Felsen konnte Grief sehen, wie die vier überlebenden Verbrecher trotz verzweifelten Widerstandes gepackt, unter Wasser gezogen und wie die Katzen ersäuft wurden.

In zehn Minuten war alles vorbei. Die Huahine-Frauen klammerten sich, lachend und kichernd, an das Walboot, das den Schoner bugsiert hatte. Die Raiatea-Leute hingen jetzt mit Kapitän Glaß und Mataara an den Dwarssalingen und warteten auf Griefs Befehle.

»Die arme, alte Rattler«, sagte Kapitän Glaß später traurig.

»Das hat nichts zu sagen«, antwortete Grief. »In einer Woche haben wir sie gehoben, neue Spanten eingesetzt und können die Reise fortsetzen.« Dann wandte er sich zur Königin: »Wie steht es mit dir, Schwester?«

»Naumoo ist tot und Motuaro, Bruder, aber Fuatino ist wieder unser. Die Sonne scheint wieder für uns. Jetzt sende ich meinem Volk bei den Ziegen in den Bergen Botschaft. Und heute abend soll ein Freudenfest im Versammlungshause gefeiert werden.«

»Wir brauchen schon längst neue Spanten achtern«, meinte Kapitän Glaß. »Aber der Chronometer wird auf dieser Reise wohl nicht mehr funktionieren.«

Die Witzbolde von Neu-Gibbon

I.

Ich bin fast ängstlich, Sie in Neu-Gibbon mit an Land zu nehmen«, sagte David Grief. »Erst als Sie und die Engländer mir freie Hand ließen und sich gar nicht mehr um den Ort kümmerten, konnte ich etwas erreichen.«

Wallenstein, der deutsche Regierungskommissar von Bougainville; goß sich ein großes Glas Whiskysoda ein und lächelte.

»Wir ziehen den Hut vor Ihnen, Herr Grief«, sagte er in vollkommen reinem Englisch. »Was Sie auf der Teufelsinsel erreicht haben, ist das reine Wunder. Und wir werden uns hüten, uns hineinzumischen. Es ist wirklich eine Teufelsinsel, und der alte Koho ist der Oberteufel. Mit ihm konnten wir nie fertig werden. Er ist ein schrecklicher Lügner und dazu nicht dumm. Er ist ein schwarzer Napoleon, ein kopfjagender, menschenfressender Talleyrand. Ich brauche nur daran zu denken, wie der englische Kreuzer mich vor sechs Jahren auf der Insel an Land setzte. Die Nigger flohen natürlich in den Busch; aber wir fanden verschiedene, die nicht imstande waren, zu fliehen – und eine von ihnen war seine letzte Frau. Sie war seit zwei Tagen an einem Arm aufgehängt und der Sonne ausgesetzt gewesen. Wir schnitten sie ab, aber sie starb doch. Und drei andre Weiber waren bis zum Hals in den fließenden Strom gestellt worden; man hatte ihre Knochen zerbrochen und ihre Glieder zerschmettert – es ist das ein Prozeß, der sie wohlschmeckender machen soll. Es war noch etwas Leben in ihnen. Ihre Widerstandskraft ist ja wunderbar. Eine von ihnen, die älteste, lebte noch nach drei Tagen. Na ja, da haben Sie ein kleines Beispiel von der Lebensweise Kohos. Er ist ein wildes Tier. Es ist uns stets ein Rätsel gewesen, wie Sie es fertiggebracht haben, ihn zu zähmen.«

»Daß er gezähmt ist, will ich nicht gerade behaupten«, antwortete Grief. »Obwohl er hin und wieder kommt und einem aus der Hand frißt.«

»Es ist jedenfalls mehr, als wir mit unsern Kreuzern erreicht haben. Weder die Deutschen noch die Engländer haben je auch nur einen Schimmer von ihm zu sehen bekommen. Sie waren der erste, der ihn gesehen hat.«

»Nein, MacTavish war der erste«, erklärte Grief. »Ach, seiner entsinne ich mich noch gut – des kleinen dürren Schotten!«

Wallenstein nahm einen Schluck von seinem Whisky und fuhr fort: »War das nicht der, den man den Lärmstiller nannte?«

Grief nickte.

»Und es heißt, daß Sie ihm ein höheres Gehalt zahlen, als sowohl ich wie der englische Regierungskommissar erhalten.«

»Ja, das wird wohl leider stimmen«, räumte Grief ein. »Und er ist es auch wert – nehmen Sie's mir nicht übel. Überall, wo es Spektakel gibt, ist er da. Er ist der reine Zauberer. Er war es, der mir Zutritt auf Neu-Gibbon verschaffte. Augenblicklich ist er in Malaita, um eine Plantage für mich in Gang zu bringen.«

»Die erste?«

»Ja, bis jetzt gibt es ja noch nicht einmal eine Handelsstation in ganz Malaita. Wenn man Arbeiter dort wirbt, muß man stets Deckungsboote benutzen und Stacheldraht ausspannen. Aber da ist die Plantage auf Neu-Gibbon! In einer halben Stunde sind wir da.« Er reichte seinem Gast das Glas. »Links vom Hause sehen Sie die Bootsschuppen. Dahinter sind die Baracken. Und rechts sind die Kopraschuppen. Wir trocknen schon eine ganze Menge. Der alte Koho ist so zivilisiert geworden, daß er seine Leute Nüsse für uns einsammeln läßt. Da ist die Mündung des Stroms, in den die drei Weiber gestellt wurden, um mürbe zu werden.«

Die Wonder steuerte direkt auf den Ankerplatz zu. Sie hob und senkte sich über ganz glatten Wogen, hin und wieder wurde sie von einer Bö von achtern gepackt. Es war gerade das Ende der Passatzeit, und die Luft war schwer und dick von der tropischen Feuchtigkeit, während farbenreiche, formlose Wolkenmassen den Himmel überzogen. Die unfreundliche Landschaft war ganz eingehüllt in gewaltige Wolkenbänke und Staubwirbel, die von den Bergesgipfeln im Innern des Landes drohend überragt wurden. Auf einem Vorgebirge spielte ein blendender Sonnenstreifen, über ein andres, kaum eine Meile dahinter, schüttete eine Regenbö ihre Schauer von Wasser aus.

Das war die feuchte, fruchtbare, wilde Insel Neu-Gibbon, die dreißig Meilen von Choiseul entfernt lag. Geographisch gehörte sie zum Salomonarchipel, in politischer Beziehung stand sie halb unter englischer, halb unter deutscher Oberherrschaft; die Linie, die die Machtsphäre beider Reiche trennte, ging mitten durch die Insel, und sie stand daher unter der gemeinsamen Kontrolle beider Regierungskommissare. In Wirklichkeit stand diese Kontrolle jedoch nur auf den Papieren in den Bureaus der Kolonialämter. Eine wirkliche Kontrolle gab es nicht und hatte es nicht gegeben. Die Trepangfischer waren ihr in alten Tagen aus dem Wege gegangen. Die Sandelholzhändler hatten sie nach bitteren Erfahrungen aufgegeben. Die Werberschiffe hatten nie auch nur einen einzigen Arbeiter auf dieser Insel bekommen können, und nachdem der Schoner Dorset mit Mann und Maus hier vernichtet war, ließ man den Ort liegen. Später hatte eine deutsche Gesellschaft versucht, eine Kokosplantage anzulegen, die man aber wieder aufgab, nachdem verschiedenen Verwaltern und einer Menge von Arbeitern die Köpfe abgehauen worden waren. Viermal hatten die Missionsgesellschaften den Versuch gemacht, die Insel auf friedlichem Wege zu erobern, und viermal waren sie, teils durch Krankheiten, teils durch Metzeleien wieder vertrieben worden. Wieder hatte man es mit Kreuzern sowohl wie mit Güte versucht, immer vergebens. Stets hatten sich die Kannibalen in den Busch zurückgezogen, wo sie das Pfeifen der Granaten verlachten. Wenn die Kriegsschiffe fort waren, war es ihnen ein leichtes gewesen, ihre Grashütten wieder aufzubauen.

Neu-Gibbon war eine große Insel, hundertfünfzig Meilen lang und halb so breit. An der Luvseite war ihre Küste felsig und bot weder Einfahrt noch Ankerplätze. Sie wurde von Dutzenden kriegerischer Stämme bewohnt, oder war es vielmehr gewesen, bis Koho, einem Kamehameha gleich, sich erhoben und den größten Teil durch Waffenmacht und kluge Politik zu einem Bund vereinigt hatte. Seine Politik, die darauf ausging, jeden Verkehr mit der weißen Rasse zu unterbinden, war für sein Volk weise und nützlich gewesen, denn seit der letzte Kreuzer sich gezeigt hatte, durfte er ungestört regieren, bis David Grief und MacTavish, der Lärmstiller, auf dem einsamen Strand gelandet waren, wo sich einmal das deutsche Haus mit seinen Baracken und verschiedenen englischen Missionshäusern befunden hatte.

Jetzt folgten Kriege, falsche Friedensschlüsse und neue Kämpfe. Der kleine, dürre Schotte verstand sich ebensogut darauf, Spektakel zu machen, wie ihn zu dämpfen, und er begnügte sich nicht mit der Eroberung des Strandes, er importierte Buschmänner aus Malaita und drang auf Wildschweinswechseln bis tief in den Busch hinein. Er verbrannte die Dörfer, bis Koho müde wurde, sie wieder aufzubauen, und nahm Kohos ältesten Sohn gefangen, nur um den Häuptling zu zwingen, auf Verhandlungen einzugehen. Dann führte MacTavish sein System des Köpfetausches ein. Jeden Kopf seiner eignen Leute ließ er sich mit zehn Köpfen von Kohos Leuten bezahlen. Und als Koho begriffen hatte, daß der Schotte ein Mann von Wort war, wurde der erste wirkliche Friede geschlossen. Inzwischen hatte MacTavish Haus und Baracken bauen lassen, den Busch auf weite Strecken an der Küste gerodet und mit dem Pflanzen begonnen. Dann war er fortgeschickt worden, um einige Spektakel auf dem Tasman-Atoll zu dämpfen, wo eine Epidemie von schwarzen Masern ausgebrochen war, deren Ausgangspunkt nach der Behauptung der Teufel-Teufel-Medizinmänner Griefs Plantage war. Ein Jahr darauf wurde er wieder nach Neu-Gibbon gerufen, um den Eingeborenen die Köpfe zurechtzusetzen. Koho mußte zweihunderttausend Kokosnüsse Strafe bezahlen, und da hatte er eingesehen, daß es billiger war, Frieden zu halten und die Nüsse zu verkaufen. Außerdem begann das jugendliche Feuer in ihm zu erlöschen. Er wurde alt und hinkte stark, die Folge eines Lee-Enfield-Geschosses, das ihm den Schenkel durchbohrt hatte.

II.

Ich kannte einmal einen Mann in Hawai,« sagte Grief, »den Verwalter einer Zuckerplantage, der stets einen Hammer und einen sechszölligen Nagel gebrauchte.«

Sie saßen auf der breiten Veranda des Hauses und sahen zu, wie der Verwalter der Neu-Gibbon-Plantage an einer ganzen Kompanie von Kranken herumdokterte. Es waren Leute aus Neugeorgien, und der Mann, den er unter den Fingern hatte, klagte über Zahnschmerzen. Worth hatte gerade einen mißglückten Versuch gemacht. Er wischte sich mit der einen Hand den Schweiß von der Stirn und schwang in der andern die Zange.

»Dann hat er wohl verschiedene Kiefer dabei zerbrochen«, meinte er grimmig.

Grief schüttelte den Kopf. Wallenstein lächelte und hob die Brauen.

»Durchaus nicht«, erklärte Grief. »Er versicherte, daß der Zahn stets auf den ersten Schlag draußen war«, mischte Kapitän Ward sich ein. »Der Alte gebrauchte stets einen Holzhammer und einen Marlspieker. Er schlug mit einem einzigen kleinen Schlage einen Zahn so geschickt heraus, daß nicht das kleinste Stückchen zurückblieb.«

»Ich ziehe doch die Zange vor«, murmelte Worth grimmig und setzte sie im Munde des Schwarzen an. Der Mann brüllte und fuhr hoch, als er zog. »Helfen Sie mir, und halten Sie ihn nieder«, bat der Verwalter.

Grief und Wallenstein packten den Schwarzen je an einer Seite und hielten ihn fest. Und der Mann sträubte sich aus allen Kräften und biß die Zähne über der Zange zusammen. Die Gruppe schwankte hin und zurück. Die Anstrengung war so groß, daß allen der Schweiß von der Stirn troff. Der Stuhl, auf dem der Schwarze gesessen hatte, war umgestürzt, und er wand sich vor Schmerzen. Kapitän Ward, der sich gerade einen Whisky eingoß, hielt in dieser Beschäftigung inne, nur um sie mit Zurufen anzufeuern. Worth ermahnte seine Helfer, festzuhalten, und arbeitete selbst wie toll. Er drehte an dem Zahn, daß es knackte, und dann versuchte er es mit einem plötzlichen Ruck.

Keiner von ihnen bemerkte einen kleinen Mann, der die Treppe heraufhumpelte und dann stehenblieb und zusah. Koho war konservativ. Seine Vorfahren hatten nie Kleider getragen, und er trug auch keine, nicht einmal einen Lendenschurz. Die vielen leeren Löcher in Nase, Lippen und Ohren zeugten von seiner längst vergangenen Putzsucht. Die Löcher in seinen Ohrläppchen waren aufgerissen, und die Fetzen welken Fleisches, die ihm ganz bis auf die Schultern hingen, zeigten, daß sie von ansehnlicher Größe gewesen waren. Jetzt besaß er nur noch Sinn für das Nützliche und hatte sich daher in eines der sechs kleinen Löcher in seinem rechten Ohr eine kurze Tonpfeife gesteckt. Um den Leib hatte er sich einen einfachen Gürtel geschnallt, und darin steckte die scharfe Schneide eines langen Messers. Außerdem hingen am Gürtel sein Betelnußbambus und die Kalkdose. In der Hand hielt er eine kurzläufige, großkalibrige Sniderbüchse. Er war unbeschreiblich schmutzig und am ganzen Leib voller Narben, am schlimmsten war die, welche eine Lee-Enfield-Kugel an seinem linken Bein hinterlassen hatte, das nur halb so dick wie das andere war. Sein eingefallener Mund ließ darauf schließen, daß nicht mehr viel Zähne übrig waren. Gesicht und Körper waren eingeschrumpft, aber seine kugelrunden, schwarzen Augen, die klein waren und dicht beieinander saßen, waren ganz klar, und ihr unruhiger, besorgter Blick erinnerte mehr an einen Affen als an einen Menschen.

Er sah zu und grinste vor Vergnügen wie ein Äffchen. Die Freude, die er beim Anblick des leidenden Patienten empfand, kam ihm aus dem Herzen, denn die Welt, in der er lebte, war voll von Qualen. Er hatte selbst ein gut Teil davon gehabt und dafür gesorgt, daß andre noch mehr bekamen. Als der Zahn aus dem Kiefer und die Zange mit einem nervenzerreißenden Geräusch über die andern Zähne des Patienten und zu seinem Munde herausfuhr, leuchteten die Augen des alten Koho gradezu auf, und er betrachtete mit Freude den armen Schwarzen, der brüllend zu Boden gesunken war und sich den Kopf mit beiden Händen hielt.

»Ich glaube, er wird ohnmächtig«, sagte Grief und beugte sich über das Opfer. »Geben Sie ihm einen Schnaps, Kapitän Ward. Sie nehmen am besten auch gleich einen, Worth, Sie zittern ja am ganzen Leibe.«

»Ich glaube, ich nehme auch einen«, sagte Wallenstein und wischte sich den Schweiß vom Gesicht.

Da bemerkte er Kohos Schatten und wurde dadurch auf den alten Häuptling aufmerksam.

»Hallo! Was ist das für einer?«

»Ach, das ist Koho«, sagte Grief liebenswürdig, aber ohne ihm die Hand zu reichen; er wußte Bescheid.

Es war nämlich eines von Kohos, ihm von den Teufel-Teufel-Medizinmännern bei seiner Geburt auferlegten Tambos, daß seine Haut nicht mit der eines weißen Mannes in Berührung kommen durfte. Worth und Kapitän Ward von der Wonder begrüßten Koho, Worth bezeigte jedoch sofort seine Unzufriedenheit, als er die Sniderbüchse erblickte, denn eines seiner Tambos war, daß kein Buschmann, der die Plantage besuchte, Waffen tragen durfte. Büchsen hatten die unangenehme Eigenschaft, plötzlich loszugehen. Er klatschte in die Hände, und ein schwarzer Hausboy aus San Christobal kam angelaufen. Auf einen Wink von Worth nahm er dem Gast die Büchse ab und brachte sie ins Haus.

»Koho«, sagte Grief und zeigte ihm den deutschen Regierungskommissar. »Dies groß fella Herr gehören Bougainville – mein Wort, sehr groß fella Herr.«

Koho, der sich noch gut an den Besuch des deutschen Kreuzers entsann, lächelte, wobei ihm die unangenehmen Erinnerungen deutlich auf dem Gesicht geschrieben standen.

»Reichen Sie ihm ja nicht die Hand, Wallenstein«, warnte Grief. »Tambo, verstehen Sie.«

Dann wandte er sich wieder zu Koho. »Mein Wort, du werden zu dick, du machen stopp. Du bald nehmen dich neu fella Mary (Frau), he?«

»Zu alt fella mich«, antwortete Koho und schüttelte betrübt den Kopf. »Mich nicht mögen Mary. Mich nicht mögen Kai-kai (Essen). Alles fertig für mich.« Er warf einen sehnsüchtigen Blick auf Worth, der gerade den Kopf zurücklegte und ein großes Glas hinuntergoß. »Mich mögen Rum.«

Grief schüttelte den Kopf.

»Tambo für schwarz fella.«

»Er schwarz fella nicht Tambo«, protestierte Koho und wies auf den Arbeiter, dem der Zahn gezogen war.

»Er fella krank«, erklärte Grief.

»Mich fella auch krank.«

»Du fella großer Lügenpeter«, lachte Grief. »Rum Tambo, immer Tambo. Hör', Koho, wir haben groß Rede mit dies groß fella Herr.«

Und er, Wallenstein und der alte Häuptling setzten sich auf die Veranda, um ihre Staatsaffären zu verhandeln. Sie machten Koho Komplimente, weil er Frieden gehalten hatte, und er schwor immer wieder mit Hinweisen auf seine Altersschwäche, daß er jetzt in alle Ewigkeit Frieden halten würde. Dann erörterten sie den Plan, zwanzig Meilen weiterhin an der Küste eine deutsche Plantage anzulegen. Der Boden müßte natürlich Koho abgekauft werden, und der Preis wurde in Tabak, Messern, Perlen, Körben, Walzähnen und Perlmuttergeld – in allem möglichen, nur nicht Rum – berechnet. Während der Unterredung beobachtete Koho durch das Fenster, wie Worth drinnen Medizin mischte und die Flaschen wieder in die Hausapotheke stellte. Ferner sah er, wie der Verwalter seine Arbeit damit beschloß, daß er einen Whisky nahm. Koho merkte sich genau, wo er die Flasche, aus der er sich einschenkte, hinstellte. Obgleich er aber noch eine geschlagene Stunde nach Schluß der Konferenz sitzen blieb, fand er keine Gelegenheit, sich ins Zimmer zu schleichen; es war immer jemand drinnen. Als Grief und Worth sich dann niedersetzten, um über ihre Geschäfte zu reden, gab Koho sein Vorhaben auf.

»Mich gehen auf Schoner«, sagte er und humpelte ab.

»So endet alle Größe auf Erden«, lachte Grief. »Wenn man bedenkt, daß das der furchtbarste, blutrünstigste Mörder auf den Salomoninseln war, daß er den Kampf mit zwei der ersten Großmächte der Welt aufgenommen hat, und jetzt kommt er an Bord, um uns einen Schnaps abzuluchsen.

III.

Es war das letztemal, daß der Superkargo der Wonder einem Eingeborenen einen Streich spielte. Er war gerade in der Kajüte dabei, eine Liste über die Waren aufzustellen, die mit den Walbooten an Land geschafft wurden, als Koho die Kajütstreppe heruntergehumpelt kam und sich ihm gegenüber an den Tisch setzte.

»Mich gleich ganz sterben«, wimmerte der alte Häuptling. Alle Lebensfreude schien ihn verlassen zu haben. »Mich nicht mögen Mary. Mich nicht mögen Kai-kai. Mich zuviel krank fella.« Es folgte eine lange Pause, in der sein Gesicht unsagbare Sorge um seinen Leib ausdrückte, den er mit allen Zeichen des Schmerzes zärtlich streichelte.

»Bauch gehören mich zuviel krank«, wieder folgte eine Pause, die offenbar eine Aufforderung an Denby bedeutete, seine Meinung zu sagen. Schließlich mit einem tiefen Seufzer: »Mich mögen Rum.«

Denby lachte herzlich. Der alte Kannibale hatte ihm früher schon wiederholt Schnäpse abgeluchst, und das strengste Verbot, das Grief und MacTavish ausgestellt hatten, galt gerade dem Ausschank von Alkohol an die Eingeborenen von Neu-Gibbon.

Das Unglück war, daß Koho auf den Geschmack gekommen war. Er hatte die Freuden des Trinkens in früheren Tagen nach einem Überfall auf den Schoner Dorset kennengelernt, mußte aber damals die Freude mit allen andern Männern des Stammes teilen, und so hatte der Vorrat nicht weit gereicht. Als er später mit seinen schwarzen Kriegern die deutsche Plantage überfallen hatte, war er klüger gewesen; er legte gleich Beschlag auf alle Trinkwaren. Das Ergebnis war natürlich ein einzig dastehender prachtvoller Rausch gewesen, die gemeinsame Wirkung von einem Dutzend verschiedener Spirituosen, von Bier mit Chinin bis zu Aprikosenschnaps. Der Rausch hatte monatelang gedauert, und als er vorbei war, saß Koho da mit einem Durst, den erst der Tod löschen konnte. Wie alle Wilden hatte er eine Neigung für starke Getränke, und jetzt hungerte jede Fiber seines Körpers danach. Er sehnte sich nach dem angenehmen Gefühl, wenn die Würmer in seinem Hirn krabbelten, nach dem seligen Frieden und dem Wohlbefinden, das der Rausch ihm schenkte. Und je älter, je überdrüssiger er der Weiber und Feste wurde, je mehr sein alter Haß ausbrannte, desto größer wurde seine Sehnsucht nach dem lebenserneuernden Feuerstrom, der sich aus Flaschen ergoß – aus jeder Art von Flaschen, er erinnerte sich deutlich des Geschmacks jeder einzelnen Sorte, die er versucht hatte. Stundenlang konnte er jetzt in der Sonne sitzen und der Erinnerung an die gewaltigen Orgien nachhängen, die der Zerstörung der deutschen Plantage gefolgt waren.

Denby zeigte sich sehr entgegenkommend. Er forschte nach den Krankheitssymptomen des alten Häuptlings. Er bot ihm abführende Tabletten, Pillen und vielerlei verschiedene Kapseln aus dem Medizinschrank an, aber Koho dankte immer wieder – er erinnerte sich gut, wie es ihm ergangen war, als er beim Überfall auf die Dorset in eine Chininkapsel gebissen hatte – dazu waren ein paar von seinen Kriegern, die ein weißes Pulver unter sich geteilt hatten, sofort unter heftigen Schmerzen gestorben. Nein, Medizin war nichts für ihn – was er brauchte, war der Inhalt der Flaschen, der kühle, flammende Jugenderneuerer. Es war kein Wunder, daß die weißen Männer sich nicht davon trennen wollten.

»Rum er gut fella«, wiederholte er immer wieder in seinem jammernden Ton mit der ermüdenden Ausdauer des alten Mannes.

Und da beging Denby seinen verhängnisvollen Fehltritt und spielte ihm einen Streich.

Er trat hinter Koho, öffnete den Raum mit den Medikamenten und nahm eine Flasche heraus, deren Etikette zeigte, daß sie Senfessenz enthielt. Er tat, als zöge er den Pfropfen heraus und tränke von dem Inhalt, und konnte unterdessen im Spiegel sehen, wie Koho sich halb umgedreht hatte und ihn beobachtete. Denby schmatzte zufrieden, räusperte sich und stellte die Flasche wieder an ihren Platz. Er vergaß den Medikamentenraum abzuschließen, setzte sich wieder hin, erhob sich aber nach einer angemessenen Weile und ging an Deck. An der Kajütstreppe blieb er stehen und lauschte. Nach einigen Augenblicken wurde die Stille unten von furchtbarem Prusten und heftigem, erstickendem Husten unterbrochen. Er lächelte vergnügt, und kurz darauf ging er wieder nach unten. Die Flasche stand wieder auf ihrem Platz, und der alte Mann saß in derselben Stellung da, wie er ihn verlassen hatte. Denby mußte unwillkürlich die eiserne Selbstbeherrschung des alten Häuptlings bewundern. Lippen, Zunge und Schlund, alle Schleimhäute der Mundhöhle mußten ihm wie Feuer brennen. Er keuchte und hustete hin und wieder ein wenig, und unaufhörlich rannen ihm Tränen über die Wangen. Ein gewöhnlicher Mensch hätte mindestens eine halbe Stunde lang noch die furchtbarsten Husten- und Erstickungsanfälle gehabt. Aber der alte Koho saß grimmig beherrscht da. Es ging ihm immer mehr auf, daß er das Opfer eines Streichs geworden war, und seine Augen leuchteten vor Haß, so böse, so abgrundtief, daß Denby zurückschauderte. Koho erhob sich würdevoll.

»Mich gehen«, sagte er. »Du rufen ein fella Boot bringen mich.«

IV.

Wallenstein, der gesehen hatte, daß Grief und Worth auf die Plantage hinausgeritten waren, setzte sich in das große Wohnzimmer und begann seine automatische Pistole mit Öl und alten Lappen zu reinigen. Neben ihm standen wie gewöhnlich eine Whiskyflasche und mehrere Flaschen Sodawasser. Auf dem Tisch stand ferner noch eine Flasche, ebenfalls mit einem Whiskyetikett, die aber Salbe enthielt, welche Worth für die Pferde gemacht und fortzustellen vergessen hatte.

Während Wallenstein arbeitete, sah er durch das Fenster Koho kommen. Er humpelte eilig, als er aber die Veranda erreichte und in die Stube trat, waren seine Bewegungen langsam und würdevoll. Er setzte sich und beobachtete die Reinigung der Waffe. Schlund, Zunge und Lippen brannten ihm, aber er ließ sich nichts merken. Als fünf Minuten vergangen waren, sagte er: »Rum er gut fella. Mich mögen Rum.«

Wallenstein schüttelte lächelnd den Kopf, und dann kam ihm ein Einfall: Er spielte Koho einen Streich, den letzten, den er je Gelegenheit hatte, einem Eingeborenen zu spielen. Die Ähnlichkeit der beiden Flaschen war es, die ihn auf den Einfall brachte. Er legte die Waffe auf den Tisch und goß sich ein großes Glas ein. Er stand so zwischen dem Tisch und Koho, daß es ihm ein leichtes war, die beiden Flaschen zu vertauschen. Dann leerte er das Glas und verließ das Zimmer, als ob er etwas suchte. Draußen hörte er, wie der alte Häuptling spuckte und hustete; als er aber wieder eintrat, saß Koho da, als wäre nichts geschehen. Die Flasche mit der Salbe war bedeutend leerer geworden.

Koho stand auf, klatschte in die Hände und gab dem eintretenden Hausboy zu verstehen, daß er seine Büchse wünschte. Der Junge brachte ihm die Waffe und begleitete ihn ein Stück auf dem Wege, wie es Schick und Brauch ist. Erst an der Gatterpforte gab er dem Gast die Waffe zurück. Wallenstein amüsierte sich köstlich, während er dem Häuptling nachsah, der den Strand entlang humpelte.

Als Wallenstein einige Minuten später seine Pistole wieder zusammensetzte, hörte er einen Schuß. Einen Augenblick dachte er an Koho, dann fiel ihm ein, daß Grief und Worth ihre Gewehre mitgenommen und wahrscheinlich eine Taube geschossen hatten. Er lehnte sich in dem Stuhl zurück, lachte, strich sich seinen blonden Schnurrbart und nickte ein. Plötzlich erwachte er. Er hörte die erregte Stimme von Worth: »Läutet die große fella Glocke! Läutet Menge zu sehr! Läutet wie Hölle!«

Wallenstein eilte auf die Veranda und sah den Verwalter zu Pferde über den Zaun setzen, um Grief einzuholen, der wie ein Verrückter den Strand entlang ritt. Ein lauter Krach und dicker Rauch, der zwischen den Kokospalmen aufstieg, sagte ihm, was geschehen war: Bootsschuppen und Baracken standen in Flammen. Die große Glocke der Plantage läutete heftig, während der deutsche Regierungskommissar an den Strand lief, wo er die Walboote vom Schoner auf die Insel zurudern sah.

Baracken, Bootsschuppen, Heuschober und alles andre Entzündbare war in Flammen eingehüllt. Grief kam aus der Küche bei den Baracken, er trug ein nacktes, schwarzes Kind an einem Bein; dem Kind fehlte der Kopf.

»Die Köchin ist noch drinnen«, sagte er zu Worth. »Ihr ist auch der Kopf abgeschnitten. Sie war zu schwer, und ich mußte machen, daß ich heraus kam.«

»Es ist meine Schuld«, sagte Wallenstein. »Der alte Koho hat es getan. Ich ließ ihn von Worths Pferdemedizin trinken.«

»Ich vermute, daß er schon in den Busch geflohen ist«, sagte Worth und sprang aufs Pferd.

»Oliver ist am Fluß. Hoffentlich hat Koho ihn nicht erwischt«, rief der Verwalter. Dann galoppierte er fort und verschwand zwischen den Bäumen. Einige Minuten später, als gerade die verkohlten Balken der Baracken zusammengestürzt waren, hörten sie ihn rufen und folgten ihm. Im Walde, am Flußufer trafen sie ihn. Er saß zu Pferde, kreideweiß, und starrte auf einen am Boden liegenden Gegenstand. Es war die Leiche Olivers, des jungen Assistenten; aber er war schwer zu erkennen, denn der Kopf fehlte. Jetzt kamen die schwarzen Arbeiter atemlos von den Feldern gelaufen. Grief ließ eine Bahre anfertigen, und dann wurde die Leiche nach dem Hauptgebäude gebracht.

Wallenstein gab sich ganz seinem Kummer und seiner Reue hin. Die Tränen strömten ihm über die Wangen, und als er eine Zeitlang gejammert hatte, begann er zu fluchen. Es war echte deutsche Wut, die sich durch diese Flüche Luft machte, und als er schließlich so raste, daß ihm der Schaum vor dem Munde stand, ergriff er Worths Gewehr.

»Keinen Unsinn!« befahl Grief strenge. »Nehmen Sie sich zusammen, Wallenstein. Seien Sie kein Narr.«

»Aber wollen Sie ihn denn entwischen lassen?« rief der andre verzweifelt.

»Er ist schon entwischt. Der Busch beginnt gleich hier am Flusse. Sie können ja sehen, wo er hindurchgewatet ist; jetzt ist er auf den Wildschweinswechseln schon tief ins Dickicht gelangt. Man kann ebensogut eine Stecknadel im Heuschober suchen. Außerdem würden seine Krieger uns überfallen, wenn wir seinen Spuren zu folgen versuchten. Nebenbei sind alle Wege voll von Menschenfallen – Sie wissen – Fallgruben mit Speeren, vergifteten Dornen und dergleichen. Mac Tavish und seine Buschleute sind die einzigen, die in den Urwald eindringen können, und selbst er hat bei seiner letzten Expedition drei Mann verloren. Kommen Sie zurück nach dem Hause. Heut wird die ganze Hölle los sein; wir werden sie hören, wie sie auf Muscheln blasen und ihre Kriegstrommeln bearbeiten. Ich glaube zwar nicht, daß sie versuchen werden, die Plantage zu stürmen, aber lassen Sie doch alle Leute beim Hause bleiben, Herr Worth. Kommen Sie.«

Unterwegs stießen sie auf einen Schwarzen, der ihnen schreiend und kreischend entgegenkam.

»Mach' Mund zu, gehören dir!« rief Worth. »Was Name du machen Lärm?«

»Ihn fella Koho machen tot zwei fella Bullamacow«, antwortete der Schwarze, indem er den Zeigefinger an der Kehle vorbeizog.

»Er hat die Kühe geschlachtet«, sagte Grief. »Das bedeutet eine Zeitlang keine Milch für Sie, Worth. Ich werde Ihnen ein paar neue von Ugi herüberschicken.«

Wallenstein war immer noch untröstlich, es half erst ein wenig, als Denby kam und von der Dosis Senf erzählte, mit der er Koho traktiert hatte. Da lebte Wallenstein sichtlich auf, fuhr aber, sich den blonden Schnurrbart streichend, fort, die Salomoninseln mit Flüchen aus dem reichen Vorrat von vier verschiedenen Sprachen zu verdammen.

Am nächsten Morgen konnte man von der Mastspitze der Wonder aus überall im Urwald Signalrauch aufsteigen sehen. Von jedem Gipfel an der Küste und tief im Lande hinter der dichten Dschungel wanden sich dünne, aber vielsagende Rauchsäulen empor. Dörfer auf den höchsten Bergen im Innern des Landes, hoch über der Grenze, die Mac Tavish je auf seinen Expeditionen erreicht hatte, beteiligten sich an dieser Unterhaltung. Jenseits des Flusses ertönte ein wahnsinniger Muschelchor, und die stille Luft erzitterte unter dem dumpfen Klang der Trommeln, überall, meilenweit her hörte man die großen Kriegstrommeln – mächtige Holzblöcke, die

mit Hilfe von Feuer und Werkzeugen aus Stein und Muschelschalen ausgehöhlt waren.

»Ihr habt nichts zu befürchten, solange ihr zusammenhal-
tet«, sagte Grief zu seinem Verwalter. »Ich muß so schnell wie
möglich nach Guvutu. Sie werden euch nicht auf freiem Felde
angreifen. Behalten Sie die Arbeiter beim Hause. Hören Sie
auf mit dem Roden im Walde. Sie werden jede Abteilung, die
ausgeschickt wird, angreifen. Und vor allem: Lassen Sie sich
nicht verleiten, in den Urwald einzudringen, um Koho zu
fangen. Wenn Sie das tun, fängt er Sie. Warten Sie, bis
MacTavish kommt. Ich schicke ihn sofort mit einer Abteilung
Buschleute von Malaita; er ist tatsächlich der einzige, der hier
etwas ausrichten kann. Ich glaube, es ist am besten, wenn
Denby bei Ihnen bleibt. Sie haben wohl nichts dagegen, Herr
Denby? Dann schicke ich MacTavish mit der Wanda, und Sie,
Herr Denby, können dann mit der Wanda von hier abfahren
und wieder auf die Wonder kommen. Kapitän Ward muß
sehen, den Rest der Reise ohne Sie fertig zu werden.«

»Das hatte ich gerade selber vorschlagen wollen«, antwortete Denby. »Ich hatte mir ja nie träumen lassen, daß eine
solche Geschichte bei dem kleinen Spaß herauskommen
würde; aber ich sehe ein, daß ich verantwortlich dafür bin.«

»Verantwortlich bin ich«, fiel Wallenstein ein.

»Aber ich habe angefangen«, behauptete der Superkargo.

»Das mag sein, aber ich habe weitergemacht.«

»Ja, und Koho hat es beendet«, sagte Grief.

»Unter allen Umständen bleibe ich auch«, sagte der Deutsche.

»Ich dachte, Sie wollten mich nach Guvutu begleiten«,
protestierte Grief.

»Das wollte ich auch. Aber dies ist ja, wenigstens teilweise,
meine Jurisdiktion, und ich habe hier einen Fehlgriff begangen. Ich bleibe jedenfalls hier, bis die Geschichte wieder in
Ordnung gebracht ist.«

V.

Von Guvutu aus benachrichtigte Grief Mac Tavish, der sich auf Malaita befand. Dann fuhr Kapitän Ward mit der Wonder nach den Santa-Cruz-Inseln, und Grief charterte von den britischen Behörden einen mit schwarzen Gefangenen bemannten Walfänger und fuhr nach Guadalcanar, um den Boden auf der andern Seite von Penduffryn zu untersuchen.

Drei Wochen später kehrte er wieder nach Guvutu zurück. Der Hafen war jetzt verlassen, nur ein einziges kleines Fahrzeug lag dicht am Lande vor Anker. Grief erkannte sofort die Wanda. Sie war offenbar soeben angekommen, denn ihre Mannschaft war noch dabei, die Segel zu bergen. Als Grief sich neben die Wanda legte, kam MacTavish selbst an die Reling, um ihm herüberzuhelfen.

»Was ist los?« fragte Grief. »Sind Sie noch nicht weggekommen?«

MacTavish nickte.

»Ich bin schon wieder da. Alles wohl an Bord.«

»Und wie steht es auf Neu-Gibbon?«

»Als ich die Insel zuletzt sah, bildete sie den Rahmen für einige wertlose Ruinen, die man mit bloßem Auge kaum von der Landschaft unterscheiden konnte.«

MacTavish war ein Mensch aus Stahl und Eisen, klein wie Koho und ebenso eingeschrumpft; seine Haut war wie Mahagoni, und seine kleinen ausdruckslosen Augen glichen mehr der Spitze eines Zwickbohrers als den Augen eines Schotten. Er kannte keine Furcht, keine Begeisterung, er war unempfänglich für Krankheit, klimatische Einflüsse und Gefühle. Daß sein verdrießliches Aussehen furchtbare Neuigkeiten verdeckte, darüber war Grief nicht einen Augenblick im Zweifel.

»Los«, sagte er. »Was ist geschehen?«

»Es gibt nichts, was mehr zu verdammen wäre, als solch einen heidnischen Nigger zum besten zu haben«, lautete die Antwort. »Außerdem ist es ein sehr teurer Spaß. Kommen Sie mit in die Kajüte, Herr Grief. Es ist besser, Sie hören den Bericht bei einem Glase Whisky. Bitte, nach Ihnen.«

»Also, wie haben Sie die Sache in Ordnung gebracht?«
fragte Grief, als sie Platz genommen hatten. Der kleine Schotte schüttelte den Kopf. »Es gab nichts in Ordnung zu bringen. Es kommt natürlich darauf an, wie man es ansieht. Man
könnte auch sagen, daß es schon in Ordnung gebracht war –
gründlich, verstehen Sie – ehe ich kam.«

»Aber Mensch, die Plantage? Die Plantage?«

»Es gibt keine Plantage mehr. Die ganze Arbeit vieler Jahre ist vernichtet. Wir stehen wieder gerade da, wo wir anfingen, wo die Missionen anfingen, wo die Deutschen anfingen
und – wo sie aufhörten. Von der Mole ist nicht ein Stein
übrig. Die Häuser liegen in Schutt und Asche. Alle Bäume
sind umgehauen, und die wilden Schweine graben Jams und
Bataten aus. Die Neugeorgien-Leute, ein guter Arbeiterstamm
von hundert Köpfen – sie haben ein hübsches Geld gekostet
–, sind weg. Nicht einer ist übrig, um zu erzählen, was geschehen ist.« Er machte eine Pause und begann dann in einem
großen Koffer zu suchen, der unter der Kajütstreppe stand.

»Aber Worth? Und Denby? Und Wallenstein?«

»Ja, das wollte ich Ihnen jetzt gerade erzählen. Sehen Sie
her.«

Mac Tavish zog einen aus Reisstroh geflochtenen Sack
heraus und schüttete den Inhalt auf den Fußboden. Grief fuhr
auf; mit Mühe fand er seine Selbstbeherrschung wieder. Vor
ihm lagen die Köpfe der drei Männer, die er auf Neu-Gibbon
zurückgelassen hatte. Wallensteins Schnurrbart hatte seinen
kecken Schwung verloren und klebte an der Unterlippe.

»Wie es zugegangen ist, weiß ich nicht«, fuhr der Schotte
trocken fort. »Ich vermute jedoch, daß sie sich in den Urwald
gewagt haben, um den alten Teufel zu kriegen.«

»Und wo ist Koho?« fragte Grief.

»Wieder im Busch und göttlich betrunken. Sonst hätte ich
die Köpfe nie bekommen. Er konnte nicht mehr auf den
Füßen stehen, und da trugen seine Krieger ihn auf dem Rücken aus dem Dorfe, als ich es stürmte. Und jetzt wäre ich
Ihnen übrigens sehr verbunden, wenn Sie mir die Köpfe
abnehmen würden.« Er machte eine Pause und seufzte.
»Vermutlich werden sie wie üblich begraben. Meiner Ansicht

nach sind es Raritäten, für die jedes Museum hundert Pfund das Stück bezahlen würde. Trinken Sie lieber noch ein Glas. Sie sind ein bißchen blaß. – Da, trinken Sie das runter, und wenn Sie einen Rat von mir hören wollen, Herr Grief, so verbieten Sie streng, daß sich jemand einen Spaß mit den Niggern macht. Es kommt immer Spektakel dabei heraus, und es ist ein zu kostspieliges Vergnügen.«

Eine kleine Abrechnung mit Swithin Hall

I.

Nach einem langen prüfenden Blick auf die weite, öde Meeresfläche kletterte David Grief langsam und enttäuscht aus den Dwarssalingen herunter.

»Das Leu-Leu-Atoll ist verschwunden, Herr Snow«, sagte er zu dem jungen Steuermann, der ihn erwartungsvoll anblickte. »Wenn wir uns überhaupt noch auf unsre Navigationskunst verlassen können, so muß die Insel im Meere versunken sein, und wir sind zweimal über sie hinweggesegelt – oder jedenfalls über die Stelle, wo sie liegen müßte. Oder aber der Chronometer geht falsch, oder ich verstehe nichts mehr von Navigation.«

»Es muß der Chronometer sein«, versicherte der Steuermann. »Sie wissen, daß ich ebenfalls meine Berechnungen gemacht habe und genau zu dem gleichen Ergebnis gekommen bin wie Sie.«

»Ja,« murmelte Grief und nickte verstimmt, »die Insel hätte gerade auf dem Schnittpunkt unsrer Linien liegen müssen. Sicher ist der Chronometer daran schuld – irgendein Zahnrad muß in Unordnung geraten sein.«

Er schritt zur Reling und wieder zurück und warf einen besorgten Blick auf das Kielwasser der Uncle Toby. Der Schoner machte in der frischen Brise eine Fahrt von neun bis zehn Knoten.

»Legen Sie lieber um, Herr Snow, und lassen Sie uns ein paar Stunden kreuzen. Der Himmel bezieht sich, und wir werden heute nacht kaum einen Stern zu sehen bekommen. Wir wollen in der Nähe bleiben, morgen früh die Breite aufnehmen und können dann den Breitengrad des Leu-Leu-Atolls entlang laufen. So haben es in alten Zeiten alle Seeleute gemacht.«

Mit ihrem Rumpf, den starken Spieren und ihrem hohen Bug war die Uncle Toby der langsamste, tonnenförmigste, aber auch steifste und sicherste Schoner, den Grief besaß. Er pflegte auf der Route zwischen den Banksinseln und der Santa-Cruz-Gruppe sowie nordwestlich nach verschiedenen einsamen Atollen zu laufen, wo seine eingeborenen Händler Kopra, Schildpatt und gelegentlich eine Tonne Perlen sammelten. Er hatte auf dieser Reise zuerst Leu-Leu, die fernste Insel, anlaufen wollen, und fand sich jetzt auf dem weiten Meere verloren mit einem Chronometer, auf den er sich nicht verlassen konnte.

II.

Kein Stern zeigte sich in der Nacht, und ebensowenig war die Sonne am nächsten Tage zu sehen. Eine schwüle, stickige Stille herrschte, die nur hin und wieder von heftigen, mit starken Regengüssen verbundenen Böen unterbrochen wurde. Aus Furcht, zu weit aus dem Kurs zu geraten, braßte die Uncle Toby vierkant. Vier Tage und vier Nächte war der Himmel von Wolken verhüllt. Die Sonne zeigte sich nicht, und die Sterne brachen zwar hin und wieder durch die Wolken, aber zu trübe und flüchtig, als daß man eine Beobachtung hätte machen können. Unterdessen mußte es auch dem jüngsten Schiffsjungen klar werden, daß ein furchtbares Unwetter im Anmarsch war. Grief sah auf das Barometer, das unerschütterlich 29,90 zeigte, dann begab er sich wieder an Deck. Er stieß auf Jackie-Jackie, dessen Gesicht jetzt ebenso düster wie der Himmel war. Jackie-Jackie war ein erfahrener Tonga-Matrose, der Bootsmanndienste tat und der gemischten Kanakenmannschaft gegenüber gewissermaßen als zweiter Steuermann galt.

»Groß Wetter ihn kommen, ich glauben«, sagte er. »Ich sehen ihn bestimmt kommen, vielleicht in fünf oder sechs Stunden.«

Grief nickte. »Wirbelsturmwetter, du hast recht, Jackie-Jackie. Sehr bald Barometer gehen runter – daß Boden fallen heraus.«

»Sicher«, meinte der Tonganer. »Es wird wehen wie Hölle.« – Zehn Minuten später kam Snow an Deck. »Es fällt plötzlich«, sagte er. »29,85; es fällt ruckweise. Merken Sie, wie schwül es ist?« Er wischte sich mit dem Handrücken die Stirn. »Ich bin ganz krank. Das ganze Frühstück kommt mir hoch.«

Jackie-Jackie grinste. »Mir gehen genau so. Alles in mir herumgehen. Das immer so vor großem Wetter. Aber Uncle Toby in Ordnung. Sie kommen überall durch.«

»Sie täten besser, die Gaffel zu reffen und den Sturmklüver zu setzen«, sagte Grief zum Steuermann. »Und sehen Sie nach, ob alle Seisinge klar sind. Man kann nicht wissen, was wird. Überwachen Sie selbst die Arbeit.«

Nach einer Stunde war es noch drückender geworden, die Windstille hielt an, und das Barometer war auf 29,70 gefallen. Dem Steuermann, der noch jung war, fehlte die Geduld, das kommende Unheil ruhig abzuwarten. Nachdem er eine Weile rastlos an Deck auf und ab gewandert war, blieb er plötzlich stehen und schwang die Arme.

»Wenn wir es doch kriegen sollen, dann schon lieber gleich«, rief er. »Dies Warten hat ja keinen Sinn! Nur her damit, und wenn es auch noch so schlimm wird! Eine schöne Situation übrigens – ein durchgedrehter Chronometer und ein Wirbelsturm, der nicht kommen will!«

Der wirr bewölkte Himmel nahm eine unbestimmte Kupferfarbe an und sah aus wie ein ungeheurer, rotglühender Kessel. Die ganze Mannschaft war an Deck gekommen. Die eingeborenen Matrosen standen mittschiffs und vorn in ängstlichen Gruppen, unterhielten sich leise und warfen argwöhnische Blicke auf den unheilverkündenden Himmel und das ebenso unheilverkündende Meer, das in weiten öligen Wellen atmete.

»Sieht aus, wie Petroleum mit Rizinusöl gemischt«, brummte der Steuermann und spie seinen Abscheu über Bord. »Als ich klein war, verabreichte mir meine Mutter manchmal das Gebräu. Sehen Sie, wie dunkel es wird?«

Die geisterhafte Kupferglut war erloschen, der Himmel verdüsterte sich, und es wurde dunkel wie späte Dämmerung. David Grief strengte seine Augen an, um in dem schwachen Licht »die Gesetze des Sturmes« nachzulesen, obwohl er mit einem Wirbelsturm gut Bescheid wußte. Es war nichts zu machen, als zu warten, bis es losging, und dann festzustellen, welche Richtung das vernichtende Zentrum des Wirbelsturmes einschlug.

Es war drei Uhr nachmittags, und das Barometer stand auf 29,45, als es zu wehen begann. Man konnte erkennen, wie das Meer sich in der Ferne verdunkelte und sich winzige Schaumwellen vor dem Winde kräuselten. Dann kam eine steife Brise, die die Uncle Toby unter ihren Sturmsegeln eine gleichmäßige Fahrt von etwa vier Knoten machen ließ.

»Das ist ja gar nicht der Rede wert, nach all den Vorbereitungen«, knurrte Snow verdrießlich.

»Pickaninnywind«, räumte Jackie-Jackie ein. »Er wachsen groß sehr schnell, du sehen.«

Grief ließ die Fock, jedoch mit Reffen, setzen, und die Uncle Toby lief schneller in dem wachsenden Winde. Der Wind nahm schnell an Stärke zu, war jedoch nicht stetig. Er schlief wieder ein, aber nur, um stoßweise immer stärker zu werden. Zuletzt lag die Reling der Uncle Toby mehr unter als über Wasser, und die Speigatten genügten nicht, um das schäumende Wasser, das sie übernahm, ablaufen zu lassen.

Grief studierte eingehend das immer noch fallende Barometer.

»Das Zentrum liegt südlich,« sagte er zu Snow, »und wir kreuzen seinen Weg und laufen direkt hinein. Wir müssen unsern Kurs ändern. Dann wird das Barometer hoffentlich steigen. Holen Sie die Vorsegel ein – sie kann sie nicht mehr tragen – und legen Sie um.«

Das Manöver wurde ausgeführt; in der fast nächtlichen Dunkelheit wandte sich die Uncle Toby und schoß in wahnsinniger Fahrt nach Norden.

»Es ist reine Glückssache«, vertraute Grief seinem Steuermann einige Stunden später an. »Der Wirbel macht eine große Kurve, die sich nicht berechnen läßt – möglicherweise geraten wir direkt hinein, statt ihm zu entgehen. Gott sei Dank hält sich das Barometer jetzt. Alles hängt davon ab, wie groß die Kurve ist. Die See ist zu schwer, wir müssen brassen! Wir werden schon irgendwie durchkommen.«

»Ich hatte mir eingebildet, daß ich wüßte, was Wind ist«, schrie Snow am nächsten Morgen seinem Reeder ins Ohr. »Aber das ist ja kein Sturm mehr, dafür gibt es überhaupt keine Bezeichnung. Das ist ja einfach unmöglich. Die einzelnen Stöße müssen eine Schnelligkeit von neunzig bis hundert Meilen die Stunde erreichen. Kein Mensch würde mir das glauben, wenn ich es ihm erzählte. Man würde mich auslachen. Und sehen Sie das Meer. Ich hab' doch den ganzen Osten durchfahren, aber so was hab' ich noch nicht erlebt.«

Der Tag brach an, und die Sonne mußte schon vor einer Stunde aufgegangen sein; aber alles, was sie vermochte, war, die Finsternis zu einem düstern Zwielicht zu erhellen. Das Meer war eine Prozession schreitender Berge. Fünfhundert Meter gähnten zwischen Wellenkamm und Wellenkamm. Auf den langen Hängen, die ein wenig vor der vollen Wucht des Sturmes geschützt waren, folgten sich ununterbrochen die Reihen kleiner weißer Schaumkronen. Auf dem Kamm aber wurde der Schaum vom Winde fortgerissen und flog in Masthöhe und darüber horizontal über die Oberfläche des Meeres.

»Das Schlimmste haben wir überstanden«, meinte Grief. »Das Barometer beginnt zu steigen, aber die See wird noch höher gehen, wenn der Wind auch abnimmt. Ich gehe hinunter und lege mich hin. Achten Sie darauf, wenn der Wind umschlägt! Es muß kommen. Um acht wecken Sie mich.«

Als der Sturm am Nachmittag so weit abgeflaut war, daß er kaum noch eine steife Brise genannt werden konnte, die See aber noch hoch ging, sichtete der Tonga-Bootsmann einen kieloben treibenden Schoner. Von der Uncle Toby aus konnte man den Namen des Schiffes nicht sehen, aber vor Einbruch der Nacht stießen sie auf eine kleine runde Jolle, auf deren Bug mit weißen, fast verwischten Buchstaben »Emily L. Nr. 3« stand.

»Ein Robbenfänger«, sagte Grief. »Aber was ein Robbenfänger in dieser Gegend will, ist mir schleierhaft.«

»Schatzjäger vielleicht?« meinte Snow. »Sowohl die Sophie Sutherland wie die Hermann waren, wie Sie sich erinnern werden, Robbenschoner. Sie waren von diesen Leuten ausgerüstet, deren Karte so vorzüglich ist, daß sie immer nur nach ihr zu segeln brauchen, die aber an Ort und Stelle nie etwas finden.«

III.

Nach einer schwindelerregenden Nacht, in der die Uncle Toby auf der wildbewegten See umhergeschleudert wurde, ohne daß der leiseste Wind ihr einen Halt geboten hätte, und alle an Bord krank an Leib und Seele waren, sprang eine leichte Brise auf, und die Segel konnten gesetzt werden. Um die Mittagszeit lichteten sich die Wolken über einem sanft wogenden Meere, und die Sonne brach hindurch. Die Beobachtung ergab zwei Grad fünfzehn Minuten südlicher Breite. Der Längengrad konnte wegen des schadhaften Chronometers nicht bestimmt werden.

»Wir können Gott weiß wo auf dieser Breite sein«, bemerkte Grief, der sich mit dem Steuermann über die Karte beugte. »Leu-Leu liegt südlicher, und dieser Teil des Meeres ist auf tausend Meilen vollkommen leer. Es gibt weder eine Insel noch ein Riff, nach dem wir unsern Chronometer regulieren können. Das einzige, was uns übrigbleibt – –«

»Land in Sicht!« rief der Tonganer die Kajütstreppe herunter.

Grief warf einen raschen Blick auf die Karte, stieß vor Überraschung einen Pfiff aus und ließ sich auf einen Stuhl fallen.

»Jetzt wird's aber zu bunt«, sagte er. »Hier kann gar kein Land sein. Ist unser Schiff denn verhext? Die ganze Reise ist wie verrückt gewesen! Wollen Sie so freundlich sein, Herr Snow, und feststellen, was mit Jackie los ist.«

»Es ist wirklich Land«, rief der Steuermann gleich darauf herunter. »Sie können es von Deck aus sehen – Wipfel von Kokospalmen – irgendein Atoll. Vielleicht ist es doch Leu-Leu.«

Grief schüttelte energisch den Kopf, als er den Saum von Palmen erblickte, deren Spitzen jetzt deutlich aus dem Meere auftauchten.

»Lassen Sie uns so dicht wie möglich herangehen, Herr Snow, daß wir uns die Geschichte einmal ansehen können. Wenn wir gerade nach Süden halten, werden wir die südwestliche Ecke treffen.«

Die Palmen konnten nicht fern sein, wenn man sie vom Deck des Schoners aus sehen konnte, und obgleich die Uncle Toby nur langsam vorwärts kam, hob sich das niedrige Land doch schnell aus dem Meere. Die Palmen verkündeten deutlich die Kreisform des Atolls.

»Das ist Schönheit«, bemerkte der Steuermann. »Ein vollkommener Kreis ... Es sieht aus, als hätte es einen Durchmesser von acht bis neun Meilen ... ich möchte wissen, ob es irgendwo eine Einfahrt in die Lagune gibt. Vielleicht haben wir eine funkelnagelneue Entdeckung gemacht.«

Sie fuhren die Westküste der Insel entlang und forschten in der Brandung nach einer Öffnung im Korallenriff. Von der Mastspitze meldete ein Kanake, daß er die Lagune und eine kleine Insel in der Mitte sehen könne.

»Ich weiß, was Sie denken«, sagte Grief zu seinem Steuermann.

Snow, der kopfschüttelnd etwas vor sich hingemurmelt hatte, blickte ungläubig auf.

»Sie denken, daß die Einfahrt vielleicht auf der Nordwestseite sein wird,« fuhr Grief fort, »daß sie zwei Kabellängen breit, im Norden durch drei einzelne Kokospalmen und im Süden durch Pandanusbäume bezeichnet ist. – Acht Meilen Durchmesser, ein vollkommener Kreis und eine Insel genau in der Mitte!«

»Ja, das dachte ich wirklich«, räumte Snow ein.

»Und da haben Sie die Einfahrt – gerade wo sie sein soll – «

»Und die drei Palmen«, sagte Snow beinahe flüsternd. »Und die Pandanusbäume. Wenn sich jetzt noch eine Windmühle auf der Insel befindet, dann ist es – – Swithin Halls Insel. Aber sie kann es ja gar nicht sein. Zehn Jahre lang hat man vergebens nach ihr gesucht.«

»Hall hat Ihnen doch mal einen bösen Streich gespielt, nicht wahr?« fragte Grief.

Snow nickte. »Deshalb fahre ich ja jetzt für Sie. Er ruinierte mich gänzlich. Es war gemeiner Raub. Ich hatte das Wrack der Cascade in Sidney gekauft – für die erste Rate einer Erbschaft, die ich zu Hause gemacht hatte.«

»War sie nicht auf der Weihnachtsinsel gestrandet?«

»Ja, sie war nachts hoch auf den Strand gelaufen. Passagiere und Gepäck wurden gerettet. Dann kaufte ich einen kleinen Inselschoner, wobei der Rest meines Geldes draufging. Ausrüsten konnte ich ihn erst, als der Testamentsvollstrecker die letzte Rate schickte. Und was tat Swithin Hall unterdessen? Er war damals gerade in Honolulu, fuhr aber sofort nach der Weihnachtsinsel. Er hatte weder ein Recht noch einen Auftrag, irgend etwas zu unternehmen; aber als ich kam, war von der Cascade nichts mehr übrig als der Rumpf und die Maschinen. Sie hatte eine kostbare Ladung Seide an Bord gehabt. Ganz unbeschädigt. Sein Superkargo erzählte es mir später ganz ohne Umschweife. Er bestahl mich um ungefähr sechzigtausend Dollar.«

Snow zuckte die Achseln und warf einen finsteren Blick auf die sanfte Fläche der Lagune, auf der winzige Wellen in der Nachmittagssonne tanzten. »Das Wrack gehörte mir. Ich hatte es auf der öffentlichen Auktion gekauft. Ich hatte hoch gesetzt und verloren. Als ich nach Sydney zurückkehrte, belegten die Besatzung und einige Kaufleute, die mir Kredit gegeben hatten, meinen Schoner mit Beschlag. Ich versetzte meine Uhr und meinen Sextanten, schaufelte eine Weile Kohlen und bekam schließlich eine Anstellung auf den Neuen Hebriden mit einem Gehalt von acht Pfund monatlich. Dann versuchte ich mein Glück als Händler, verkrachte, heuerte als Steuermann auf einem Werber, der nach Tanna und den Fidschiinseln ging, wurde eine Zeitlang Aufseher auf einer deutschen Plantage, kehrte dann aber nach Apia zurück und landete schließlich auf der Uncle Toby.«

»Haben Sie Swithin Hall je getroffen?«

Snow schüttelte den Kopf.

»Na, dann werden Sie ihn höchstwahrscheinlich jetzt treffen. Da ist die Windmühle.«

Im Mittelpunkt der Lagune sahen sie, als sie die Einfahrt passierten, ein dichtbewaldetes Inselchen, zwischen seinen Bäumen zeigte sich deutlich eine holländische Windmühle.

»Anscheinend niemand zu Hause«, sagte Grief. »Sonst würden Sie sicher Gelegenheit haben, Ihr Guthaben einzukassieren.«

Rachgier zeigte sich auf dem Gesicht des Steuermanns, und seine Fäuste ballten sich.

»Das Gesetz kann ich nicht gegen ihn zu Hilfe nehmen. Er ist jetzt zu reich. Aber ich kann aus seinen Lägern für sechzigtausend Dollar nehmen. Ich hoffe, daß er daheim ist.«

»Das hoffe ich auch«, sagte Grief mit einem anerkennenden Lächeln. »Die Beschreibung der Insel haben Sie wohl von Bau-Oti erhalten?«

»Ja, ich wie so viele andre. Das Schlimme ist nur, daß Bau-Oti weder Längen- noch Breitengrad angeben konnte. Er sagte nur, daß es eine weite Fahrt von den Gilbertinseln sei – mehr wußte er nicht. Ich hätte übrigens gern gewußt, was aus ihm geworden ist.«

»Voriges Jahr sah ich ihn an der Küste von Tahiti. Er sagte, daß er beabsichtige, eine Fahrt durch die Paumotus zu machen. – Aber jetzt sind wir gleich da. Jackie-Jackie, lote. Halten Sie den Anker klar, Herr Snow. Nach Bau-Oti ist dreihundert Ellen vor der Westküste bei neun Faden Tiefe Ankergrund, östlich sollen Korallenriffe sein. – Da haben wir die Riffe. Was hast du, Jackie?«

»Neun Faden.«

»Fallen lassen, Herr Snow.«

Die Uncle Toby zerrte an ihrer Kette, die Segel gingen herunter und wurden von der Kanakenmannschaft beschlagen.

IV.

Das Walboot legte an der kleinen, aus Korallenblöcken erbauten Mole an, und David Grief stieg mit seinem Steuermann aus. »Glauben Sie mir, die Insel ist verlassen«, sagte Grief, als sie den sandigen Weg zum Bungalow hinauf schritten. »Aber ich spüre einen Geruch, den ich kenne. Hier ist was zu machen, oder mein Geruchsinn müßte mich täuschen. Die Lagune ist voll von Muscheln, und das Fleisch fault keine tausend Schritt von hier. Riechen Sie es nicht?«

Swithin Halls Bungalow war recht ungewöhnlich. Er war im Missionsstil erbaut, und als sie die Tür aufklinkten, fanden sie Einrichtung und Möbel im selben Stil. Der Boden des großen Wohnzimmers war mit feinsten Samoamatten belegt. Da gab es Diwans, hübsche Fensterplätze, lauschige Ecken und ein Billard. Ein Nähtisch mit einem Nähkörbchen, über den eine feine französische Stickerei gebreitet war, zeugte von der Anwesenheit einer Frau. Durch Schirme, die auf der Veranda aufgestellt waren, wurde der blendende Sonnenschein zu einem sanften Licht abgeblendet. Grief bemerkte einige Druckknöpfe aus Perlen.

»Elektrische Beleuchtung, weiß Gott!« rief er aus, indem er auf die Knöpfe drückte. »Durch die Windmühle getrieben.«

Verborgene Schalen glühten auf, und der Raum war von einem zerstreuten goldenen Licht erfüllt. An den Wänden standen hohe Bücherregale. Grief warf einen Blick auf die Titel. Trotzdem er für einen Abenteurer recht belesen war, überraschte ihn doch die Auswahl und Vielseitigkeit der Bibliothek. Er traf alte Freunde neben Büchern, von denen er zwar gehört, die er aber nie gelesen hatte. Da waren die gesammelten Werke von Tolstoi, Turgeniew und Gorki; von Cooper und Mark Twain; von Hugo, Zola und Sue sowie von Flaubert, Maupassant und Paul de Kock. Er blickte neugierig auf die Namen Metschnikoff, Weininger und Schopenhauer, las voller Erstaunen Ellis, Lydston, Krafft-Ebing und Forel. Er hielt Woodruffs ›Ausbreitung der Rassen‹ in der Hand, als Snow von einem Gang durchs Haus zurückkehrte.

»Emaillierte Badewannen, ein besonderer Raum für Dusche und Sitzbad«, rief er. »Wie für einen König! Und ich nehme an, daß mein Geld zum Teil darauf verwendet wurde. Das Haus muß bewohnt sein. Ich fand frisch geöffnete Dosen mit Butter und Milch sowie frisches Schildkrötenfleisch in der Speisekammer. Ich will sehen, ob ich noch mehr finde.«

Grief öffnete die Tür an der entgegengesetzten Seite des Zimmers und sah, daß er offenbar das Schlafzimmer einer Dame vor sich hatte. Durch eine Tür aus Drahtgeflecht blickte er in einen durch Vorhänge verdunkelten Alkoven. Auf einem Ruhebett lag in tiefem Schlummer eine Frau. In dem milden Licht erschien sie ungewöhnlich schön und von ausgesprochen spanischem Typ. Neben ihr lag ein aufgeschlagenes Buch. Aus der Farbe ihrer Wangen schloß Grief, daß sie sich noch nicht sehr lange in den Tropen befand. Er zog sich leise zurück. Im selben Augenblick kam von der andern Seite Snow, einen verrunzelten alten Neger hinter sich herziehend, der vor Schrecken grinste und durch Zeichen zu verstehen gab, daß er taubstumm war. »Ich fand ihn in einem Verschlage hinter dem Hause, wo er ein Schläfchen hielt«, sagte der Steuermann. »Ich nehme an, daß es der Koch ist. Ich kann kein Wort aus ihm herausbringen. Und was haben Sie gefunden?«

»Eine schlafende Prinzessin. Pst! Es kommt jemand.«

»Das ist Hall«, murmelte Snow und ballte die Fäuste. Grief schüttelte den Kopf. »Keinen Lärm. Es ist eine Frau im Hause. Wenn es Hall ist, werde ich, bevor wir aufbrechen, schon dafür sorgen, daß Sie eine günstige Gelegenheit finden.«

Die Tür öffnete sich, und ein großer, kräftiger Mann trat ein. In seinem Gürtel steckte ein schwerer, langläufiger Coltrevolver. Er warf ihnen einen raschen unruhigen Blick zu, dann zog ein heiteres Lächeln über sein Gesicht, und er streckte die Hand aus. »Willkommen, Fremde. Aber—nehmen Sie mir die Frage nicht übel – wie, bei allen Heiligen, haben Sie meine Insel ausfindig gemacht?«

»Wir sind aus dem Kurs geraten«, antwortete Grief, ihm die Hand schüttelnd.

»Mein Name ist Hall, Swithin Hall«, sagte der andre, indem er sich Snow zuwandte, um auch ihm die Hand zu schütteln. »Und ich muß Ihnen sagen, daß Sie die ersten Gäste sind, die ich je bei mir gesehen habe.«

»Und dies ist Ihre geheimnisvolle Insel, von der man seit Jahren an allen Südseeküsten spricht«, antwortete Grief. »Nun, jetzt weiß ich jedenfalls, wie man herfindet.«

»Wie denn?« fragte Hall hastig.

»Indem man seinen Chronometer zerbricht, in einen Wirbelsturm gerät und nach Kokospalmen guckt, die aus dem Meere auftauchen.«

»Und wie heißen Sie?« fragte Hall, nachdem er seiner Heiterkeit Luft gemacht hatte.

»Anstey – Phil Anstey«, erwiderte Grief prompt. »Mit der Uncle Toby von den Gilbertinseln unterwegs nach Neuguinea und auf der Suche nach dem verlorenen Längengrad. Dies ist mein Steuermann, Herr Gray, ein besserer Seemann als ich; kann aber auch ohne Chronometer nichts anfangen.«

Grief wußte selber nicht, warum er log. Er hatte einfach einer Eingebung gehorcht. Sein Instinkt sagte ihm, daß hier irgend etwas nicht stimme, wenn er auch nicht wußte, was. Swithin war ein beleibter Mann mit einem runden Gesicht, mit lachendem Mund und mit Lachfältchen in den Augenwinkeln. Aber Grief wußte längst, wie leicht man sich von diesem Typ täuschen ließ, und wie leicht man sich in diesen blauen Augen irrte, die die Gedanken hinter heiteren Blicken bargen.

»Was machen Sie denn mit meinem Koch? – Haben Sie Ihren verloren und wollen meinen jetzt shanghaien?« fragte Hall. »Es ist schon besser, Sie lassen ihn los, wenn Ihnen daran liegt, etwas zum Abendbrot zu bekommen. Meine Frau wird sich sicher freuen, wenn Sie zum Mittagessen bleiben, wie sie es nennt. Sie schilt mich immer, weil ich es anders nenne, aber ich bin nun mal altmodisch in der Beziehung. Bei mir zu Hause aß man mitten am Tage Mittag. Ich kann die alte Gewohnheit nicht ablegen. Wollen Sie sich nicht waschen? Ich will es jedenfalls tun. Sehen Sie mich an. Ich habe den ganzen Tag geschuftet wie ein Vieh. Ich war selbst mit den Leuten draußen – Muscheln. Aber Sie haben's natürlich gerochen.«

V.

Snow gab vor, an Bord des Schoners zu tun zu haben, und entfernte sich. Er hatte nicht Lust, die Gastfreundschaft des Mannes anzunehmen, der ihn beraubt hatte, und außerdem mußte er den Kanaken die Lügen Griefs einbläuen. Um elf Uhr kam Grief selbst an Bord und fand seinen Steuermann in Erwartung seines Berichtes.

»Irgend etwas stimmt nicht auf Swithin Halls Insel«, sagte Grief kopfschüttelnd. »Ich weiß noch nicht, was; es ist Gefühlssache. Wie soll Swithin Hall eigentlich aussehen?«

Snow schüttelte den Kopf.

»Der Mann auf der Insel hat nie im Leben die Bücher auf den Regalen gekauft«, erklärte Grief mit Überzeugung. »Er hat auch nicht die stimmungsvolle Beleuchtung angelegt. Er hat eine polierte Oberfläche, aber darunter ist er rauh wie ein Reibeisen. Er ist ein gerissener Schwindler. Und die Kerle, die er bei sich hat – Watson und Gorman heißen Sie. Sie kamen, als Sie gegangen waren – ein paar richtige, verwitterte Seebären, schartig und rauh wie rostige Eisennägel und bedeutend gefährlicher; ruppige Gesellen mit Pistolen im Gürtel – durchaus nicht die rechten Kameraden für einen Mann wie Swithin Hall. Und das Frauenzimmer! Sie ist eine Dame. Wirklich. Sie weiß Bescheid in Südamerika und in China. Ich glaube bestimmt, daß sie Spanierin ist, obgleich sie englisch spricht wie eine Einheimische. Sie ist viel gereist. Wir sprachen von Stierkämpfen, die sie in Guayaquil, in Mexiko und Sevilla gesehen hat. Außerdem versteht sie sich auf Robbenfelle.

Was mir am meisten zu denken gibt, ist, daß sie musikalisch ist. Ich fragte sie, ob sie spiele. Und da sollte er einen solchen Palast eingerichtet haben, ohne für ein Klavier zu sorgen! Und noch eins: Sie ist rasch und lebhaft, und er paßt bei jedem Wort, das sie sagt, auf wie ein Schießhund. Er sitzt wie auf Nadeln und unterbricht alle Augenblicke die Unterhaltung. Sagen Sie, haben Sie je etwas davon gehört, daß Swithin Hall verheiratet ist?«

»Darüber habe ich mir, weiß Gott, nie den Kopf zerbrochen«, erwiderte der Steuermann.

»Er stellte sie mir als seine Frau vor. Und Watson und Gorman nennen ihn Hall. Ein edles Paar diese beiden. Ich versteh die Geschichte nicht.«

»Was gedenken Sie denn eigentlich zu tun?« fragte Snow.

»Oh, erst ein bißchen schnüffeln. Es sind einige Bücher im Hause, die ich gern lesen möchte. Nehmen Sie morgen den Toppmast herunter und lassen Sie überhaupt das ganze Schiff gründlich überholen. Wir haben einen Orkan hinter uns, vergessen Sie das nicht. Und wenn Sie gerade mal dabei sind, dann sehen Sie auch das Tauwerk gründlich nach. Setzen Sie alles hübsch instand und lassen Sie sich Zeit.«

VI.

Am nächsten Tage fand Griefs Verdacht neue Nahrung. Er hatte sich zeitig an Land begeben und schlenderte über die kleine Insel auf die Baracken zu, in denen die Taucher wohnten. Sie wollten gerade in die Boote gehen, als Grief kam, und es fiel ihm auf, daß die Kanaken fast aussahen wie ein Trupp Sträflinge, die an die Arbeit geschickt werden. Die Weißen standen dabei, und Grief sah, daß sie alle drei mit Gewehren versehen waren. Hall begrüßte ihn ganz freundlich, aber Gorman und Watson sahen ihn scheel an, als sie einen mürrischen »Guten Morgen« grunzten. Einen Augenblick später benutzte einer der Kanaken, der sich über sein Ruder beugte, die Gelegenheit, Grief ein Zeichen zu machen. Das Gesicht des Mannes kam ihm bekannt vor, es mochte einer der tausend eingeborenen Matrosen oder Taucher sein, die er im Laufe der Zeit in der Südsee getroffen hatte.

»Sag ihnen nicht, wer ich bin«, sagte Grief auf Tahitanisch. »Bist du einmal für mich gefahren?«

Der Mann nickte und öffnete den Mund; ehe er aber sprechen konnte, rief Watson, der schon achtern im Boot saß, ihm ein wütendes »Halt's Maul!« zu.

»Sie müssen entschuldigen«, sagte Grief. »Ich hätte wohl nicht mit ihm sprechen sollen.«

»Schon gut«, mischte Hall sich schnell ein. »Wissen Sie, die Kerle reden immer zu viel und arbeiten zu wenig. Wenn man nicht streng gegen sie ist, würden sie nicht genug Muscheln fischen, um ihre eigene Kost zu bezahlen.«

Grief nickte verständnisvoll. »Ich kenne das. Hatte selbst mit ihnen zu tun – faule Schweine! Ich habe sie antreiben müssen wie die Nigger, sonst hätte ich nicht einen halben Arbeitstag aus ihnen herausgeschunden.«

»Was haben Sie zu dem Mann gesagt?« platzte Gorman heraus.

»Ich fragte ihn nur nach der Güte der Muscheln, und wie tief sie tauchen müßten.«

»Glänzend«, antwortete Hall für ihn. »Wir arbeiten jetzt in etwa zehn Faden Tiefe. Es ist hier gerade voraus, keine hundert Schritt entfernt. Wollen Sie mitkommen?«

Den halben Tag verbrachte Grief draußen bei den Booten, dann frühstückten sie im Hause. Am Nachmittag ruhte er sich im großen Wohnzimmer aus, las ein wenig und unterhielt sich ein halbes Stündchen mit Frau Hall. Nach Tisch spielte er mit ihrem Manne Billard. Nun hatte Grief zwar Hall noch nie getroffen, wußte aber, daß er von Levuka bis Honolulu als ein glänzender Billardspieler bekannt war. Der Mann aber, mit dem Grief jetzt spielte, war ein recht mäßiger Spieler. Seine Frau handhabe das Queue viel besser.

Als Grief wieder an Bord der Uncle Toby kam, purrte er Jackie-Jackie aus der Koje. Er beschrieb ihm die Lage der Baracken und befahl dem Tonganer, vorsichtig hinzuschwimmen und mit den Kanaken zu reden. Nach zwei Stunden kehrte Jackie-Jackie zurück. Als er tropfend vor Grief stand, schüttelte er den Kopf.

»Sehr merkwürdige Sache«, berichtete er. »Ein weißer Mann bleiben ganze Zeit. Er haben groß Büchse. Er liegen im Wasser und passen auf. Vielleicht zwölf Uhr ander weißer Mann kommen und nehmen Büchse, Erster weißer Mann gehen zu Bett. Ander weißer Mann jetzt bleiben mit Büchse. Nicht gut. Mich nicht können sprechen mit Kanaken, mich kommen zurück.«

»Weiß Gott«, sagte Grief zu Snow, als der Tonganer sich wieder in seine Koje begeben hatte, »ich rieche etwas mehr als Muscheln. Diese drei Männer bewachen ständig ihre Kanaken. Der Kerl ist nicht mehr Swithin Hall als ich selber.«

Snow stieß einen Pfiff aus. – »Ich hab's«, rief er.

»Und soll ich's Ihnen sagen?« fragte Grief. »Sie sind auf den Gedanken gekommen, daß die Emily L. ihr Schoner war.«

»Eben. Sie fischen Muscheln, während der Schoner weitere Taucher oder Vorräte holen sollte?«

»Ganz meine Meinung.« Grief warf einen Blick auf die Uhr in der Kajüte und stand auf, um zu Bett zu gehen. »Er ist Seemann – alle drei sind Seeleute, aber sie gehören nicht auf die Insel. Sie sind neu hier in der Gegend.«

Wieder stieß Snow einen Pfiff aus.

»Und die Emily L. ist mit Mann und Maus untergegangen«, sagte er. »Das wissen wir. Sie müssen jetzt auf der Insel bleiben, bis Swithin Hall wiederkommt. Dann faßt er sie mit all ihren Perlen.«

»Wenn sie nicht ihn mit seinem Schoner fassen.«

»Das hoffe ich nicht«, knurrte Snow rachgierig. »Wenn er schon einem Räuber in die Hände fallen soll, dann mir, damit ich die sechzigtausend mit ihm abrechnen kann.«

VII.

Eine Woche verging. Die Uncle Toby wurde überholt, und Grief biederte sich bei den Bewohnern der Insel an, so daß jeder Verdacht gegen ihn schwand und selbst Gorman und Watson sich mit seiner Gegenwart abfanden. Täglich bat und drängte Grief sie, ihm den Längengrad der Insel anzugeben.

»Ihr wollt mich doch nicht geradezu in den Tod schicken«, sagte er schließlich. »Ich kann meinen Chronometer nicht ohne eure geographische Länge stellen.«

Hall lehnte lachend ab.

»Sie sind ein viel zu guter Seemann, Herr Anstey, um nicht Neuguinea oder sonst ein hohes Land zu erreichen.«

»Und Sie ein zu guter Seemann, Herr Hall,« erwiderte Grief, »um nicht zu wissen, daß ich Ihre Insel immer finden kann, wenn ich nur den Breitengrad entlang laufe.«

Am letzten Abend bekam Grief zur Essenszeit zum erstenmal das Ergebnis ihrer Perlenfischerei zu sehen. Frau Hall, deren Freude an den Perlen grenzenlos war, bat ihren Mann, die schönsten zu bringen. Griefs Begeisterung und Erstaunen über den reichen Fang war echt.

»Die Lagune ist ganz unberührt«, erklärte Hall. »Sie haben ja selbst gesehen, wie alt die Schalen waren. Aber die meisten der wertvollen Perlen fanden wir merkwürdigerweise im Laufe einer einzigen Woche an einem kleinen Riff. Es war die reine Schatzkammer, jede Muschel, die wir kriegten, war voll von Perlen – in manchen natürlich waren nur kleine, aber fast all die erstklassigen in diesem Haufen stammen daher.«

Grief warf einen Blick auf die Perlen und sah sofort, daß es sich um Stücke im Werte von hundert bis tausend Dollar handelte, während einzelne noch weit wertvoller waren.

»Wie herrlich!« rief Frau Hall, neigte sich plötzlich über die Perlen und küßte sie.

Kurz darauf erhob sie sich, um »Gute Nacht« zu sagen.

»Ich muß mich verabschieden, gnädige Frau«, sagte Grief, als er ihre Hand ergriff. »Bei Tagesanbruch fahren wir.«

»So plötzlich!« rief sie; aber in den Augen ihres Mannes konnte Grief Befriedigung aufleuchten sehen.

»Ja«, fuhr Grief fort. »Alle Schäden sind ausgebessert. Ihr Mann will mir nur nicht die geographische Länge sagen, wenn ich auch die Hoffnung nicht aufgegeben habe, daß er es schließlich doch noch tut.«

Hall lachte und schüttelte den Kopf. Als seine Frau dann das Zimmer verlassen hatte, schlug er einen Abschiedstrunk vor. Sie rauchten und unterhielten sich.

»Wie hoch schätzen Sie sie?« fragte Grief, indem er auf die auf dem Tisch ausgebreiteten Perlen zeigte. »Ich meine, was werden die Perlenaufkäufer dafür bezahlen?«

»Fünfundsiebzig- bis achtzigtausend, denke ich«, sagte Hall nachlässig.

»Ich glaube doch, da unterschätzen Sie sie. Ich verstehe mich ein wenig auf Perlen. Die größte hier zum Beispiel, sie ist vollkommen. Nicht einen Cent weniger als fünftausend Dollar. Ein Multimillionär wird eines schönen Tages das Doppelte dafür geben, nachdem die verschiedenen Zwischenhändler ihren Anteil verdient haben. Die kleinen rechne ich gar nicht. Aber die Barockperlen. Die kommen ja jetzt in Mode. Ihr Wert verdoppelt sich mit jedem Jahre.«

Hall warf noch einen längeren forschenden Blick auf die Perlen, schätzte die einzelnen Haufen und rechnete die Summe laut zusammen.

»Sie haben recht«, gab er zu. »Sie sind schon jetzt ihre Hunderttausend wert.«

»Und wie hoch rechnen Sie Ihre Unkosten?« fuhr Grief fort. »Ihre Zeit, die der beiden Weißen und Ihrer Taucher?«

»Fünftausend vielleicht.«

»Dann haben Sie also fünfundneunzigtausend netto verdient?«

»Ja, so ungefähr. Aber warum sind Sie so neugierig?«

»Ach, ich wollte nur —« Grief machte eine Pause und leerte sein Glas. »Ich wollte nur sehen, ob ich nicht ein annehmbares Arrangement mit Ihnen treffen könnte. Sagen wir, daß ich Ihnen und Ihren Leuten die Überfahrt nach Sydney und die ausgelegten fünftausend Dollar – oder sagen wir – siebentausendfünfhundert Dollar gebe. Sie haben schwer gearbeitet.«

Der andre regte sich nicht, aber alle seine Muskeln spannten sich. Der wohlwollende Ausdruck seines runden Gesichts erlosch wie die Flamme einer ausgebrannten Kerze. Das Lachen verschwand aus seinen Augen, und statt dessen zeigte sich in ihrer Tiefe die harte, gefährliche Seele des Mannes. Mit leiser, ruhiger Stimme sprach er: »Was, zum Kuckuck, meinen Sie damit?«

Grief steckte sich die ausgegangene Zigarre an.

»Ich weiß nicht recht, wie ich anfangen soll«, sagte er. »Die Situation ist ja etwas peinlich – für Sie. Sehen Sie, ich möchte gern anständig gegen Sie sein. Wie gesagt, Sie haben schwer gearbeitet. Ich will Ihnen Ihre Zeit, Ihre Mühe und Ihre Ausgaben ersetzen.«

Jetzt stand plötzlich das Geständnis deutlich auf den Zügen des andern.

»Und ich dachte, Sie seien in Europa«, murmelte er. Eine Hoffnung glomm in ihm auf. »Aber sagen Sie mal, treiben Sie vielleicht Scherz mit mir? Wie kann ich wissen, ob Sie Swithin Hall sind?«

Grief zuckte die Achseln. »Ich würde das in Anbetracht Ihrer Gastfreundlichkeit für einen sehr schlechten Scherz halten. Und für einen ebenso schlechten Scherz würde ich es halten, wenn zwei Swithin Halls sich auf der Insel befänden.«

»Aber wenn Sie nicht Swithin Hall sind, zum Donnerwetter, wer bin ich dann? Wissen Sie das auch?«

»Nein«, antwortete Grief trocken. »Aber ich möchte es gern wissen.«

»Das geht Sie gar nichts an.«

»Das gebe ich zu. Darum handelt es sich hier auch nicht. Im übrigen kenne ich Ihren Schoner und kann selbst herausbekommen, wo Sie hergekommen sind.«

»Wie heißt das Schiff denn?«

»Emily L.«

»Also schön. Ich bin Kapitän Raffy, Eigentümer und Führer des Schiffes.«

»Der Robbenwilderer? Ich habe viel von Ihnen gehört. Was in aller Welt hat Sie in diese Gegend gebracht?«

»Ich brauchte Geld. Die Robbenherden sind ja fast ausgestorben.«

»Und da meinten Sie, daß in entlegeneren Teilen der Welt mehr zu holen war?«

»Allerdings. Und was nun uns beide betrifft, Herr Hall, so möchte ich Ihnen doch sagen, daß ich die Macht habe, mich Ihnen zu widersetzen. Was wollen Sie dann tun?«

»Was ich sagte. Aber ich will noch weitergehen. Was ist die Emily L. wert?«

»Ihre Tage sind ja bald gezählt. Höchstens zehntausend noch. Bei jeder schweren See fürchte ich, daß der Ballast durch die Planken bricht.«

»Ist schon durchgebrochen, Kapitän Raffy. Ich hab' sie nach dem Sturm kieloben treiben sehen. Sagen wir, sie war siebentausendfünfhundert wert. Ich will Ihnen fünfzehntausend und freie Überfahrt geben. Lassen Sie die Hände liegen.«

Grief stand auf, trat zu ihm und nahm ihm seinen Revolver weg.

»Nur eine notwendige Vorsichtsmaßregel, Kapitän. Sie gehen jetzt mit mir an Bord. Ich werde Ihre Gattin nachher benachrichtigen und zu Ihnen bringen.«

»Sie sind wirklich sehr anständig, Herr Hall das muß ich sagen«, meinte Kapitän Raffy, als das Walboot längsseits der Uncle Toby lag. »Aber nehmen Sie sich vor Gorman und Watson in acht, es sind ein paar gefährliche Brüder. Und noch eins – es ist mir eigentlich recht peinlich – aber wissen Sie, meine Frau – ich habe ihr vier oder fünf Perlen geschenkt. Watson und Gorman hatten nichts dagegen.«

»Aber bitte, Kapitän, lassen Sie uns kein Wort darüber verlieren. Die soll sie natürlich behalten. – Sind Sie's, Herr Snow? Ich bringe Ihnen hier einen Freund, Kapitän Raffy. Wollen Sie für ihn sorgen. Ich gehe an Land, um seine Frau zu holen.«

VIII.

David Grief saß am Lesetisch im Wohnzimmer des Bungalows und schrieb. Draußen zeigte sich der erste blasse Schimmer des Tages. Er hatte eine ereignisreiche Nacht hinter sich. Frau Raffy hatte einen hysterischen Anfall bekommen und dann zwei Stunden gebraucht, um ihre und ihres Mannes Habseligkeiten einzupacken. Gorman war im Schlaf überrumpelt worden; Watson dagegen, der bei den Tauchern Wache hielt, hatte sich auf die Hinterbeine gestellt. Schüsse waren zwar nicht gewechselt worden; aber erst, als er sich überzeugt hatte, daß das Spiel aus war, hatte er sich bereit erklärt, seinen Kumpanen an Bord zu folgen. Vorsichtshalber wurden er und Gorman in der Kajüte des Steuermanns in Eisen gelegt. Frau Raffy durfte sich frei in Griefs Kajüte bewegen, wo ihr Mann an den Tisch gefesselt wurde.

Grief machte den Schlußpunkt und überlas das Geschriebene noch einmal:

	Dollar	
An Swithin Hall für in seiner Lagune gefischte Perlen		100 000
Herbert Snow sein Guthaben für geborgtes Gut vom Dampfer Cascade in Perlen ausbezahlt	60 000	
Kapitän Raffy Arbeitslöhne und Unkosten für das Perlenfischen bezahlt	7 500	
Demselben als Ersatz für seinen im Wirbelsturm untergegangenen Schoner Emily L. bezahlt	7 500	
Frau Raffy für freundliches Entgegenkommen fünf schöne Perlen gegeben	1 100	
Überfahrt für vier Personen zu 120 Dollar nach Sydney	480	
Bleiweiß zum Anstreichen von Swithin Halls zwei Walbooten	9	
Saldo zu Swithin Halls Gunsten: Perlen in der Schublade im Bibliothekstisch	25 411	
Dollar	100 000	100 000

Grief setzte das Datum und seinen Namen unter das Dokument. Dann fügte er als Fußnote hinzu: P. S. Ich erkläre hiermit, Swithin Hall noch drei Bücher, Hudson »Die Gesetze der psychischen Phänomene«, Zola »Paris« und Mahan »Prob-

leme Asiens« zu schulden, die ich aus seiner Bibliothek entliehen habe. Diese Bücher bzw. ihr voller Gegenwert können im
Bureau des Unterzeichneten in Sydney erhoben werden.

Er schaltete das elektrische Licht aus, nahm die Bücher,
verschloß sorgsam die Haustür und schritt zu dem wartenden
Walboot.

Ein Abend in Goboto

I.

In Goboto geben die Händler von ihren Schonern an Land, die Pflanzer kommen von fernen wilden Küsten; aber vorher legen sie einer wie der andre Schuhe und weiße Flanellhosen sowie die sonstigen Kennzeichen der Zivilisation an. In Goboto erhält man seine Post, begleicht seine Rechnungen und kann Zeitungen lesen, die selten mehr als fünf Wochen alt sind; denn die kleine, von einem Korallenriff umgebene Insel bietet einen sichern Ankergrund, wird von allen Dampfern angelaufen und ist das Zentrum der ganzen weit verstreuten Inselgruppe.

Das Leben in Goboto ist überhitzt, ungesund und traurig, und im Verhältnis zu seiner Größe erhebt die Insel Anspruch darauf, mehr Fälle von akutem Alkoholismus aufzuweisen als irgendein Ort sonst in der Welt. Guvutu im Salomonarchipel behauptet, daß man dort in jeder Pause zwischen zwei Gläsern ein drittes trinkt. Das bestreitet Goboto nicht, erklärt seinerseits nur, überhaupt keine Pausen beim Trinken zu kennen. Es weist auch auf seine Einfuhrstatistik hin, die einen weit größeren Kopfverbrauch an Spirituosen ergibt. Guvutu wiederum erklärt den größeren Umsatz Gobotos mit der bedeutenderen Zahl von Passanten, und Goboto erwidert, daß seine Einwohner zwar an Zahl geringer, dafür aber durstiger seien. So geht der Streit immer weiter, hauptsächlich, weil die Streitenden nicht lange genug leben, um die Frage entscheiden zu können. Goboto ist nicht groß. Die Insel hat nur einen Durchmesser von einer viertel Meile, und es befinden sich auf ihr ein Marinekohlendepot, in dem einige Tonnen Kohle seit zwanzig Jahren unberührt lagern, Baracken für eine Handvoll schwarzer Arbeiter, ein großes Lager, ein Warenhaus mit Wellblechdächern und ein von einem Verwalter und seinen zwei Gehilfen bewohnter Bungalow. Diese drei bilden die weiße Bevölkerung der Insel. Abwechselnd hat immer einer von ihnen Fieber. Ihre Aufgabe ist nicht leicht. Die Konkurrenz gebietet der Handelsgesellschaft, ihre Kunden gut zu behandeln, und das ist eben die Aufgabe des Verwalters und seiner beiden Gehilfen. Das ganze Jahr kommen Händler und Werber sowie Pflanzer, alle von fernen, trockenen Gestaden, und alle bringen einen unlöschbaren Durst mit. Goboto ist das Mekka der Durstigen. Und wenn sie sich satt getrunken haben, wenden sie den Kiel ihrer Schiffe ihren Plantagen zu, um wieder zu Kräften zu kommen. Die weniger Trinkfesten brauchen an sechs Monate, ehe sie die Fahrt wiederholen können. Für den Verwalter und seine Gehilfen aber gibt es keine Pausen. Sie sind immer da, und Woche auf Woche weht der Wind, der Monsun wie der Passat, die Schiffe her, die mit Kopra, Elfenbeinnüssen, Perlmutter, Schildpatt und Durst beladen sind.

Die Bewohner von Goboto haben es schwer. Daher ist auch das Gehalt doppelt so hoch wie auf den andern Stationen, und darum nimmt die Handelsgesellschaft auch nur besonders mutige und beherzte Leute für diesen Posten. Sie halten nur etwa ein Jahr aus, dann werden ihre traurigen Reste nach Australien geschafft oder ihre Gebeine im Sand auf der Leeseite der Insel verscharrt. Johnny Basset, der fast legendäre Held von Goboto, schlug jeden Rekord. Er bekam Zuschüsse aus der Heimat, besaß eine bemerkenswerte Konstitution und blieb sieben Jahre. Seine letzte Bitte wurde gewissenhaft von seinen Gehilfen erfüllt: Sie schickten ihn in einem Faß Rum (das sie von ihrem Gehalt bezahlten) seiner Familie in England zurück.

Trotz allem versuchten die Leute von Goboto Gentlemen zu sein. Und sie waren es auch, waren es immer gewesen, wenn sie auch hin und wieder ein bißchen anrüchig waren. Das war der Grund zu dem ungeschriebenen Gesetz, daß die Besucher Gobotos Schuhe und Hosen anziehen mußten. Badehosen, Lava-Lavas und nackte Beine wurden nicht geduldet. Als Kapitän Jensen, der wildeste aller Sklavenjäger, ein Nachkomme der alten New-Yorker Knickerbocker, in Hemd und Lendenschurz, mit zwei Revolvern und einem Messer im Gurt, an Land gehen wollte, wurde er am Strande angehalten. Das geschah in Johnny Bassets Tagen, der ein Formenmensch war und stets auf Etikette hielt. Kapitän Jensen stand achtern in seinem Walboot und behauptete, daß es auf seinem Schoner keine Hosen gäbe. Gleichzeitig erklärte er, daß es seine unerschütterliche Absicht sei, an Land zu gehen. Man mußte ihn dann in Goboto von einer Schußwunde in der Schulter gesundpflegen und ihn noch obendrein sehr um Entschuldigung bitten, denn es zeigte sich, daß es auf seinem Schiff wirklich keine Hosen gab. Aber am ersten Tage, als er wieder auf seinen Füßen stand, half Johnny Basset seinem Gast freundlich aber bestimmt in eine seiner eignen Hosen. Hiermit war ein Präzedenzfall geschaffen. Seither wurde nie wieder gegen das Gesetz gesündigt. Weiße hatten Hosen zu tragen. Nur Nigger liefen nackt herum. Hosen bezeichneten die Kaste.

II.

An diesem Abend lagen die Dinge mit einer einzigen Ausnahme in keiner Beziehung anders als sonst. Sieben Mann, die den ganzen Tag abwechselnd schottischen Whisky und amerikanische Cocktails getrunken hatten, setzten sich jetzt mit schwimmenden Augen und steifen Beinen zum Essen. Mit Jacke, Hosen und guten Schuhen bekleidet, waren es: Jerry McMurtrey, der Verwalter; Eddy Little und Jack Andrews, die Gehilfen; Kapitän Stapler von der Werberjacht Merry; Derby Shryleton, ein Pflanzer von Tito-Ito; Peter Gee, ein Halbblutchinese, der als Perlenaufkäufer von Ceylon nach den Paumotus fuhr, und Alfred Deacon, ein Reisender, der mit dem letzten Dampfer angekommen war und hier seine Reise unterbrochen hatte. Zuerst wurde denen, die ihn trinken mochten, von den schwarzen Dienern Wein gereicht, dann aber kehrten alle schnell zum Whisky-Soda zurück, womit sie das Essen einpökelten, ehe es in ihre eingepökelten Magen wanderte.

Als sie Kaffee tranken, hörten sie das Rasseln einer Ankerkette durch ein Klüsgatt und wußten, daß wieder ein Schiff angekommen war.

»Das ist David Grief«, bemerkte Peter Gee.

»Woher wissen Sie das?« fragte Deacon herausfordernd in der Absicht, mit dem Halbblut Streit anzufangen. »Ihr möchtet euch hier vor einem neuen Kameraden wichtig machen, Jungens. Aber ich bin auch seinerzeit ein bißchen gefahren. Ein Schiff benennen zu wollen, wenn man seine Segel nur ganz verschwommen sieht und nur das Rasseln der Ankerkette hört, das ist die reine Aufschneiderei.«

Peter Gee, der sich gerade eine neue Zigarette anzündete, antwortete nicht.

»Es gibt Nigger, die Erstaunliches darin leisten«, warf McMurtrey höflich ein.

Dem Verwalter wie den andern war das Benehmen des Fremden sehr unsympathisch. Von dem Augenblick an, als Peter Gee am Nachmittag angekommen war, hatte Deacon Lust gezeigt, mit ihm anzubandeln. Er hatte ihm andauernd rüde widersprochen.

»Das kommt vielleicht daher, daß Peter Chinesenblut in den Adern hat«, meinte Andrews. »Deacon ist, wie Sie wissen, Australier, und die sind ja ganz übergeschnappt in der Rassenfrage.«

»Das wird schon stimmen,« erwiderte McMurtrey, »aber wir können seine Grobheiten nicht dulden, namentlich, da es sich um Peter Gee handelt, der weißer als mancher Weiße ist.«

In dieser Beziehung hatte der Verwalter durchaus nicht unrecht. Peter Gee war ein seltenes Geschöpf, ein ebenso guter wie kluger Eurasier. Die unerschütterliche Rechtschaffenheit des chinesischen Blutes hatte den Leichtsinn und die Laster, die in den Adern seiner englischen Vorfahren rollten, überwunden. Dazu hatte er eine bessere Bildung als irgendeiner der Anwesenden genossen, sprach ein reineres Englisch, beherrschte außerdem mehrere andre Sprachen und entsprach ihrem Ideal eines Gentlemans mehr als sie selber. Endlich hatte er ein sanftes Gemüt. Er haßte Gewalt, wenn er auch schon seinen Mann getötet hatte. Roheit verabscheute er wie die Pest.

Kapitän Stapler wollte McMurtrey unterstützen. »Ich entsinne mich, wie ich einmal den Schoner gewechselt hatte und nach Altman kam. Die Nigger wußten doch, daß ich es war.

Sie hatten mich nicht erwartet, am wenigsten mit einem andern Schiff, aber sie sagten dem Händler, daß ich es war. Er nahm das Fernrohr und wollte ihnen nicht glauben. Aber sie wußten Bescheid. Wie sie mir sagten, hätten sie dem ganzen Schoner angemerkt, daß ich ihn führte.«

Deacon ignorierte die Worte des Kapitäns und setzte den Angriff auf den Perlenhändler fort.

»Wie können Sie denn aus dem Klang der Ankerkette erkennen, daß es dieser Mann – wie heißt er noch? – ist?«

»Es sind so viele Kleinigkeiten, aus denen zusammen man es erkennt«, antwortete Peter Gee. »Es ist schwer zu erklären, man müßte fast ein Lexikon dazu haben.«

»Das dachte ich mir«, höhnte Deacon. »Eine Erklärung, die nichts erklärt, ist kein Kunststück.«

»Wer will Bridge spielen?« unterbrach der zweite Gehilfe das Gespräch, sah sich erwartungsvoll um und begann, die Karten zu mischen. »Sie spielen doch, nicht wahr, Peter?«

»Wenn er es tut, dann will er nur kneifen«, stichelte Deacon weiter. »Ich habe genug von diesem Unsinn. Herr Gee, Sie würden mir einen Gefallen erweisen und sich selbst in ein besseres Licht setzen, wenn Sie mir wirklich sagten, woher Sie wissen, wer eben vor Anker ging. Nachher spiele ich Piquet mit Ihnen.«

»Ich ziehe Bridge vor«, erwiderte Peter. »Und mit dem andern verhält es sich etwa folgendermaßen: Dem Klange nach war es ein kleines Fahrzeug ohne Rahentakelung. Kein Pfeifen- oder Sirenensignal – bedeutet wieder ein kleines Schiff. Es ging dicht an Land vor Anker – wieder ein Beweis, daß es ein kleines Fahrzeug ist, denn Dampfer oder andre größere Schiffe müssen draußen vor der mittleren Sandbank liegen. Die Einfahrt ist ja stark gewunden. Es gibt keinen Schiffer in diesen Gewässern, der sich nach Einbruch der Dunkelheit hereinwagen würde, und ein Fremder würde es ganz bestimmt nicht. Es gibt nur zwei Ausnahmen. Die eine war Margonville. Aber der wurde von den Behörden der Fidschiinseln hingerichtet. Bleibt die zweite Ausnahme: David Grief. Der wagt die Einfahrt bei jedem Wetter, Tag und Nacht. Das weiß jeder. Möglich wäre es natürlich – wenn Grief sich anderswo befände –, daß irgendein tollkühner junger Schiffer es versuchte. Aber da muß ich sagen, daß weder ich noch sonst jemand einen solchen Mann kennt. Dazu kommt, daß David Grief sich gerade jetzt in dieser Gegend befindet, er macht eine Fahrt mit der Gunga und sollte dieser Tage von Karo-Karo abgehen, Ioh besuchte Grief vorgestern auf der Gunga in der Sandfliegenpassage. Er setzte einen Händler auf einer neuen Niederlassung ab. Er erzählte mir, daß er Babo anlaufen und dann nach Goboto kommen würde. Der Zeit nach kann es also stimmen. Ich habe einen Anker fallen hören. Wer kann es also sein, außer Grief? Kapitän Donovan ist Schiffer auf der Gunga, und ich kenne ihn zu gut, um nicht zu wissen, daß er in Goboto nicht nach Einbruch der Dunkelheit einlaufen würde, wenn er nicht seinen Reeder an Bord hätte. In wenigen Minuten wird David Grief durch diese Tür eintreten und sagen: »In Guvutu trinkt man nur in jeder Pause zwischen zwei Gläsern ein drittes.«

Deacon war geschlagen. Das Blut schoß ihm in den Kopf.

»Jetzt haben Sie Ihre Antwort«, lachte McMurtrey gemütlich. »Und ich will ein paar Sovereigns wetten, daß er recht hat.«

»Bridge! Wer macht mit?« rief Eddy Little ungeduldig. »Los, Peter!«

»Ihr andern könnt Bridge spielen«, sagte Deacon. »Gee und ich spielen Piquet.«

»Ich ziehe Bridge vor«, sagte Peter Gee sanft.

»Spielen Sie kein Piquet?«

Der Perlenhändler nickte.

»Dann kommen Sie. Vielleicht kann ich Ihnen zeigen, daß ich davon mehr verstehe als vom Ankern.«

»Hören Sie – –« begann McMurtrey.

»Sie können ja Bridge spielen«, fiel Deacon ihm ins Wort »Wir ziehen Piquet vor.«

Widerstrebend ließ Peter Gee sich zu einem Spiel zwingen, das, wie er wußte, Unannehmlichkeiten bringen würde.

»Nur einen Robber«, sagte er, indem er abhob.

»Wie hoch?« fragte Deacon.

Peter Gee zuckte die Achseln. »Wie Sie wollen.«

»Von hundert an – fünf Pfund das Spiel.«

»Schön«, sagte Peter Gee.

An einem andern Tisch saßen vier beim Bridge. Kapitän Stapler, der keine Karten spielte, kiebitzte und füllte die hohen Whiskygläser, die rechts neben jedem Spieler standen. McMurtrey beobachtete mit schlecht verhehlter Besorgnis die Vorgänge am Piquettisch. Seine englischen Landsleute fühlten sich ebenso unangenehm wie er durch das Benehmen des Australiers berührt, und alle fürchteten, daß es zu einem Zusammenstoß käme. Daß er sich in immer größere Wut auf den Chinesen hineinredete, und daß die Explosion kommen mußte, war allen klar.

»Ich hoffe, daß Peter verliert«, sagte McMurtrey leise.

»Nicht, wenn er kein Pech hat«, antwortete Andrews. »Er ist der reine Hexenmeister im Piquet. Ich weiß es aus eigner Erfahrung.«

Daß Peter Gee kein Pech hatte, ging deutlich aus den unausgesetzten Sticheleien Deacons hervor, der immer wieder sein Glas füllte. Er hatte das erste Spiel verloren und war offenbar im Begriff, auch das zweite zu verlieren, als David Grief eintrat.

»In Guvutu trinkt man nur in jeder Pause zwischen zwei Gläsern ein drittes«, meinte er beiläufig, ehe er dem Verwalter die Hand drückte. »Hallo, Mac! Hören Sie, mein Kapitän ist unten im Walboot. Er bat ein seidenes Hemd, Krawatte und Tennisschuhe, alles in Ordnung, möchte aber, daß Sie ihm eine Hose schicken. Meine sind ihm zu eng, aber Ihre werden ihm passen. Hallo, Eddy! Wie steht's mit Ihrem ngari-ngari? – Obenauf, Jack? Dann ist ja ein Wunder geschehen. Keiner hat Fieber, und keiner ist besonders betrunken.« Er seufzte. »Ich nehme an, daß der Abend erst angebrochen ist. Hallo, Peter! Die große Bö hat Sie wohl auch eine Stunde, nachdem Sie uns verlassen hatten, erwischt? Wir mußten den zweiten Anker werfen.« Während er sich Deacon vorstellen ließ, schickte McMurtrey einen Boy mit der Hose zu Kapitän Donovan, der, als er bald darauf eintrat, den Anforderungen entsprach, die man an einen Weißen stellt – wenigstens in Goboto.

Deacon verlor das zweite Spiel, was einen Wutausbruch bei ihm verursachte. Peter Gee zündete sich eine Zigarette an und verhielt sich im übrigen ruhig.

»Was, hören Sie auf, weil Sie gewonnen haben?« fragte Deacon.

Grief hob fragend die Brauen und sah McMurtrey an, der seinerseits durch Stirnrunzeln seinem Unwillen Ausdruck verlieh.

»Der Robber ist aus«, antwortete Peter Gee.

»Zu einem Robber gehören drei Spiele. Ich gebe. Los!«

Peter Gee gab nach, und das dritte Spiel begann.

»Ein grüner Bengel – verdient eine Lektion«, sagte McMurtrey leise zu Grief. »Laßt uns aufhören, Jungens. Ich möchte ein Auge auf ihn halten. Wenn er zu weit geht, schmeiße ich ihn auf den Strand hinaus, und die Gesellschaft kann mir den Buckel runterrutschen.«

»Wer ist er?« fragte Grief.

»Er kam mit dem letzten Dampf er. Die Gesellschaft hat Order gegeben, ihn gut zu behandeln. Er beabsichtigt, sich an einer ihrer Plantagen zu beteiligen. Hat einen Kreditbrief über zehntausend Pfund auf die Gesellschaft. Hat sich »Australien nur für die Weißen« in den Kopf gesetzt. Glaubt, sich wie ein Lümmel benehmen zu dürfen, nur weil seine Haut weiß ist und sein Vater Staatsanwalt war. Das ist der Grund, daß er es auf Peter abgesehen hat, und Sie wissen, daß Peter der letzte auf der Welt ist, der Skandal macht oder sich mit jemand anlegt. Der Teufel soll die Gesellschaft holen. Ich hab' mich nicht engagieren lassen, um Säuglinge mit Bankkonten trockenzulegen. Kommen Sie, Grief, gießen Sie sich ein. Der Bursche ist eine Plage, eine niederträchtige Plage.«

»Vielleicht ist er nur ein bißchen jung«, meinte Grief.

»Jedenfalls bekommt ihm das Trinken nicht – das ist klar.« Der Verwalter verhehlte seine Verachtung und seinen Zorn nicht. »Wenn er die Hand gegen Peter hebt, dann helfe mir Gott, wenn ich ihm nicht eine Tracht Hiebe verabreiche, diesem ungeschliffenen Gernegroß!«

Der Perlenhändler zog die Stifte aus dem Rechenbrett und lehnte sich zurück. Er hatte das dritte Spiel gewonnen. Er blickte zu Eddy Little hinüber und sagte: »Jetzt bin ich bereit, Bridge zu spielen.«

»Ich würde an Ihrer Stelle nicht kneifen«, höhnte Deacon.

»Ach, ich habe keine Lust mehr zu dem Spiel«, versicherte Peter Gee mit seiner gewohnten Ruhe.

»Los, machen Sie weiter«, hetzte Deacon. »Noch ein Spiel. Sie können doch nicht so mit meinem Geld abschieben. Ich habe fünfzehn Pfund verloren. Doppelt oder quitt.«

McMurtrey war nahe daran, sich einzumischen, aber Grief hielt ihn mit einem Blick zurück.

»Also schön, wenn es wirklich das letzte ist«, sagte Peter Gee und schob die Karten zusammen. »Ich glaube, ich bin am Geben. Also, wenn ich recht verstanden habe, dann geht es jetzt um fünfzehn Pfund. Entweder schulden Sie mir dreißig, oder wir sind quitt.«

»Eben, mein Jungchen. Entweder sind wir quitt, oder ich zahle Ihnen dreißig.«

»Das nennt man schröpfen, was?« meinte Grief und nahm sich einen Stuhl.

Die andern saßen oder standen um den Tisch herum. Deacon hatte wieder Pech. Er war offenbar ein guter Spieler, bekam aber schlechte Karten. Ebenso offenbar war, daß er sein Pech nicht mit Gemütsruhe ertragen konnte. Er stieß häßliche Flüche aus und knurrte den unerschütterlichen Chinesen an. Peter Gee war fertig, als Deacon noch nicht fünfzig hatte. Er starrte seinen Gegner finster und sprachlos an.

»Matsch«, sagte Grief.

»Ja, das zählt doppelt«, sagte Peter Gee.

»Das brauchen Sie mir nicht erst zu erzählen«, knurrte Deacon. »Ich habe Rechnen gelernt. Ich schulde Ihnen fünfundvierzig Pfund. Da, nehmen Sie.«

Die Art und Weise, wie er die neun Fünf-Pfund-Scheine auf den Tisch warf, war an sich schon eine Beleidigung, aber Peter Gee blieb ganz ruhig.

»Sie haben das Glück eines Narren, aber Karten spielen können Sie nicht, das will ich Ihnen sagen«, fuhr Deacon fort. »Ich könnte Sie spielen lehren.«

Gee lächelte, neigte zustimmend den Kopf und steckte das Geld ein.

»Es gibt ein kleines Spielchen, das Casino heißt – ich möchte wissen, ob Sie je davon gehört haben – ein reines Kinderspiel.«

»Ich hab' es spielen sehen«, murmelte Gee freundlich.

»Ach«, höhnte Deacon, »und da bilden Sie sich vielleicht ein, es spielen zu können.«

»O nein, durchaus nicht. Ich fürchte, daß ich nicht genug Verstand dazu habe.«

»Casino ist ein hübsches Spiel«, mischte Grief sich heiter ein. »Ich hab es gern.«

Deacon beachtete ihn nicht.

»Ich will um zehn Pfund das Spiel spielen – mit einunddreißig Points aus«, forderte Deacon Peter Gee auf. »Und ich werde Ihnen zeigen, wie wenig Sie von Karten verstehen. Los! Kann ich ein neues Spiel haben?«

»Nein, ich danke«, erwiderte der Chinese. »Die andern warten mit dem Bridge auf mich.«

»Ja, kommen Sie«, bat Eddy Little eifrig. »Kommen Sie, Peter, lassen Sie uns anfangen.«

»Fürchtet sich vor einem kleinen Spielchen wie Casino«, hetzte Deacon. »Vielleicht ist Ihnen der Satz zu hoch. Wir können ja um halbe oder viertel Pfennige spielen, wenn Sie wollen.«

Das Benehmen des Mannes war eine Beleidigung für alle. McMurtrey konnte es nicht mehr ruhig mit ansehen.

»So, jetzt hören Sie aber auf, Deacon. Er hat Ihnen ja gesagt, daß er nicht spielen will. Lassen Sie ihn in Ruhe.«

Deacon wandte sich wutschnaubend gegen seinen Wirt; ehe er jedoch die Schmähung, die er auf der Zunge hatte, ausstoßen konnte, war Grief eingeschritten.

»Ich will gerne Casino mit Ihnen spielen«, sagte er. »Verstehen Sie was davon?«

»Nicht viel, aber ich möchte es gerne lernen.«

»Heut abend gebe ich aber keinen Unterricht für Pfennige.«

»Oh, das hat nichts zu sagen«, antwortete Grief. »Ich spiele um jeden Betrag – innerhalb vernünftiger Grenzen natürlich.«

Deacon gedachte den Eindringling mit einem Schlage abzufertigen. »Ich will um hundert Pfund das Spiel mit Ihnen spielen, wenn es Ihnen recht ist.«

Grief strahlte. »Ausgezeichnet, ausgezeichnet. Lassen Sie uns anfangen.«

Deacon war bestürzt. Er hatte nicht anders erwartet, als daß ein Goboto-Händler durch einen derartigen Vorschlag zu Boden geschmettert würde.

»Lassen Sie uns anfangen«, wiederholte Grief.

Andrews hatte ein neues Spiel Karten gebracht, und er suchte gerade den Joker heraus.

»Ach, wissen Sie«, meinte Deacon, »wir wollen kein Kinderspiel machen.«

»Ganz Ihrer Meinung«, stimmte Grief ihm zu. »Ich liebe Kinderspiele auch nicht«

»Also wissen Sie was: Wir werden um 500 Pfund das Spiel spielen.«

Wieder mußte Deacon eine unangenehme Überraschung erleben.

»Ist mir sehr angenehm«, sagte Grief, indem er zu mischen begann.

»Sie scheinen hier hoch zu spielen«, lachte Deacon, aber sein Lachen klang gezwungen. »Wie soll ich wissen, ob Sie das Geld auch haben?«

»Gerade wie ich weiß, daß Sie es haben. Mac, wie hoch beläuft sich mein Kredit bei der Gesellschaft?«

»So hoch wie Sie wollen«, antwortete der Verwalter.

»Garantieren Sie persönlich dafür?« fragte Deacon.

»Jawohl«, sagte McMurtrey. »Verlassen Sie sich darauf. Die Gesellschaft honoriert seine Unterschrift weit über Ihren Kreditbrief hinaus.«

»Wer die niedrigste Karte zieht, gibt«, sagte Grief und legte die Karten vor Deacon auf den Tisch.

Der zögerte einen Augenblick mitten im Abheben und blickte unschlüssig in die Gesichter der andern. Die Gehilfen und der Kapitän nickten.

»Sie sind mir alle fremd«, klagte Deacon. »Was weiß ich. Ein Fetzen Papier ist immer eine zweifelhafte Sache.«

Da trat Peter Gee in Aktion. Er zog seine Brieftasche heraus und lieh sich von McMurtrey einen Füllfederhalter.

»Ich hab' noch nicht eingekauft«, erklärte er. »Mein Guthaben ist daher noch unberührt. Ich übertrage es an Sie, Grief. Es sind fünfzehntausend. Bitte.«

Deacon nahm den Kreditbrief, der ihm über den Tisch gereicht wurde. Er las ihn langsam, blickte dann McMurtrey an.

»Stimmt das?«

»Jawohl. Stimmt und ist genau so gut wie Ihr eigener. Die Kreditive der Gesellschaft sind immer gut.«

Da hob Deacon ab und bekam die höchste Karte. Er hatte zu geben und begann sorgsam zu mischen. Aber das Glück war immer noch gegen ihn, und er verlor das Spiel.

»Noch einmal«, sagte er. »Wir haben die Anzahl der Spiele nicht abgemacht, und Sie können nicht aufhören, da ich im Verlust bin. Ich will Revanche haben.«

Grief mischte und reichte ihm die Karten zum Abheben.

»Lassen Sie uns um tausend spielen«, sagte Deacon, als er das zweite Spiel verloren hatte. Und als die tausend Pfund den Weg der beiden vorhergehenden Einsätze zu fünfhundert gegangen waren, schlug er zweitausend vor.

»Das nennt man verdoppeln«, warnte McMurtrey und fing einen wütenden Blick von Deacon auf. Aber der Verwalter ließ sich nicht einschüchtern. »Verdoppeln Sie nicht, Grief, das wäre närrisch.«

»Wer spielt hier, Sie oder ich?« fuhr Deacon auf. Dann wandte er sich an Grief. »Ich habe zweitausend an Sie verloren. Wollen Sie um zweitausend spielen?«

Grief nickte, das vierte Spiel begann und Deacon gewann. Daß es kein anständiges Spiel war, die Einsätze zu verdoppeln, wußten alle. Wenn er auf diese kindische Art jedesmal, wenn er verlor, den Einsatz verdoppelte, mußte er beim erstenmal, wenn er gewann, den ganzen Verlust wieder herausbekommen.

Man sah ihm an, daß er gern aufgehört hätte, aber Grief reichte ihm die Karten zum Abheben.

»Was?« rief Deacon. »Sie wollen weiter machen?«

»Ich habe noch nichts gewonnen«, antwortete Grief heiter und begann auszuteilen. »Wieder um fünfhundert, nehme ich an.«

Vielleicht schämte Deacon sich seiner Handlungsweise, denn er antwortete: »Nein, wir wollen um tausend spielen. Und hören Sie: Einunddreißig Points dauern zu lange. Wollen wir nicht einundzwanzig sagen – wenn es Ihnen nicht zu rasch geht?«

»Das gibt ein nettes Spielchen«, stimmte Grief zu.

Die Spielmethode von vorhin wurde wieder aufgenommen. Deacon verlor zwei Spiele, verdoppelte den Einsatz, gewann und hatte den Verlust wieder gedeckt. Aber Grief war geduldig, obgleich die Geschichte sich in der nächsten Stunde mehrmals wiederholte. Dann geschah, was er erwartet hatte. Deacon verlor eine größere Reihe Spiele hintereinander. Er verdoppelte auf viertausend und verlor, verdoppelte auf achttausend und verlor wieder. Da schlug er vor, den Satz auf sechzehntausend zu verdoppeln.

Grief schüttelte den Kopf. »Sie wissen gut, daß Sie das nicht können. Sie haben nur für zehntausend Kredit bei der Gesellschaft.«

»Heißt das, daß Sie mir keine Revanche geben wollen?« fragte Deacon heiser. »Heißt das, daß Sie mit achttausend von meinem Geld abziehen wollen?«

Grief schüttelte lächelnd den Kopf.

»Das ist Raub, offener Raub«, fuhr Deacon fort. »Sie nehmen mir mein Geld ab und wollen mir keine Revanche geben.«

»Sie irren. Ich bin durchaus bereit, Ihnen Revanche zu geben, soweit Ihr Guthaben reicht. Sie haben ja noch zweitausend.«

»Schön, spielen wir um die«, sagte Deacon. »Sie heben ab.«

Das Spiel wurde bis auf die erregten Bemerkungen und Flüche Decaons schweigend gespielt. Schweigend füllten und leerten die Zuschauer ihre hohen Whiskygläser. Grief beobachtete die Ausbrüche seines Gegners nicht, sondern konzentrierte sich auf das Spiel. Er ging ganz darin auf. Es galt, zweiundfünfzig Karten im Gedächtnis zu haben, und er hatte sie im Gedächtnis. Als noch ein Drittel übrig war, warf er die Karten hin.

»Ich bin aus«, sagte er. »Ich habe siebenundzwanzig.«

»Wenn Sie sich irren ...« sagte Deacon drohend mit weißem, verzerrtem Gesicht.

»Dann habe ich verloren. Zählen Sie nach.«

Grief reichte seine Stiche hinüber, und Deacon bestätigte mit zitternden Händen die Rechnung. Er schob seinen Stuhl zurück und leerte sein Glas. Dann blickte er um sich, begegnete aber nur teilnahmslosen Blicken.

»Ich glaube, ich werde mit dem nächsten Dampfer wieder nach Sydney fahren«, sagte er, und zum erstenmal war sein Ton ruhig und nicht überheblich. Grief sagte später: »Hätte er gejammert oder gebrüllt, so würde ich ihm nicht die letzte Chance gegeben haben. Aber er schluckte die Medizin wie ein Mann, und da mußte ich es tun.«

Deacon sah auf die Uhr, tat, als ob er gähnte, und wollte aufstehen.

»Warten Sie«, sagte Grief. »Wollen Sie Revanche haben?«

Der andre sank auf seinen Stuhl nieder, versuchte zu sprechen, konnte es aber nicht, befeuchtete sich die trocknen Lippen und nickte.

»Kapitän Donovan segelt bei Tagesanbruch mit der Gunga nach Karo-Karo«, begann Grief, als ob es nichts mit der Sache zu tun hätte. »Karo-Karo ist eine Sandbank mitten im Meer mit einigen tausend Kokospalmen. Auch Pandanusbäume gedeihen dort, aber weder Bataten noch Taro. Es gibt etwa achthundert Eingeborene, einen König und zwei Premierminister, und die drei letzteren sind die einzigen, die etwas wie Kleidung tragen. Es ist ein gottverlassenes Loch, und einmal jährlich schicke ich von Goboto einen Schoner hin. Das Trinkwasser ist zwar brackig, aber der alte Tom Butler hat es schon zwölf Jahre vertragen. Er ist der einzige Weiße dort, und er hat eine Bootsmannschaft von fünf Santa-Cruz-Leuten, die, wenn sie könnten, ihn totschlagen und durchbrennen würden. Darum sind sie gerade dorthin geschickt. Dort können sie nämlich nicht durchbrennen. Die schwierigsten Leute von den andern Plantagen werden immer nach Karo-Karo geschickt. Missionare gibt es dort nicht. Zwei eingeborene Lehrer aus Samoa wurden vor einigen Jahren gleich bei der Landung erschlagen.

Sie wundern sich natürlich, daß ich Ihnen dies alles erzähle. Aber haben Sie Geduld. Wie gesagt, tritt Kapitän Donovan morgen bei Tagesanbruch seine jährliche Fahrt nach Karo-Karo an. Tom Butler ist alt und fängt an, hinfällig zu werden. Ich wollte ihn überreden, nach Australien zurückzukehren, aber er sagte, daß er in Karo-Karo bleiben und sterben will, und das wird nicht mehr sehr lange dauern. Er ist ein merkwürdiger alter Kauz. Jedenfalls wird es Zeit, daß ich einen andern Weißen hinschicke, der ihm die Arbeit abnimmt. Was würden Sie zu dem Posten sagen? Sie müßten sich auf zwei Jahre binden.

Still! Ich bin noch nicht fertig. Sie haben heute abend verschiedentlich von Revanche gesprochen. Es ist keine Revanche, zu verspielen, was Sie nicht im Schweiße Ihres Angesichts verdient haben. Das Geld, das Sie an mich verloren haben, ist Ihnen von Ihrem Vater oder einem Verwandten vermacht, der das Schwitzen für Sie übernommen hat. Aber zwei Jahre Händler auf Karo-Karo – das wäre etwas! Ich setze die zehntausend, die ich Ihnen abgenommen habe, gegen zwei Jahre Ihrer Zeit. Gewinnen Sie, so gehört das Geld Ihnen. Verlieren Sie, so fahren Sie morgen früh nach Karo-Karo. Sehen Sie, das nenne ich Revanche. Wollen Sie spielen?«

Deacon vermochte kein Wort herauszubringen. Seine Kehle war ihm wie zugeschnürt, und er nickte nur, während er die Hand nach den Karten ausstreckte.

»Noch eins«, sagte Grief. »Ich will noch weiter gehen. Verlieren Sie, dann gehören zwei Jahre Ihres Lebens mir – natürlich ohne Gehalt. Wenn Sie jedoch zu meiner Zufriedenheit arbeiten und alle meine Regeln und Instruktionen beachten, will ich Ihnen für die zwei Jahre ein Gehalt von fünftausend Pfund jährlich geben. Das Geld wird bei der Gesellschaft deponiert und Ihnen nach Ablauf der Zeit mit Zinsen ausbezahlt. Sind Sie einverstanden?«

»Das ist zuviel«, stammelte Deacon. »Sie begehen ein Unrecht gegen sich selbst. Ein Händler bekommt ja nicht mehr als zehn bis fünfzehn Pfund monatlich.«

»Sehen Sie es eben als Revanche an«, erwiderte Grief mit einer Miene, die zeigte, daß er den Fall für erledigt hielt. »Aber bevor wir anfangen, möchte ich Ihnen einige der Regeln aufschreiben. Sie werden sie sich jeden Morgen in diesen zwei Jahren laut hersagen, wenn Sie verlieren. Es wird Ihnen gut tun. Wenn Sie sie siebenhundertdreißigmal auf Karo-Karo aufgesagt haben, werden Sie sie bestimmt nicht wieder vergessen. Leihen Sie mir Ihren Federhalter, Mac. Also warten Sie — —«

Er schrieb einige Minuten schnell hintereinander und las dann laut vor:

»Ich darf nie vergessen, daß ein Mensch ebenso gut wie der andre ist, außer wenn er sich selbst für besser hält.

Wie betrunken ich auch sein mag, darf ich doch nie vergessen, daß ich ein Gentleman bin. Ein Gentleman ist ein Mensch, der sich anständig beträgt. Anmerkung: Am besten ist es, sich überhaupt nicht zu betrinken.

Wenn ich mit Männern Männerspiel spiele, muß ich wie ein Mann spielen.

Ein kräftiger Fluch selten, aber bei rechter Gelegenheit angebracht, kann recht wirksam sein. Zu viele Flüche verderben nur den Eindruck. Anmerkung: Ein Fluch kann ebensowenig die Karten verändern, wie den Wind zum Wehen bringen.

Ein Mann hat nicht das Recht, weniger als ein Mann zu sein. Nicht einmal für zehntausend Pfund kann er sich dieses Recht erkaufen.«

Bei Beginn der Lektüre wurde Deacons Gesicht weiß vor Wut. Dann überzog es sich langsam vom Hals bis zur Stirn mit dunkelroter Farbe, die sich immer mehr vertiefte, je weiter Grief las.

»Das ist alles«, sagte Grief, indem er das Papier zusammenfaltete und auf den Tisch warf. »Sind Sie noch bereit zu spielen?«

»Ich verdiene es«, murmelte Deacon mit gebrochener Stimme. »Ich bin ein Esel. Herr Gee, ehe ich weiß, ob ich gewinne oder verliere, möchte ich Sie um Verzeihung bitten. Vielleicht war es der Whisky, ich weiß es nicht, aber ich bin ein Esel, ein Lümmel, ein Idiot – ich weiß nicht, was alles.«

Er streckte die Hand aus, die Gee mit strahlendem Gesicht drückte.

»Hören Sie, Grief«, rief er. »Der Junge ist all right: Machen Sie einen Strich durch die Rechnung, wir trinken noch ein Glas und vergessen alles darüber.«

Grief schien mit sich reden lassen zu wollen, aber Deacon rief:

»Nein, das gebe ich nicht zu. Ich bin kein Drückeberger. Wenn es Karo-Karo sein soll, dann ist es eben Karo-Karo. Es ist kein Wort darüber zu verlieren.«

»Das ist richtig«, sagte Grief und begann die Karten zu mischen. »Wenn er das rechte Zeug hat, um nach Karo-Karo zu gehen, wird er keinen Schaden dadurch nehmen.«

Der Kampf wurde hart und spannend. Dreimal wurden die Karten zwischen ihnen aufgeteilt, ohne daß sie zählten. Zu Beginn der fünften und letzten Runde brauchte Deacon nur noch drei Points, um fertig zu sein, Grief dagegen vier. Es galt jetzt nur noch, so viele Stiche wie möglich zu machen, und Deacon paßte scharf auf. Er schimpfte weder, noch fluchte er und spielte sein bestes Spiel an diesem Abend. Er bekam die beiden schwarzen und das Herzas.

»Ich nehme an, daß Sie die vier Karten, die ich in der Hand habe, nennen können«, sagte er, als die letzten Karten ausgeteilt waren.

Grief nickte.

»Dann nennen Sie sie.«

»Pikbube, Pikzwei, Herzdrei und Karoas«, antwortete Grief. Die hinter Deacon Stehenden blickten in seine Karten, verrieten aber nicht, daß Grief sie richtig genannt hatte.

»Ich glaube, Sie spielen besser Casino als ich«, gab Deacon zu. »Ich kann von Ihren Karten nur drei nennen: einen Buben, ein As und das große Casino.«

»Falsch. Es sind nicht fünf Asse im Spiel. Drei haben Sie gehabt, und das vierte halten Sie jetzt in der Hand.«

»Wahrhaftig, Sie haben recht«, räumte Deacon ein. »Drei habe ich gehabt. Aber ich werde doch noch ein paar Stiche machen; mehr brauche ich nicht.«

»Ich will Ihnen das kleine Casino lassen – —« Grief hielt inne, um nachzurechnen. »Ja, und das As auch, aber ich werde doch die meisten Stiche machen und mit dem großen Casino herauskommen. Spielen Sie aus.«

»Ich gewinne«, frohlockte Deacon, als er die letzte Karte ausgespielt hatte. »Ich gehe mit dem kleinen Casino und den vier Assen heraus. Mit dem großen Casino und Ihren Piks kommen Sie höchstens auf zwanzig.«

Grief schüttelte den Kopf. »Ich fürchte, Sie irren sich.«

»Nein«, erklärte Deacon bestimmt. »Ich habe jeden Stich gezählt. Ich bin ganz sicher. Ich habe sechsundzwanzig und Sie auch.«

»Zählen Sie noch einmal«, sagte Grief.

Sorgfältig und langsam, mit zitternden Händen zählte Deacon seine Stiche. Es ergab fünfundzwanzig. Er streckte die Hand aus, nahm das von Grief Geschriebene, faltete es zusammen und steckte es in die Tasche. Dann leerte er sein Glas und stand auf.

Kapitän Donovan sah auf seine Uhr, gähnte und erhob sich ebenfalls.

»Gehen Sie an Bord?« fragte Deacon.

»Ja«, lautete die Antwort. »Um welche Zeit soll ich Ihnen das Walboot schicken?«

»Ich gehe gleich mit Ihnen. Wir können mein Gepäck unterwegs von der Billy holen. Ich wollte morgen mit ihr nach Babo fahren.«

Deacon schüttelte allen die Hände, nachdem sie noch mit ihm auf »Gut Glück« in Karo-Karo angestoßen hatten.

»Spielt Tom Butler Karten?« fragte er Grief.

»Solitaire«, lautete die Antwort.

»Dann werde ich ihm Doppelsolitaire beibringen.« Deacon wandte sich zur Tür, an der Kapitän Donovan wartete, und fügte mit einem Seufzer hinzu: »Ich fürchte, wenn er so spielt wie ihr andern Insulaner, wird er mir die Haut vom Leibe ziehen.«

Federn der Sonne

I.

Es war die Insel Fitu-Iva – das letzte unabhängige Bollwerk Polynesiens in der Südsee. Die Unabhängigkeit Fitu-Ivas hatte drei Gründe. Erstens und zweitens ihre einsame Lage und der kriegerische Sinn ihrer Bevölkerung. Das allein würde sie aber auf die Dauer nicht gerettet haben, hätten nicht Japan, Frankreich, Großbritannien, Deutschland und die Vereinigten Staaten gleichzeitig entdeckt, daß ihr Besitz erstrebenswert sei. Es war, als ob Straßenjungen sich um einen Groschen prügeln. Kriegsschiffe aller fünf Mächte füllten den kleinen Hafen Fitu-Ivas. Kriegsgerüchte schwirrten, und Kriegsdrohungen wurden ausgestoßen. Zum Morgenkaffee las die ganze Welt lange Berichte über Fitu-Iva. Wie eine amerikanische Blaujacke meinte: Sie hatten alle zugleich die Füße in einen Trog gesteckt. So kam es, daß Fitu-Iva einem Protektorat entging und König Tulifau, auch Tui Tulifau genannt, weiter das höchste Recht, und das niedrigste dazu, in dem Palast sprach, den ihm ein Sydneyer Händler aus Rotholz erbaut hatte. Tui Tulifau war nicht nur jeder Zoll ein König, er war es auch jede Sekunde seines Lebens. Als er achtundfünfzig Jahre und fünf Monate regiert hatte, war er erst achtundfünfzig Jahre und drei Monate alt, das heißt, er hatte fünf Millionen Sekunden länger regiert als geatmet, da er zwei Monate vor seiner Geburt gekrönt worden war.

Er war ein wahrer König, königlich von Gestalt, sechs und einen halben Fuß hoch und wog, ohne besonders dick zu sein, dreihundertundzwanzig Pfund. Das war jedoch nichts Außergewöhnliches für einen Polynesier von edler Herkunft. Sepeli, seine Königin, war sechs Fuß und drei Zoll groß und wog zweihundertundsechzig Pfund, während ihr Bruder Uiliami, der abwechselnd Feldherr der Armee und Ministerpräsident war, sie um einen Zoll überragte und einen halben Zentner mehr wog. Tui Tulifau war eine fröhliche Seele, ein Esser und Trinker vor dem Herrn. Und ebenso waren alle seine Untertanen fröhliche Seelen, solange sie nicht vom Zorn übermannt wurden. Dann konnten sie die, auf die sie zornig waren, mit toten Schweinen bewerfen. Nichtsdestoweniger konnten sie sich, wenn es darauf ankam, wie die Maori schlagen, was räuberische Sandelholz- und Sklavenhändler in alten Tagen zu ihrem Schaden erfahren hatten.

II.

Griefs Schoner, die Cantani, hatte vor zwei Stunden die Pfeiler-Felsen an der Einfahrt passiert und kroch jetzt vor einer schwachen, unentschlossenen Brise langsam in den Hafen hinein. Es war ein kühler, sternenklarer Abend, und die Mannschaft lungerte auf dem Deck herum und wartete darauf, daß die Schneckenfahrt sie zum Ankergrund bringen möchte. Willie Smee, der Superkargo, tauchte in einem auffallenden Strandanzug aus der Kajüte auf. Der Steuermann warf einen Blick auf sein Hemd aus feinster, weißer Seide und schmunzelte bedeutungsvoll.

»Sie wollen wohl zum Ball heute?« meinte Grief.

»Nein«, sagte der Steuermann. »Es ist wegen Taituas. Willie ist ganz verschossen in sie.«

»Unsinn«, leugnete der Superkargo.

»Dann ist sie in ihn verschossen, was auf dasselbe hinauskommt«, fuhr der Steuermann fort. »Ehe er eine Stunde an Land ist, hat er eine Blume hinterm Ohr, einen Kranz auf dem Kopf und Taitua im Arm.«

»Der reine Neid«, spottete Willie Smee. »Sie hätten sie am liebsten selber, können sie bloß nicht kriegen.«

»Ich kann keine solche Hemden finden, das ist der ganze Witz. Ich wette eine halbe Krone, daß Sie ohne das Hemd von Fitu-Iva abfahren.«

»Und wenn Taitua es nicht kriegt, dann nur, weil Tui Tulifau es für sich beansprucht«, prophezeite Grief. »Lassen Sie es ihn ja nicht sehen, sonst sind Sie es los.«

»Das stimmt«, bestätigte Kapitän Böig, der die Lichter an Land beobachtete, »als wir das letztemal hier waren, pfändete er bei einem meiner Kanaken einen bunten Gürtel und ein Griffestes.« Er wandte sich zu dem Steuermann: »Sie können den Anker fallen lassen, Herr Mash. Lassen Sie nicht zuviel Kette aus. Es sieht nicht nach Wind aus, und wir können morgen gegenüber dem Kopraschuppen umlegen.«

Eine Minute später rasselte die Ankerkette hinunter. Das Walboot, das schon vorher ausgeschwungen worden war, lag längsseits, und die Landungsabteilung sprang hinein. Außer den Kanaken, die alle darauf versessen waren, an Land zu kommen, befanden sich nur Grief und der Superkargo im Boot. Als sie die kleine Mole aus Korallenblöcken erreicht hatten, trennte sich Willie Smee, eine Entschuldigung murmelnd, von seinem Reeder und verschwand in einer kleinen Palmenallee. Grief schlug die entgegengesetzte Richtung ein und kam an der alten Missionskirche vorbei. Zwischen den Gräbern am Strande tanzten, in leichte Ahus und Lava-Lavas gekleidet, bekränzt, mit Blumengewinden geschmückt und mit großen flammenden Hibiskusblüten im Haar, Mädchen und Jünglinge. Weiter schritt Grief an dem langen, aus Gras errichteten Himinie-Haus vorbei, wo die Ältesten des Stammes, mehrere Dutzend, in einer langen Reihe saßen und alte Choräle sangen, die sie in längst entschwundenen Zeiten von den Missionaren gelernt hatten. Dann passierte er den Palast Tui Tulifaus, wo Lichter und Lärm ihm erzählten, daß wie gewöhnlich ein Fest im Gange war. Von allen glücklichen Südseeinseln ist Fitu-Iva die glücklichste. Dort schwelgen und prassen sie bei Geburten und Todesfällen, und sowohl die Toten wie die Ungeborenen erhalten ihren Anteil am Schmause.

Grief schritt weiter den Broomweg entlang, der sich durch üppige Blumen und farnartige Johannisbrotbäume hindurchwand. Die warme Luft war reich an Düften, und ihm zu Häupten zeichneten sich früchtebeladene Mangobäume, stattliche Avocadobäume und die Büschelkronen der schlanken Palmen von dem sternenübersäten Himmel ab.

Schließlich bog Grief vom Wege ab, stolperte über ein Schwein, das aufgebracht grunzte, und stand vor einer offenen Tür, durch die er einen feisten älteren Eingeborenen auf einem Stapel Matten im Dunkel sitzen sah. Von Zeit zu Zeit fuhr er sich automatisch die nackten Beine mit einem Fliegenwedel entlang. Er trug eine Brille und las in einem Buch, das, wie Grief wußte, eine englische Bibel war. Denn dies war Jeremia, der Händler, so benannt nach dem Propheten Jeremias.

Jeremia war von hellerer Hautfarbe als die Eingeborenen von Fitu-Iva; er war ein Vollblut-Samoaner. Von Missionaren erzogen, hatte er in ihrem Dienst als Laienprediger die Kannibalen auf den Koralleninseln im Westen besucht. Zum Lohn war er dann nach dem Paradies von Fitu-Iva gesandt worden, dessen Bewohner zwar alle schon einmal bekehrt waren, wo es aber Abtrünnige zu retten galt. Unglücklicherweise hatte Jeremia zuviel vom Baum der Erkenntnis genascht. Ein Band Darwin, der sich zu ihm verirrt hatte, eine streitsüchtige Frau und eine reizende Witwe in Fitu-Iva hatten ihn selbst in die Reihen der Abtrünnigen getrieben. Das Ergebnis der Lektüre Darwins war geistige Übermüdung gewesen. Welchen Zweck hatte es, die so komplizierte, rätselhafte Welt zu verstehen, wenn man noch dazu mit einer Xanthippe verheiratet war? Je lauer Jeremia wurde, desto mehr drohte die Missionsgesellschaft, ihn nach den Karolinen zurückzuschicken, und desto schärfer wurde die Zunge seines Weibes. Tui Tulifau war ein mitfühlender Monarch. Seine Königin hatte ihn bekanntlich gelegentlich, wenn er betrunken war, geprügelt. Aus politischen Gründen – die Königin stammte aus ebenso königlichem Geschlecht wie er selber, ihr Bruder befehligte die Armee – konnte Tulifau sich nicht scheiden lassen, wohl aber konnte er Jeremia scheiden, der sich von nun an dem Handel und der Dame seiner Wahl widmete. Als selbständiger Geschäftsmann war Jeremia pleite gegangen, hauptsächlich infolge des unseligen Umstandes, daß Tui Tulifau ihn zu seinem Hoflieferanten ernannte. Diesem fröhlichen Monarchen Kredit verweigern, hieß Beschlagnahme der Waren riskieren. Ihm Kredit gewähren, bedeutete wiederum den sicheren Ruin. Nachdem Jeremia ein Jahr lang am Strande herumgelungert hatte, war er David Griefs Händler geworden und diente ihm jetzt seit einem Jahrzehnt redlich und tüchtig, denn Grief war der erste gewesen, der dem König mit Erfolg

den Kredit gesperrt hatte, und der, wenn er ihm Kredit ein-
räumte, zu seinem Gelde kam.

Jeremia sah würdevoll über seine Brillengläser hinweg, als
sein Arbeitgeber eintrat, dann tat er mit gleicher Würde ein
Lesezeichen in die Bibel, legte sie beiseite und drückte ihm die
Hand.

»Ich freue mich,« sagte er, »daß Sie persönlich kommen.«

»Wie sollte ich sonst kommen?« lachte Grief.

Aber Jeremia hatte keinen Sinn für Humor und überhörte
die Bemerkung.

»Die geschäftliche Lage auf der Insel ist verflucht
schlecht«, sagte er, indem er jedes Wort salbungsvoll durch-
kaute. »In meinem Hauptbuch sieht es schrecklich aus.«

»Geht der Handel so schlecht?«

»Im Gegenteil. Er ging ausgezeichnet. Die Regale sind
leer, ganz ungewöhnlich leer. Aber —« – seine Augen leuchteten vor Stolz – »aber es sind noch viele Waren im Lager; ich
habe sie sorgfältigst eingeschlossen.«

»Haben Sie Tui Tulifau zu großen Kredit gewährt?«

»Im Gegenteil. Es gab überhaupt keinen Kredit, und alle
Außenstände sind bezahlt worden.«

»Das geht über meinen Verstand, Jeremia«, gestand Grief.
»Was bedeutet das? – Die Regale sind leer, kein Kredit, alle
Außenstände bezahlt, das Lager abgesperrt – wollen Sie bitte
etwas deutlicher werden.«

Jeremia antwortete nicht gleich. Er griff unter die Matten
und zog eine große Geldkassette hervor. Grief sah zu seinem
Erstaunen, daß sie nicht verschlossen war. Sonst hatte der
Samoaner sie stets aufs sorgsamste verschlossen gehalten. Die
Kassette schien mit Papier gefüllt zu sein. Jeremia nahm das
oberste Blatt und reichte es Grief:

»Hier ist die Erklärung.«

Grief blickte auf eine gar nicht schlecht ausgeführte
Banknote. »Die Nationalbank von Fitu-Iva zahlt dem Über-
bringer auf Verlangen ein Pfund Sterling«, las er. In der Mitte
befand sich der etwas verwischte Kopf eines Eingeborenen.
Unten sah man die Unterschrift Tui Tulifaus sowie den Na-

menszug ›Fulualea‹ nebst der gedruckten Erläuterung ›Finanzminister.‹

»Wer ist Fulualea, zum Donnerwetter?« fragte Grief. »Das ist doch Fidschianisch, nicht wahr? Und heißt ›Federn der Sonne‹.«

»Richtig. Es heißt ›Federn der Sonne‹. So nennt sich der Gauner selbst. Er ist von Fidschi hergekommen, um in Fitu-Iva das Unterste zu oberst zu kehren – jedenfalls in allen finanziellen Dingen.«

»So ein geriebener Levuka-Bursche, nehme ich an?« Jeremia schüttelte traurig den Kopf. »Nein, dieser gemeine Kerl ist ein Weißer und ein Schuft. Er hat den tönenden Fidschi-Namen angenommen, um seine ruchlosen Absichten damit zu decken. Er hat Tui Tulifau betrunken gemacht. Er hat ihn sehr betrunken gemacht und sorgt dafür, daß er andauernd betrunken ist. Dafür ist er Finanzminister und sonst noch eine Menge geworden. Er hat dies falsche Papier ausgestellt und die Leute gezwungen, es anzunehmen. Er hat eine Lagersteuer, eine Koprasteuer und eine Tabaksteuer ausgeschrieben. Er erhebt Hafenzölle, Abgaben und andre Steuern. Aber das Volk wird nicht besteuert – nur die Händler. Als die Koprasteuer herauskam, drückte ich den Einkaufspreis entsprechend. Da begann das Volk zu murren, und ›Federn der Sonne‹ brachte ein Gesetz ein, das den früheren Preis vorschrieb und jedem verbot, billiger zu verkaufen. Mich verurteilte er zu zwei Pfund und fünf Schweinen Strafe, weil ihm bekannt war, daß ich fünf Schweine hatte. Sie werden sie im Hauptbuch eingetragen finden. Hawkins, der Händler der Fulcrumkompanie, mußte seine Strafe zuerst in Schweinen, dann in Rum bezahlen, und als er schimpfte, kam die Armee und brannte seine Schuppen ab. Als ich mich weigerte zu verkaufen, wurde mir von diesem ›Federn der Sonne‹ nochmals eine Geldstrafe auferlegt und mir gedroht, mein Lager zu verbrennen, wenn ich mich nicht fügte. So verkaufte ich denn alles, was ich auf den Regalen hatte und bekam dafür dieses wertlose Papier. Ich würde sehr traurig sein, wenn Sie mir mein Gehalt ebenfalls in diesem Papier ausbezahlten, aber es wäre nur gerecht. Und was soll nun geschehen?«

Grief zuckte die Achseln. »Zuerst muß ich mir mal diesen ›Federn der Sonne‹ ansehen, damit ich die Situation richtig beurteilen kann.«

»Dann müssen Sie sich beeilen,« rief Jeremia, »sonst kriegen Sie massenhaft Geldstrafen. Auf die Art bekommt er das ganze Kleingeld des Reiches. Er hat schon alles, was nicht vergraben ist.«

III.

Auf dem Rückwege durch die Broomstraße stieß Grief unter den brennenden Laternen am Eingang zum Palast auf einen wohlbeleibten kleinen Herrn in ungestärkten Hosen, glattrasiert und blühend. An seinem abgemessenen, selbstzufriedenen Gang war etwas, das Grief bekannt vorkam. Am Strande von mindestens einem Dutzend Südseeinseln hatte er ihn schon gesehen.

»Ausgerechnet Cornelius Deasy!« rief er.

»Wenn das nicht Grief, der alte Teufel, ist!« lautete der Gruß des andern, als sie sich die Hände schüttelten.

»Wenn Sie an Bord kommen wollen – ich habe einen exquisiten Whisky«, meinte Grief.

Cornelius wurde plötzlich förmlich und steif.

»Geht nicht, Herr Grief. Jetzt bin ich Fulualea. Die. alten Zeiten sind vorbei. Durch Beschluß meines gnädigen Königs Tulifau bin ich nämlich Finanzminister und Oberrichter, wenn es Seiner Majestät nicht beliebt, selbst in die Räder der Gerechtigkeit zu greifen.«

Grief stieß einen Pfiff aus. »Sie sind also ›Federn der Sonne‹!«

»Ich ziehe die einheimische Bezeichnung vor, Fulualea gefälligst«, berichtigte der andre. »Bei der Erinnerung an unsre alte Bekanntschaft, Herr Grief, tut mir das Herz weh, daß ich Ihnen eine betrübende Mitteilung machen muß. Sie werden wie jeder andre Händler, der es auf die Beraubung der sanften polynesischen Wilden abgesehen hat, Ihre Einfuhrzölle zahlen müssen – was wollte ich doch sagen? Ach, richtig: Sie haben sich einer Verletzung der Verordnungen schuldig gemacht. In böswilliger Absicht sind Sie nach Sonnenuntergang in den Hafen von Fitu-Iva eingefahren. Unterbrechen Sie mich nicht! Ich habe es mit eignen Augen gesehen. Für dies Vergehen haben Sie eine Buße von fünf Pfund zu erlegen. Haben Sie Genever? Es ist eine ernste Geschichte. Unsre Seeleute sollen nicht leichtfertig im Hafen in Lebensgefahr gebracht werden, nur weil Sie ein bißchen Lampenöl sparen wollen. Habe ich Sie gefragt, ob Sie Genever haben? Es ist der Hafenmeister, der Sie fragt.«

»Sie haben sich ja eine schwere Menge Ämter aufgeladen«, lachte Grief.

»Das ist das Los des weißen Mannes. Diese elenden Händler haben in schändlicher Weise den armen Tui Tulifau mißbraucht, den gutherzigsten alten Monarchen, der je auf einem Südseethron gesessen und aus einer kaiserlichen Kalabasse Grog gesoffen hat. Aber ich, Cornelius –, ich meine Fulualea, ich bin jetzt hier, um Recht und Gerechtigkeit zu schaffen. So ungern ich es auch tue, ist es doch meine Pflicht als Hafenmeister, Sie schuldig zu sprechen, weil Sie die Quarantäne gebrochen haben.«

»Die Quarantäne?«

»Order vom Hafenarzt. Keine Verbindung mit dem Lande, ehe das Schiff die Erlaubnis hat. Welch ein Unglück für die armen Eingeborenen, wenn Sie Windpocken oder Keuchhusten an Bord hätten. Wer ist da, um die sanften, vertrauensvollen Polynesier zu schützen? Ich, Fulualea, ›Federn der Sonne‹, kraft meiner hohen Sendung!«

»Und wer ist der Hafenarzt, zum Donnerwetter?«

»Ich, Fulualea. Ihr Vergehen ist ernst. Betrachten Sie sich als mit einer Buße von fünf Kisten holländischen Genevers belegt.«

Grief lachte herzlich. »Wir werden ein Kompromiß schließen. Kommen Sie an Bord, und Sie sollen etwas zu trinken haben.«

›Federn der Sonne‹ lehnte die Einladung mit großer Würde ab. »Das ist Bestechung. Ich will nichts davon hören – ich halte mein Gewissen rein. Und warum haben Sie Ihre Schiffspapiere nicht vorgezeigt? Als Zolldirektor belege ich

Sie mit einer Geldstrafe von fünf Pfund und weiteren zwei Kisten Genever.«

»Jetzt hören Sie aber auf, Cornelius. Witz ist Witz, aber jetzt ist es genug. Wir sind hier nicht in Levuka. Ich bekomme Lust, Sie meine Faust schmecken zu lassen. Mit mir können Sie solche Geschichten nicht machen.«

›Federn der Sonne‹ trat ängstlich einen Schritt zurück. »Keine Gewalt«, drohte er. »Sie haben recht. Wir sind hier nicht in Levuka. Und eben deshalb, und Tui Tulifau nebst der königlichen Armee hinter mir, kann ich noch mit Ihnen fertig werden. Sie werden die Strafen sofort bezahlen, oder ich beschlagnahme Ihr Schiff. Sie wären nicht der erste. Was tat dieser chinesische Perlenhändler Peter Gee anderes, als daß er sich trotz aller Verordnungen heimlich in den Hafen schlich und nachher wegen einiger elender Geldstrafen Spektakel machte? Nein, er wollte nicht bezahlen, und jetzt kann er am Strande darüber nachdenken.«

»Sie wollen doch nicht sagen — —«

»Ob ich will! In Ausübung meines hohen Amtes habe ich seinen Schoner beschlagnahmt. Ein Fünftel der königlichen Armee hat jetzt das Schiff besetzt. Heute in einer Woche wird es versteigert. Es liegen an zehn Tonnen Muscheln in der Last; vielleicht kaufen Sie sie gegen Genever. Es wäre ein glänzendes Geschäft für Sie. Was sagten Sie doch, wieviel Genever hatten Sie?«

»Was, wollen Sie noch mehr Genever haben?«

»Warum nicht? Dieser Tui Tulifau ist ein königlicher Schwamm. Es macht mir oft Kopfschmerzen, wie ich genügend Vorrat beschaffen soll, so verschwenderisch geht er damit um. Seine ganze Schmarotzerblase von Hofstaat ist andauernd voll. Es ist ein Skandal. Bezahlen Sie die Strafen, Herr Grief, oder wollen Sie mich zu schärferen Maß-« nahmen zwingen?«

Grief drehte sich ungeduldig auf dem Absatz um. »Cornelius, Sie sind betrunken. Besinnen Sie sich und kommen Sie zur Vernunft. Die übermütigen alten Südseetage sind vorbei. Jetzt können Sie solche Scherze nicht mehr machen.«

»Wenn Sie die Absicht haben, an Bord zu gehen, können Sie sich die Mühe sparen. Ich kenne Menschen Ihres Schlages und sah Ihren Trotz voraus. Ich habe meine Maßnahmen schon getroffen. Sie werden Ihre Mannschaft am Strande finden. Das Schiff ist bereits beschlagnahmt.«

Grief wandte sich um, immer noch in halbem Glauben, daß der Mann scherze. Fulualea trat wieder erschrocken einen Schritt zurück. Hinter ihm erschien eine hohe Gestalt aus der Dunkelheit.

»Bist du es, Uiliami?« fragte Fulualea kläglich. »Hier ist wieder ein Seeräuber. Leihe mir die Stärke deines Armes, o mein herkulischer Bruder.«

»Ich grüße dich, Uiliami«, sagte Grief. »Seit wann wird Fitu-Iva von einem Levuka-Strandräuber regiert? Er sagt, mein Schoner sei beschlagnahmt. Ist das wahr?«

»Es ist wahr«, sprach Uiliami dröhnend aus der Tiefe seiner gewölbten Brust. »Hast du noch mehr seidene Hemden wie das von Willie Smee? Tui Tulifau hätte gern ein solches Hemd. Er hat davon gehört.«

»Das kommt auf eins hinaus«, unterbrach Fulualea ihn. »Hemd oder Schoner, der König bekommt alles.«

»Das ist reichliche Willkür, Cornelius,« meinte Grief, »der reine Raub. Sie haben meinen Schoner weggenommen, ohne mich zu benachrichtigen.«

»Ich sollte Sie benachrichtigen? Aber haben Sie sich nicht hier auf diesem Fleck vor fünf Minuten geweigert, die Strafen zu bezahlen?«

»Aber da war das Schiff ja schon beschlagnahmt.«

»Gewiß. Ich wußte ja, daß Sie sich weigern würden. Es ist alles in schönster Ordnung und nicht die geringste Ungerechtigkeit begangen. Die Gerechtigkeit hat keinen größeren Verehrer als Cornelius Deasy – oder Fulualea, was auf dasselbe herauskommt. Und jetzt machen Sie, daß Sie fortkommen, Herr Händler, oder ich hetze die Palastwache auf Sie. Uiliami, dieser Händler ist ein ganz gefährlicher Mensch. Rufe die Wache.«

Uiliami pfiff auf einer Flöte, die ihm an einer Schnur aus Kokosfasern auf der breiten nackten Brust hing. Grief langte

zornig nach Cornelius aus, der sich hinter der massigen Gestalt Uiliamis versteckte. Ein Dutzend stämmiger Polynesier,
keiner unter sechs Fuß groß, kamen den Weg vom Palast
angerannt und stellten sich hinter ihren Anführer auf.

»Machen Sie, daß Sie fortkommen, Herr Händler«, wiederholte Cornelius. »Die Audienz ist beendet. Morgen früh
werden wir Ihre Angelegenheit verhandeln. Erscheinen Sie
pünktlich um zehn Uhr im Palast, um sich gegen folgende
Anklagen zu verteidigen: Landfriedensbruch; aufrührerische
und verräterische Reden; tätlicher Angriff gegen die höchste
Obrigkeitsperson in der Absicht, zu verwunden, zu verstüm-
meln und zu zerschmettern; Bruch der Quarantäne; Übertretung der Hafenverordnungen und Steuergesetze. Morgen
früh, mein Junge, morgen früh wird der Gerechtigkeit Genü-
ge geschehen, während die Brotfrüchte fallen. Und dann
gnade dir Gott!«

IV.

Es glückte Grief, eine Stunde vor dem Verhör in Begleitung Peter Gees Zutritt zu Tui Tulifau zu erhalten. Der König
lag, von einem halben Dutzend Häuptlingen umgeben, auf
Matten im Schatten der Avocadobäume im Hofe des Palastes.
So früh am Tage es auch war, reichten Sklavinnen doch schon
fleißig Genever. Der König freute sich, seinen alten Freund
Davida zu sehen, und bedauerte, daß er mit den Gesetzen in
Konflikt geraten war. Darüber hinaus jedoch vermied er es
standhaft, auf die Sache einzugehen. Alle Proteste des beraub-
ten Händlers wurden mit der Einladung zu einem Glase Genever hin weggeschwemmt. »Trink«, sagte er immer wieder zu
ihm, aber einmal ließ er sich doch zu der Erklärung herbei,
daß ›Federn der Sonne‹ ein wunderbarer Mann sei. Noch nie
hatten die Geschäfte der Krone so geblüht. Noch nie war
soviel Geld in den Schatzkammern, soviel Genever unter dem
Volke gewesen. »Ich bin sehr zufrieden mit Fulualea«, schloß
er. »Trink ein Glas.«

»Wir müssen sehen, hier wegzukommen,« flüsterte Grief
kurz darauf Peter Gee zu, »sonst werden wir bös gerupft. In

ein paar Minuten stehe ich vor Gericht, angeklagt wegen Mordbrennerei, Ketzerei, Aussatzes oder Gott weiß was, und da gilt es, den Kopf klarzuhalten.«

Als Grief sich zurückzog, bemerkte er Sepeli, die Königin. Sie beobachtete ihren königlichen Gemahl und seine Schnapsbrüder, und ihr Stirnrunzeln gab Grief eine Idee. Wollte er etwas ausrichten, so konnte er es nur durch ihre Hilfe.

In einer andern schattigen Ecke des Hofes hielt Cornelius Gericht. Er war früh erschienen, denn vor Grief sollte schon Willie Smee abgeurteilt werden. Die ganze königliche Armee mit Ausnahme des Teiles, der die beschlagnahmten Schiffe besetzt hielt, war zur Stelle.

»Der Angeklagte trete vor«, sagte Cornelius, »und höre das gerechte und milde Urteil des hohen Gerichts für sein schimpfliches, zügelloses, einem Superkargo nicht ziemendes Benehmen. Der Angeklagte behauptet, kein Geld zu haben. Nun wohl. Der Gerichtshof bedauert, nicht über ein Gefängnis zu verfügen. Mangels eines solchen und mit Hinblick auf die Vermögenslage des Angeklagten wird der Angeklagte verurteilt, ein weißseidenes Hemd wie das, welches er trägt, zu erlegen.«

Cornelius gab den Soldaten ein Zeichen, und sie führten Willie Smee hinter einen Avocadobaum. Kurz darauf tauchte er, um das besagte Kleidungsstück ärmer, wieder auf und setzte sich neben Grief.

»Was haben Sie ausgefressen?« fragte Grief.

»Keinen blassen Schimmer. Und welches Verbrechen haben Sie begangen?«

»Der nächste Fall«, rief Cornelius barsch. »David Grief, Angeklagter, stehen Sie auf. Der Gerichtshof hat nach Erwägung des Falles oder vielmehr der Fälle folgendes Urteil gefällt – Halten Sie den Mund!« donnerte er Grief an, der Miene machte, ihn zu unterbrechen. »Ich sage Ihnen, daß der Beweis erbracht, voll erbracht ist. Der Gerichtshof hegt nicht den Wunsch, unnötig hart gegen den Angeklagten vorzugehen, muß aber die Gelegenheit wahrnehmen, ihn vor einer Verächtlichmachung des Gerichts zu warnen. Wegen leichtfertiger Übertretung der Hafenverordnungen und Gesetze, Bruchs der Quarantäne und Mißachtung der Schifffahrtsgesetze wird sein Schoner Cantani hiermit als von der Regierung von Fitu-Iva beschlagnahmt erklärt und soll heute in zehn Tagen mit allem Zubehör nebst der gesamten Ladung in öffentlicher Versteigerung meistbietend verkauft werden. Für die persönlichen Verbrechen des Angeklagten, bestehend aus heftigem, aufrührerischem Benehmen und grober Mißachtung der Gesetze des Landes, wird ihm eine Buße von hundert Pfund Sterling und fünfzehn Kisten Genever auferlegt. Ich frage nicht, ob Sie dazu etwas zu bemerken haben, sondern lediglich, ob Sie bezahlen wollen. Das ist die Frage.«

Grief schüttelte den Kopf.

»In der Zwischenzeit«, fuhr Cornelius fort, »betrachten Sie sich als auf freiem Fuß belassenen Gefangenen. Es gibt leider kein Gefängnis, um Sie einzusperren. Schließlich ist es noch dem Gerichtshof zu Ohren gekommen, daß der Angeklagte heute morgen seine Kanaken heimtückisch nach dem Riff geschickt hat, um sich Fische zum Frühstück fangen zu lassen. Das ist ein offener Bruch der Rechte Fitu-Ivas. Die heimischen Berufe müssen geschützt werden. Das Auftreten des Angeklagten in diesem Falle muß streng gerügt werden; im Wiederholungsfalle werden er und seine aufrührerischen Organe sofort zu schwerer Arbeit – Ausbesserung des Broomweges – verurteilt. Das Gericht ist geschlossen.«

Als sie den Palasthof verließen, stieß Peter Gee Grief heimlich an, um ihn auf Tui Tulifau aufmerksam zu machen, der auf den Matten ruhte. Das Hemd des Superkargo strammte sich bereits über dem königlichen Fett.

V.

Die Geschichte ist ganz klar«, sagte Peter Gee während einer Besprechung im Hause Jeremias. »Deasy hat alles Geld zusammengescharrt, was auf der Insel zu finden war. Unterdessen hält er den König unter dem Genever, den er von unsern Schiffen genommen hat. Sobald er kann, wird er sich mit der Kasse auf einem unsrer Schiffe aus dem Staube machen.«

»Er ist ein gemeiner Kerl«, erklärte Jeremia und putzte seine Brille. »Er ist ein Schuft, ein Lümmel. Er müßte mit einem toten Schwein geprügelt werden, mit einem besonders toten Schwein.«

»Sehr richtig«, sagte Grief. »Er soll mit einem toten Schwein geprügelt werden, und, Jeremia, es sollte mich nicht wundern, wenn gerade Sie der Mann wären, ihn mit einem toten Schwein zu prügeln. Vergessen Sie nicht, ein besonders totes auszusuchen. Tui Tulifau ist am Bootshaus unten, um meinen schottischen Whisky zu probieren, und ich werde jetzt zur Königin gehen, um ein bißchen Küchenpolitik mit ihr zu betreiben. Unterdessen können Sie ein paar Waren auf die Regale legen. Ich leihe Ihnen welche, Hawkins. Und Sie, Peter, gehen nach dem deutschen Laden. Verkauft darauflos – verkauft gegen Papiergeld. Ich komme für jeden Verlust auf. Wenn ich mich nicht täusche, haben wir binnen drei Tagen eine Nationalversammlung oder eine Revolution. Sie, Jeremia, schicken zu allen Fischern und Bauern auf der Insel, zu allen, selbst zu den Ziegenhirten in den Bergen, und lassen ihnen sagen, daß sie sich in drei Tagen im Palast versammeln sollen.«

»Aber die Soldaten«, wandte Jeremia ein.

»Mit denen werde ich schon fertig werden. Sie haben seit zwei Monaten keine Löhnung erhalten. Außerdem ist Uiliami der Bruder der Königin. Legt nicht zuviel auf einmal auf die Regale. Sobald die Soldaten sich zeigen und für ihr Papiergeld kaufen wollen, weigert ihr euch.«

»Dann werden sie die Lagerschuppen anzünden.«

»Laßt sie nur. Wenn sie es tun, wird König Tulifau es bezahlen.«

»Wird er mir auch mein Hemd bezahlen?« fragte Willie Smee.

»Das ist eine Privatsache zwischen Ihnen und Tui Tulifau«, antwortete Grief.

»Es beginnt schon im Rücken zu platzen«, klagte der Superkargo. »Das sah ich heute morgen, als er es noch keine zehn Minuten anhatte. Es hat mich dreißig Schillinge gekostet, und ich habe es erst ein einziges Mal getragen.«

»Wo soll ich ein totes Schwein hernehmen?« fragte Jeremia.

»Eins totschlagen natürlich;« antwortete Grief, »nehmen Sie eins, das nicht zu groß ist.«

»Ein kleines kostet zehn Schillinge.«

»Dann tragen Sie es im Hauptbuch unter Geschäftsunkosten ein.« Grief schwieg einen Augenblick. »Wenn Sie ein besonders totes haben wollen, wäre es gut, wenn Sie es gleich töteten.«

VI.

Du hast gut gesprochen, Davida«, sagte die Königin. »Dieser Fulualea hat Tollheit mitgebracht, und Tui Tulifau ertränkt sich in Genever. Wenn er nicht darauf eingeht, die Nationalversammlung einzuberufen, verabreiche ich ihm eine Tracht Hiebe. Er ist leicht zu prügeln, wenn er betrunken ist.«

Sie ballte die Fäuste, und so imposant wirkten ihre Amazonengestalt und der entschlossene Gesichtsausdruck, daß Grief von der Einberufung der Versammlung überzeugt war. Er sprach die Sprache von Fitu-Iva, die dem Samoanischen sehr ähnlich ist, wie ein Eingeborener.

»Und du, Uiliami,« sagte er, »sagst, daß die Soldaten richtiges Geld verlangen und sich weigern, das Papiergeld, das Fulualea ihnen geben will, anzunehmen. Sage ihnen, sie sollen das Papiergeld nehmen, sorge dafür, daß sie es morgen erhalten.«

»Wozu das alles?« wandte Uiliami ein. »Der König lebt in glücklicher Trunkenheit. Es ist viel Geld in der Schatzkammer. Und ich bin zufrieden. In meinem Hause stehen zwei Kisten Genever und viele Waren von Hawkins Lager.«

»Du bist ein großes Schwein, mein Bruder!« rief Sepeli. »Hat Davida nicht gesprochen? Hast du keine Ohren? Wenn der Genever und die Waren in deinem Hause aufgebraucht sind, keine Händler mehr mit Genever und Waren kommen und ›Federn der Sonne‹ mit allem Geld von Fitu-Iva wieder nach Levuka gegangen ist, was wirst du dann tun? Silber und Gold, das ist Geld, aber Papier ist nur Papier. Ich sage dir, das Volk murrt. Jamswurzeln und Bataten sind von der Erde verschwunden. Die Bergbewohner haben seit einer Woche keine Ziege mehr geschickt. ›Federn der Sonne‹ zwingt zwar die Händler, Kopra zum alten Preise zu kaufen, aber das Volk verkauft nicht, denn es will das Papiergeld nicht haben. Erst heute habe ich in zwanzig Häuser nach Eiern geschickt. Es gibt keine Eier. Hat ›Federn der Sonne‹ die Pest über die Hühner gebracht? Ich weiß es nicht. Ich weiß nur, daß es keine Eier gibt. Gut, daß wer viel trinkt, wenig ißt, sonst würde Hungersnot im Palast herrschen. Sag' deinen Soldaten, daß sie ihre Löhnung in Papiergeld nehmen sollen.«

»Und vergiß nicht,« warnte ihn Grief, »daß man in den Läden zwar verkauft, aber wenn die Soldaten kommen, ihr Papiergeld zurückweist. In drei Tagen findet die Nationalversammlung statt, und dann ist ›Federn der Sonne‹ tot wie ein totes Schwein.«

VII.

Als der Tag der Nationalversammlung kam, drängte sich die Bevölkerung der ganzen Insel in der Hauptstadt zusammen. In Kanus und Walbooten, zu Fuß und auf Eselsrücken waren die fünftausend Bewohner von Fitu-Iva erschienen. Die drei letzten Tage waren reich an Ereignissen gewesen. Zu Beginn hatten die Händler viel verkauft, als aber die Soldaten kamen, hatte man sie wieder weggeschickt mit der Weisung, sich erst richtiges Geld von Fulualea geben zu lassen.

»Steht nicht auf dem Papier,« fragten die Händler, »daß es gegen Münze eingelöst wird?«

Nur die Autorität Ui Kamis hatte verhindert, daß die Häuser der Händler niedergebrannt wurden. Immerhin wurde eines von Griefs Kopralagern in Brand gesteckt und von Jeremia pflichtschuldig dem König in Rechnung gestellt. Jeremia selbst war übel behandelt und seine Brille zerbrochen worden. Willie Smees Knöchel zeigten Hautabschürfungen. Die Schuld daran trugen drei zu ungestüme Soldaten, die sich in rascher Folge heftig ihre Kinnladen daran gestoßen hatten. Kapitän Böig war in ähnlicher Weise verletzt worden. Peter Gee war unbeschädigt davongekommen, weil er das Glück hatte, daß seine Fäuste mit Brotkörben und nicht mit Kinnladen zusammengestoßen waren.

Tui Tulifau saß auf dem Hochsitz in der Nationalversammlung, neben ihm Sepeli und rings um ihn seine fröhlichen Häuptlinge. Sein rechtes Auge und seine Backe waren geschwollen, als wäre auch er mit einer Faust zusammengestoßen. Palastgeschwätz wollte wissen, daß er am Morgen eine eheliche Auseinandersetzung mit Sepeli gehabt hatte. Jedenfalls war ihr Ehegemahl nüchtern, und sein Fett cruoll mutlos durch die Risse in Willie Smees Seidenhemd. Sein Durst war unlöschbar, und man brachte ihm unablässig frische Trinknüsse. Vor dem Hofe stand, von der Armee in Schach gehalten, das gemeine Volk. Nur Häuptlinge, Dorfschöne, Stutzer und Wortführer sowie die Hofbeamten wurden hereingelassen. Cornelius Deasy saß, wie es einem hohen, begünstigten Beamten zukam, auf der rechten Seite des Königs. Links von der Königin, Cornelius gegenüber und in der Mitte der weißen Händler, die er vertrat, saß Jeremia. Seiner Brille beraubt, schielte er kurzsichtig nach dem Finanzminister hinüber.

Der Reihe nach sprachen die Wortführer von der Luvküste, von der Leeküste und von den Gebirgsdörfern, dann die Häuptlinge und andere, geringere Persönlichkeiten. Alle sagten ungefähr dasselbe. Sie murrten über das Papiergeld. Die Geschäfte gingen nicht. Es wurde keine Kopra mehr getrocknet. Das Volk war argwöhnisch geworden. Und die Dinge hatten sich so zugespitzt, daß jeder Schulden bezahlen und keiner Geld nehmen wollte. Die Gläubiger flohen vor den Schuldnern. Geld war billig. Alle Preise stiegen, und die Waren wurden knapp. Ein Huhn kostete dreimal soviel wie früher, und dann sah es aus, als müsse es jeden Augenblick vor Altersschwäche sterben, wenn man es nicht sofort verkaufte. Die Zukunft sah trübe aus. Es gab böse Zeichen. In mehreren Distrikten herrschte Rattenplage. Die Ernte war eine schlechte. Die Zimtäpfel waren klein. Der fruchtbarste Avocadobaum an der Luvküste hatte auf geheimnisvolle Art und Weise alle Blätter verloren. Die Mangos schmeckten nach nichts. Der Pisang wurde vom Wurm gefressen. Die Fische hatten das Meer verlassen, und große Mengen von Tigerhaien erschienen an ihrer Stelle. Die wilden Ziegen waren in unzugängliche Höhen geflohen. Die Poi-Pits waren bitter geworden. In den Bergen polterte es, Geister gingen nachts um. Eine Frau in Punta-Punta hatte plötzlich die Sprache verloren, und in dem Dorfe Eiho war eine Ziege mit fünf Beinen geboren. Und an alledem war nur das merkwürdige Papiergeld Fulualeas schuld, das war die feste Überzeugung der ganzen Versammlung.

Uiliami sprach für die Armee. Seine Leute waren unzufrieden und drohten zu meutern. Obgleich den Händlern durch eine königliche Verordnung befohlen war, das Geld anzunehmen, hatten sie es doch zurückgewiesen. Er wollte es nicht behaupten, aber es sähe so aus, als wäre das merkwürdige Geld Fulualeas schuld daran.

Als nächster redete Jeremia, als Wortführer der Händler. Als er sich erhob, bemerkte man, daß er mit gespreizten Beinen über einem großen Bambuskorb stand. Er sprach von den Stoffen der Händler, ihrer Verschiedenartigkeit, Schönheit und Haltbarkeit im Vergleich zu dem durchlässigen, brüchigen und rauhen Tapa. Niemand trüge mehr Tapa. Aber alle hätten Tapa und nichts als Tapa getragen, bis die Händler gekommen waren. Moskitonetze, wie sie die geschicktesten Weber auf Fitu-Iva in tausend Jahren nicht nachmachen könnten, seien fast verschenkt worden. Er verbreitete sich über die unvergleichlichen Vorzüge von Gewehren, Äxten und stählernen Angelhaken und kam auf dem Wege über Nadel, Faden und Angelschnur zu Mehl und Petroleum. Mit vielen »erstens« und »zweitens« und unzähligen Finessen sprach er schließlich von Organisation, Zivilisation und Ordnung. Er bewies; daß der Händler Träger der Kultur sei, und daß er in seinem Handel geschützt werden müsse, sonst käme er nicht wieder. Im Westen gab es Inseln, auf denen die Händler keinen Schutz genossen. Was war die Folge? Die Händler kamen nicht, und die Eingeborenen waren wie wilde

Tiere! Sie trugen keine Kleider, keine seidenen Hemden – hier blinzelte er bedeutungsvoll zum König hinüber – und fraßen sich gegenseitig auf. Das merkwürdige Geld von ›Federn der Sonne‹ sei gar kein Geld. Die Händler wüßten, was Geld ist, wollten es nicht nehmen. Wenn Fitu-Iva darauf beharre, daß sie es nehmen sollten, dann würden sie fortgehen und nie wiederkommen. Und dann würden die Einwohner von Fitu-Iva, die verlernt hätten, Tapa zu machen, nackt herumlaufen und sich gegenseitig auffressen. Noch viel mehr sagte er in der vollen Stunde, die seine Rede dauerte, und immer wieder kam er auf die heikle Lage zu sprechen, in die das Volk von Fitu-Iva geraten würde, wenn die Händler nicht mehr kämen. »Und was wird man draußen in der Welt von Fitu-Iva sagen?« fragte er zum Schluß pathetisch. »Kai-Kanak wird man seine Bewohner nennen, Kai-Kanak, Menschenfresser!«

Tui Tulifau faßte sich kurz. Nun hätten, so sagte er, das Volk, die Armee und die Händler ihre Meinung gesagt. Jetzt sei es Zeit, daß ›Federn der Sonne‹ seinerseits die Sache beleuchte. Niemand könne leugnen, daß sein Finanzsystem Wunder getan hätte. »Oft hat er mir sein System erklärt«, schloß Tui Tulifau. »Es ist sehr einfach. Und jetzt wird er es euch erklären.«

Es handle sich hier um eine Verschwörung der weißen Händler, behauptete Cornelius. Jeremia habe recht in dem, was er vom Segen des Mehls und Petroleums sagte. Fitu-Iva wolle nicht »Kai-Kanak« werden. Fitu-Iva wolle die Zivilisation; es wolle immer mehr Zivilisation. Aber darum drehe es sich eben, und man solle genau zuhören, was er sage. Papiergeld sei ein Zeichen höherer Zivilisation. Deshalb habe er, ›Federn der Sonne‹, es eingeführt. Und deshalb seien die Händler dagegen. Sie wollten nicht, daß Fitu-Iva zivilisiert würde. Warum kämen sie von weither über das Meer mit ihren Waren nach Fitu-Iva? Er, ›Federn der Sonne‹, wolle es ihnen vor der ganzen Nationalversammlung ins Gesicht sagen. In ihren eignen Ländern seien die Menschen zu zivilisiert, als daß sie so ungeheuer verdienen könnten wie in Fitu-Iva. Würden die Fitu-Ivaner ebenfalls so zivilisiert, dann wäre es mit dem Geschäft der Händler aus. Dann könne jeder Fitu-Ivaner selbst Händler werden, wenn er nur Lust dazu hätte.

Dies sei der Grund, warum die weißen Händler das Papiergeld bekämpften, das er, ›Federn der Sonne‹, eingeführt hätte. Warum werde er ›Federn der Sonne‹ genannt? Weil er das Licht aus einer andern Welt bringe. Das Licht sei das Papiergeld. Die räuberischen weißen Händler könnten in dem Licht nicht gedeihen. Daher bekämpften sie es.

Das würde er dem guten Volk von Fitu-Iva beweisen, und er würde es durch den Mund seiner Feinde beweisen. Es sei eine wohlbekannte Tatsache, daß alle hochzivilisierten Völker das Papiergeldsystem anwendeten. Er frage Jeremia, ob dem nicht so sei. Jeremia antwortete nicht.

»Ihr seht«, fuhr Cornelius fort, »er antwortet nicht. Er kann nicht leugnen, daß es wahr ist. England, Frankreich, Deutschland, Amerika, alle die großen Papalangiländer haben das Papiergeldsystem. Und es bewährt sich. Seit Jahrhunderten hat es sich bewährt. Ich frage dich, Jeremia, als ehrlichen Mann, der einst ein eifriger Arbeiter im Weinberg des Herrn war, ich frage dich: »Leugnest du, daß das System sich in den großen Papalangiländern bewährt hat?«

Jeremia konnte es nicht leugnen, und seine Finger spielten nervös mit den Schnüren um den Korb, den er auf den Knien hielt

»Ihr seht, es ist, wie ich sage«, fuhr Cornelius fort. »Jeremia gibt zu, daß es wahr ist. Daher frage ich euch alle, ihr guten Leute von Fitu-Iva: Warum sollte für Fitu-Iva nicht taugen, was für die Papalangiländer taugt?«

»Das ist nicht dasselbe!« rief Jeremia. »Das Papier von »Federn der Sonne« ist anders als das Papier der großen Länder.«

Auf diesen Einwand war Cornelius vorbereitet gewesen. Er hielt eine Fitu-Iva-Note hoch, die alle erkannten.

»Was ist das?« fragte er.

»Papier, nichts als Papier«, lautete die Antwort Jeremias. — »Und das?«

Diesmal hielt Cornelius eine Note der Bank von England hoch.

»Das ist Papiergeld von England«, erklärte er der Versammlung, indem er Jeremia die Note zur Untersuchung reichte. »Stimmt das nicht, Jeremia, ist da« nicht Papiergeld von England?«

Jeremia nickte widerstrebend.

»Du hast gesagt, daß das Papiergeld von Fitu-Iva nur Papier sei, aber wie steht es nun mit dem von England? Was ist das? ... Antworte mir ehrlich ... Alle warten auf deine Antwort, Jeremia.«

»Das ist – das ist –« begann Jeremia verwirrt, blieb aber rettungslos stecken. Der Trugschluß überstieg sein Fassungsvermögen.

Auf allen Gesichtern stand zu lesen, daß sie überzeugt waren. Der König klatschte voller Bewunderung in die Hände und murmelte: »Das ist klar, ganz klar.«

»Ihr seht, daß er es selbst zugibt.« Cornelius konnte seinen Triumph nicht verbergen. »Er kennt den Unterschied nicht. Es gibt nämlich keinen Unterschied. Es ist ein Ersatz für Geld. Es ist selbst Geld.«

Unterdessen hatte Grief Jeremia etwas ins Ohr geflüstert, und der nickte und begann zu sprechen:

»Aber allen Papalangi ist bekannt, daß die englische Regierung gemünztes Geld für das Papiergeld bezahlt.«

Jetzt war Deasys Sieg entschieden. Er hielt eine Fitu-Iva-Note hoch.

»Steht nicht dasselbe auf diesem Papier geschrieben?«

Wieder flüsterte Grief etwas. – »Daß Fitu-Iva gemünztes Geld bezahlt?« fragte Jeremia.

»So steht es geschrieben.«

Ein drittes Mal flüsterte Grief.

»Auf Verlangen«, fragte Jeremia.

»Auf Verlangen«, versicherte Cornelius.

»Dann verlange ich jetzt gemünztes Geld«, sagte Jeremia und zog ein kleines Päckchen Banknoten aus dem Gürtel.

Cornelius schätzte das Päckchen mit einem raschen Blick ab.

»Schön«, stimmte er zu. »Ich werde dir das gemünzte Geld jetzt geben. Wieviel ist es?«

»Jetzt werden wir sehen, wie das System arbeitet!« rief der König, der den Triumph seines Ministers teilte.

»Ihr habt gehört! – Er will jetzt gemünztes Geld geben!« rief Jeremia mit lauter Stimme der Versammlung zu. Gleichzeitig tauchte er seine beiden Hände in den Korb und zog eine Menge Pakete heraus. In diesem Augenblick verbreitete sich ein furchtbarer Gestank in der Versammlung.

»Ich habe hier«, verkündete Jeremia, »eintausendundachtundzwanzig Pfund, zwölf Schillinge und sechs Pence. Und hier ist ein Sack, um das gemünzte Geld hineinzutun.«

Cornelius erschrak. Eine solche Summe hatte er nicht erwartet, und ringsum sah er zu seinem Schrecken Häuptlinge und Wortführer Bündel von Papiergeld hervorholen. Die Armee drängte sich, die Löhnung von zwei Monaten in den Händen schwenkend, heran, und hinter ihr kam die ganze Bevölkerung in den Hof geströmt.

»Sie haben einen Run auf die Bank gemacht«, sagte Cornelius vorwurfsvoll zu Grief.

»Hier ist der Sack für das gemünzte Geld«, drängte Jeremia.

»Wir müssen es aufschieben«, sagte Cornelius verzweifelt. »Jetzt ist keine Bureauzeit.«

Jeremia schwang ein Geldpaket. »Hier steht nichts von Bureauzeit drauf. Hier steht ›auf Verlangen‹, und ich verlange es jetzt.«

»Lasse sie morgen kommen, o Tui Tulifau«, flehte Cornelius den König an. »Morgen soll ausbezahlt werden.«

Tui Tulifau zögerte, aber seine Gattin fixierte ihn scharf, ihr brauner Arm straffte sich, und sie ballte vielsagend die Faust. Tui Tulifau versuchte fortzusehen, aber es gelang ihm nicht. Er räusperte sich. »Wir wollen sehen, wie das System arbeitet«, entschied er. »Das Volk ist von weit her gekommen.«

»Sie verlangen gutes Geld von mir«, flüsterte Deasy dem König zu.

Sepeli fing die Worte auf und knurrte so wild, daß der König unwillkürlich von ihr fortrückte.

»Vergessen Sie das Schwein nicht«, flüsterte Grief Jeremia zu, der sofort aufstand.

Mit einer abwehrenden Handbewegung brachte er das Stimmengewirr, das sich erhoben hatte, zum Schweigen.

»Es gab einen alten, ehrwürdigen Brauch in Fitu-Iva«, sagte er, »daß einem Manne, der überführt wurde, ein Bösewicht zu sein, die Gelenke gebrochen und er bis an den Hals in seichtes Wasser gestellt wurde, um lebendig von den Haien gefressen zu werden. Diese Tage sind leider vorbei. Aber einen andern alten, ehrwürdigen Brauch gibt es noch bei uns. Ihr alle wißt, was ich meine. Wenn ein Mann überführt ist, ein Dieb und Lügner zu sein, wird er mit einem toten Schwein geprügelt.«

Seine Rechte griff in den Korb, und trotzdem er seine Brille nicht hatte, landete das tote Schwein, das er herausholte, gerade auf Deasys Nacken. Mit solcher Kraft war es geschleudert, daß der Minister auf der Stelle, wo er saß, zu Boden stürzte. Ehe er wieder auf die Füße kommen konnte, sprang Sepeli mit einer Leichtigkeit, die man ihren zweihundertsechzig Pfund nicht zugetraut hätte, zu ihm hin. Ihre eine Hand packte ihn am Hemdkragen, die andre schwenkte das Schwein, und so gab sie ihm unter dem Jubel ihrer versammelten Untertanen eine königliche Tracht Prügel.

Tui Tulifau blieb nichts übrig, als gute Miene zum bösen Spiel zu machen und sich in den Fall seines Günstlings zu finden. Er warf seinen Fettberg auf die Matten zurück und schüttelte sich vor Lachen. Als Sepeli Schwein und Finanzminister fallen ließ, hob ein Redner von der Luvseite den Kadaver auf. Cornelius hatte sich erhoben und wollte fortlaufen, als das Schwein ihn zwischen die Beine traf, so daß er wieder stürzte. Volk und Armee beteiligten sich lachend und schreiend an dem Vergnügen. Wohin sich der Exminister auch drehte und wandte, überall traf ihn das fliegende Schwein. Wie ein furchtsamer Hase rannte er zwischen Avocadobäumen und Palmen hin und her, keiner legte die Hand an ihn, ja, man machte ihm sogar Platz, aber immer wieder traf ihn das Schwein, das so oft flog, wie die Hände es wieder aufheben konnten.

VIII.

In der milden Kühle der Dämmerung paddelte ein Mann aus einer kleinen Dschungel auf die Cantani zu. Es war ein leckes, längst nicht mehr benutztes Kanu. Der Mann mußte immer wieder schöpfen und kam nur langsam vorwärts. Die Kanaken lachten lustig, als er endlich längsseits kam und sich mühsam über die Reling zog. Er war über und über besudelt und schien halb betäubt zu sein.

»Könnte ich ein paar Worte mit Ihnen sprechen, Herr Grief?« fragte er mutlos und demütig.

»Ja, aber setzen Sie sich auf die Leeseite und ein bißchen weiter weg«, antwortete Grief. »Noch ein bißchen weiter. So ist's recht.«

Cornelius setzte sich auf die Reling und ließ den Kopf in die Hände sinken.

»Ja,« sagte er, »ich dufte wie ein frisches Schlachtfeld. Mein Kopf platzt bald. Mein Hals ist wie zerbrochen. Alle meine Zähne sitzen lose im Mund. Ich hab ein Wespennest in den Ohren. Mein Rückgrat ist verrenkt. Mir ist, als hätte ich Pest und Erdbeben hinter mir, und als hätte es tote Schweine geregnet.« Mit einem Seufzer, der in einem Stöhnen endete, hielt er inne. »Ich habe einem furchtbaren Tod ins Auge geschaut, einem Tod, so schrecklich, wie kein Dichter ihn ausdenken könnte. Von Ratten gefressen, in siedendem öl gekocht, von wilden Pferden zerrissen zu werden, das muß sicher unangenehm sein. Aber mit einem toten Schwein zu Tode geprügelt zu werden« – ihn schauderte bei dem Gedanken –, »das übersteigt die wildeste Einbildungskraft!«

Kapitän Boig schnaubte deutlich, rückte seinen Deckstuhl weiter in den Wind und setzte sich dann wieder.

»Wie ich höre, wollen Sie nach Jap fahren, Herr Grief«, fuhr Cornelius fort. »Und da möchte ich Sie um zweierlei bitten: erstens um freie Überfahrt und zweitens um einen Schluck von dem alten Whisky, den ich an dem Abend, als Sie landeten, ausschlug.«

»Gehen Sie erst mal nach vorn und schrubben Sie sich gründlich ab, Cornelius«, sagte Grief, klatschte in die Hände und befahl, Seife und Handtücher zu bringen. »Der Boy wird Ihnen ein Paar Arbeitshosen und ein Hemd geben. Aber ehe Sie gehen, müssen Sie mir noch eines sagen: Wie kommt es, daß wir in Ihrer Schatzkammer mehr Bargeld gefunden haben, als Sie in Papier ausstellten?«

»Das war mein eigener Einsatz, den ich in das Abenteuer gesteckt hatte.

»Wir haben beschlossen, Tui Tulifau mit allen Unkosten und Verlusten zu belasten«, sagte Grief. »Ihr Überschuß wird Ihnen also ausbezahlt werden. Aber zehn Schilling müssen wir abziehen.«

»Wofür?«

»Glauben Sie, daß tote Schweine auf den Bäumen wachsen? Zehn Schilling gehen zu Ihren Lasten.«

Schaudernd gab Cornelius seine Einwilligung.

»Ich freue mich nur, daß es kein Schwein für fünfzehn oder zwanzig Schilling war.«

Parlays Perlen

I.

Der Kanake am Ruder drehte das Rad, und die Malahini ging in den Wind und richtete sich auf. Die Toppsegel wurden schlaff, Seisinge klatschten, Baumtaljen knarrten, dann krengte das Schiff und legte sich mit prallen Segeln auf die andre Seite. Obwohl es noch früh am Morgen war und der Wind kräftig wehte, waren die fünf weißen Männer, die über das Achterdeck schlenderten, nur leicht bekleidet. David Grief und sein Gast, der Engländer Gregory Mulhall, waren noch in Pyjamas, und ihre bloßen Füße steckten in chinesischen Pantoffeln. Kapitän und Steuermann trugen dünne Hemden und ungestärkte weiße Leinenhosen, während der Superkargo sein Hemd noch unschlüssig in den Händen drehte. Der Schweiß stand ihm in großen Tropfen auf der Stirn, und er kehrte seine nackte Brust durstig dem Winde zu, der doch keine Kühlung brachte.

»Schön schwül für eine solche Brise«, klagte er.

»Und was braut sich da im Westen zusammen? Das möchte ich gern wissen«, verlieh Grief seinerseits der allgemeinen Mißstimmung Ausdruck.

»Der Wind hält nicht an«, meinte Hermann, der holländische Steuermann. »Er ist die ganze Nacht unstet gewesen, fünf Minuten hier, fünf Minuten da, eine Stunde wieder anderswo.«

»Wir kriegen etwas«, prophezeite der Kapitän, indem er mit allen zehn Fingern seinen buschigen Bart hob und die Brust vergebens dem Winde aussetzte. »Seit vierzehn Tagen ist das Wetter ganz verrückt. Und seit drei Wochen haben wir keinen richtigen Passat mehr. Es ist alles verdreht. Gestern abend bei Sonnenuntergang tanzte das Barometer, jetzt tanzt es wieder – aber die Wetterpropheten sagen ja, das hätte nichts zu bedeuten. Trotzdem gefällt es mir nicht. Es fällt mir auf die Nerven, wissen Sie. So tanzte es auch, als wir die Lancaster verloren. Ich war damals Schiffsjunge, aber ich weiß es noch heute. Nagelneuer Viermaster, Stahlschiff, erste Reise.

Brach dem Alten das Herz. War vierzig Jahre lang bei der Gesellschaft gewesen. Schwand direkt hin, war kaum ein Jahr später tot.«

Trotz des Windes und der frühen Stunde war die Hitze zum Ersticken. Der Wind flüsterte von Kühle, brachte sie jedoch nicht. Wenn er nicht mit Feuchtigkeit gesättigt gewesen wäre, hätte er geradeso gut aus der Sahara wehen können. Es gab weder eine Spur von Nebel, noch war es diesig, und doch lag über allem gleichsam ein feiner Schleier. Abgegrenzte Wolken waren nicht zu sehen, aber der ganze Himmel war von einer kompakten Wolkenschicht überzogen, so daß die Sonne nicht hindurchdringen konnte.

»Klar zum Halsen!« befahl Kapitän Warfield langsam und scharf. Die braunen, mit Schwimmhosen bekleideten Kanaken setzten sich schlaff, aber doch schnell in Bewegung. »Hart an den Wind!«

Der Rudergast griff in die Speichen und drehte das Rad ganz herum, und die Malahini schwang sich frisch in den Wind.

»Weiß Gott, sie ist eine Hexe!« rief Mulhall bewundernd. »Ich ahnte nicht, daß Ihr Südseehändler mit Jachten segelt.«

»Ursprünglich ging sie in Gloucester auf Fischfang«, erklärte Grief. »Die Gloucesterboote sind nach Bauart, Takelung und Segelfähigkeit alles Jachten.«

»Jetzt haben Sie ja den Kurs gerade darauf zu gesetzt — warum fahren Sie nicht ein?« kritisierte der Engländer.

»Versuchen Sie es, Kapitän Warfield«, schlug Grief vor. »Zeigen Sie ihm, was es heißt, bei starker Ebbe eine Laguneneinfahrt zu forcieren.«

»Gerade—aus!« rief der Kapitän.

»Gerade—aus!« wiederholte der Kanake und holte das Rad um eine Achtelwendung herum.

Die Malahini lag gerade mitten in der schmalen Rinne der Einfahrt zu der Lagune in der Mitte des Atolls, das ein längliches Oval bildete. Das Atoll sah aus, als wären drei während der Entstehung zusammengestoßen und aneinander hängengeblieben. Einzelne Gruppen von Kokospalmen wuchsen am Ufer, an andern Stellen aber war der Strand so niedrig, daß keine Palmen dort wachsen konnten, und durch diese Lücken sah man die Lagune hindurchschimmern, deren Oberfläche glatt wie ein Spiegel war. Sie war viele Quadratmeilen groß, und diese ganze Wassermasse hatte bei Eintritt der Ebbe nur einen einzigen Ablauf, die schmale Rinne. So eng war sie, daß sie beim Gezeitenwechsel einem reißenden Strom glich. Das Wasser kochte und siedete und bildete fast eine einzige weiße Schaummasse, und immer wieder wurde die Malahini unter diesem Anprall aus der Richtung und gegen eine der Seiten der Rinne gedrängt. Als sie bereits halbwegs drinnen waren, zwang die gefährliche Nähe eines Riffes sie, das Schiff quer in die Strömung zu legen, die sie schnell wieder in die See hinaustrieb.

»Es wird Zeit, daß wir Ihren kostbaren neuen Motor in Gebrauch nehmen«, spottete Grief gutmütig.

Dieser Motor war offenbar ein wunder Punkt Kapitän Warfields. Er hatte so lange darum gequält und gebettelt, bis Grief endlich nachgegeben hatte.

»Er wird sich schon eines Tages bezahlt machen«, entgegnete der Kapitän. »Warten Sie es nur ab. Er ist besser als eine Versicherung, und Sie wissen ja, daß die Versicherungen das Risiko in den Paumotus nicht tragen wollen.«

Grief zeigte auf einen kleinen Kutter, der achtern von ihnen ebenfalls gegen die Strömung ankämpfte. »Ich wette ein Fünffrankenstück, daß die kleine Nuhiva uns überholt.«

»Sicher«, räumte Kapitän Warfield ein. »Ihre Maschinenkraft ist zu groß. Im Vergleich mit ihr sind wir das reine Linienschiff, und dabei haben wir nur vierzig Pferdekräfte. Sie hat zehn und ist leicht wie ein Vogel. Sie könnte über den Gischt der Hölle schlittern, aber diese Strömung mit ihren zehn Knoten ist doch zuviel für sie.«

Und mit zehn Knoten Geschwindigkeit wurde die Malahini von der Ebbe in die See hinausgestoßen und gepufft.

»In einer halben Stunde läßt die Strömung nach, dann können wir einfahren«, sagte Kapitän Warfield mit einer Verdrießlichkeit, die sich aus seinen nächsten Worten erklärte: »Er hat kein Recht, die Insel Parlay zu nennen. Auf den offiziellen Seekarten, auch auf den französischen, ist sie Hikihoho bezeichnet. Bougainville entdeckte sie und ließ ihr den Namen, den sie bei den Eingeborenen hatte.«

»Was bedeutet ein Name?« mischte sich der Superkargo ins Gespräch und hielt in seiner Beschäftigung, sich das Hemd über den Kopf zu ziehen, inne. »Da liegt sie, gerade vor unsrer Nase, und der alte Parlay ist da mit seinen Perlen.«

»Wer hat die Perlen gesehen?« fragte Hermann und blickte von einem zum andern.

»Jeder weiß es«, lautete die Antwort des Superkargos. Dann wandte er sich an den Rudergast: »Tai-Hotauri, was weißt du von den Perlen des alten Parlay?« Der Kanake antwortete, beehrt durch die Ansprache: »Mein Bruder tauchen für Parlay drei, vier Monate, und er machen viel Rede von Perlen. Hikihoho sehr guter Platz für Perlen.«

»Und dabei«, unterbrach ihn der Kapitän, »hat kein Perlenhändler ihn je dazu gebracht, sich auch nur von einer einzigen Perle zu trennen.«

»Und man erzählt sich, daß er einen ganzen Hut voll für Armande hatte, als er nach Tahiti fuhr«, spann der Superkargo sein Garn weiter. »Das ist fünfzehn Jahre her, und seitdem hat er mit jedem Jahre mehr aufgehäuft. Er hat die Schalen aufbewahrt, und jeder weiß, daß es Hunderte von Tonnen sind. Man sagt, jetzt sei die Lagune leergefischt. Mag sein, daß er deshalb die Auktion angekündigt hat.«

»Wenn er wirklich verkauft, wird es das größte Perlenjahr, daß es je in den Paumotus gegeben hat«, meinte Grief.

»Sagen Sie mal,« rief Mulhall, der ebenso wie die andern von der feuchten Schwüle gepeinigt wurde, »was bedeutet die Geschichte eigentlich? Wer ist dieser alte Seeräuber denn überhaupt? Was sind das für Perlen? Was soll all diese Geheimniskrämerei?«

»Hikihoho gehört dem alten Parlay«, erwiderte der Superkargo. »Er hat ein Vermögen in Perlen, hat sie seit Jahren aufgespeichert und vor einigen Wochen bekanntgemacht, daß er sie morgen alle an die Händler verauktionieren will. Können Sie die Schonermasten in der Lagune sehen?«

»Ich sehe acht«, sagte Hermann.

»Was haben die in diesem schmutzigen Atoll zu suchen?« fuhr der Superkargo fort. »Es gibt nicht eine Ladung Kopra hier das ganze Jahr. Sie sind nur zur Auktion gekommen. Und darum sind wir auch hier. Und darum stampft die kleine Nuhiva da achtern, obgleich es über meine Begriffe geht, was die kaufen kann. Sie gehört Narii Herring, einem Halbblutengländer, und er führt sie selbst, aber seine einzigen Aktiven sind seine Frechheit, seine Schulden und seine Whiskyrechnungen. Auf diesem Gebiet ist er ein Genie. Er schuldet so viel, daß es keinen Kaufmann in Papeete gibt, der an seinem Wohlergehen nicht den lebhaftesten Anteil nähme. Sie geben sich direkt Mühe, ihm einen Verdienst zu verschaffen. Sie müssen es tun, und das weiß und benutzt er. Ich schulde keinem Menschen etwas. Und was ist die Folge? Wenn ich heute auf dem Strande umfiele, würde man mich ruhig liegen und sterben lassen. Man hätte nichts zu verlieren. Aber Narii Herring? – Wenn der umfiele? Das Beste würde nicht gut genug für ihn sein. Man hat schon zuviel Geld in ihn hineingesteckt, als daß man ihn liegenließe. Man würde ihn bei sich aufnehmen und wie einen Bruder pflegen. Lassen Sie mich Ihnen sagen, ehrlich seine Rechnungen bezahlen ist ein schlechtes Geschäft.«

»Was hat dieser Narii denn mit der Sache zu tun?« fragte der Engländer, der die Kürze liebte. Und zu Grief: »Was ist das für ein Unsinn mit den Perlen? Fangen Sie von vorn mit der Geschichte an.«

»Ihr müßt mir schon helfen«, sagte Grief zu den andern, als er seine Erzählung begann. »Der alte Parlay ist ein Sonderling. Nach dem, was ich von ihm gehört und gesehen habe, ist er nicht ganz richtig. Aber wie dem auch sei – hier ist seine Geschichte: Parlay ist ein Vollblutfranzose. Er erzählte mir mal, daß er aus Paris sei, und sein Akzent ist auch rein parisisch. Er kam vor langer Zeit hierher und begann zu handeln, als noch etwas dabei zu holen war. Als er nach Hikihoho kam, wohnten etwa hundert elende Paumotuaner auf der Insel. Er heiratete die Königin – nach Brauch der Eingeborenen. Als sie starb, gehörte ihm alles. Die Masern brachen aus, und es blieb nur ein Dutzend von den Eingeborenen übrig. Er sorgte für sie, gab ihnen Arbeit und war ihr König. Nun hatte die Königin vor ihrem Tode einem Mädchen das Leben geschenkt. Das war Armande. Als sie drei Jahre alt war, schickte ihr Vater sie in die Klosterschule auf Papeete. Mit sieben oder acht Jahren schickte er sie nach Frankreich. Sie beginnen die Situation zu erfassen, nicht wahr? Das beste, vornehmste Kloster war nicht zu gut für die einzige Tochter eines Paumotuaner Inselkönigs und Kapitalisten, und wie Sie wissen, kennt das alte Frankreich keine Farbenunterschiede. Sie wurde wie eine Prinzessin erzogen und betrachtete sich auch selbst als eine solche. Außerdem hielt sie sich auch für ganz weiß und träumte nichts von finsteren Vorurteilen.

Jetzt kommt die Tragödie. Der Alte war immer ein bißchen verdreht gewesen und hatte jetzt den Despoten auf Hikihoho so lange gespielt, daß er selbst fest glaubte, es sei alles in Ordnung, sowohl mit dem König wie mit der Prinzessin. Als Armande achtzehn war, ließ er sie kommen. Er hatte Geld wie Heu. Er hatte sich ein großes Haus auf Hikihoho und einen mörderlich feinen Bungalow in Papeete gebaut. Sie sollte mit dem Neuseeländer Postdampfer ankommen, und er segelte auf seinem Schoner nach Papeete, um sie dort abzuholen. Und er hätte das Unglück vielleicht doch noch verhütet, trotz der alten Hühner und Ochsen in Papeete, wenn der Orkan nicht gekommen wäre. Es war das Jahr, als Manu-Huhi unterging und etwa elfhundert Menschen ertranken.«

Die andern nickten, und Kapitän Warfield sagte: »Ich fuhr damals auf der Magpie, wir flogen an Land, Besatzung, Koch und Magpie saßen eine Viertelmeile landeinwärts in den Kokospalmen, bei der Taiohaebucht, die als ein ganz sturmsicherer Hafen gilt.«

»Also schön«, fuhr Grief fort. »Derselbe Orkan kriegte auch den alten Parlay zu fassen, und er kam mit seinem Hut voll Perlen drei Wochen zu spät in Papeete an. Er hatte seinen Schoner auf Rollen setzen und eine halbe Meile über Land schaffen müssen, ehe er wieder auf dem Wasser war. Unterdessen war Armande in Papeete angekommen. Kein Mensch kümmerte sich um sie. Nach französischer Sitte machte sie Antrittsbesuche beim Gouverneur und beim Hafenarzt. Sie begrüßten sie zwar, aber keins von ihren Hühnern war für sie zu sprechen oder machte ihr einen Gegenbesuch. Sie gehörte nicht zu ihrer Kaste, hatte keine Kaste, und auf diese rücksichtsvolle Art brachten sie ihr das bei. Ein junger Leutnant von einem französischen Kreuzer verlor zwar sein Herz, aber nicht seinen Kopf an sie. Stellen Sie sich vor, was das für ein Schlag sein mußte für dieses junge Mädchen, das verfeinert, schön und wie eine Aristokratin erzogen war, das die beste Erziehung genossen hatte, die Frankreich zu bieten hatte. Das Ende können Sie sich vielleicht denken.« Er zuckte die Achseln. »In dem Bungalow war ein japanischer Diener. Er sah es. Sagte, daß sie es getan hätte wie ein echter Samurai. Nahm einen Dolch – kein Stoß, kein wilder Sturz in die Vernichtung – nahm den Dolch, setzte die Spitze ruhig gegen ihr Herz und preßte ihn langsam mit beiden Händen hinein.

Der alte Parlay kam mit seinen Perlen. Man sagt, eine davon habe allein einen Wert von sechzigtausend Franken gehabt. Peter Gee, der sie sah, erzählte mir, daß er soviel dafür geboten hätte. Der Alte war eine Zeitlang völlig von Sinnen. Zwei Tage lang steckten sie ihn im Klub in die Zwangsjacke – –«

»Der Onkel seiner Frau, ein alter Paumotuaner, befreite ihn«, warf der Superkargo ein.

»Und dann begann der alte Parlay reinen Tisch zu machen«, fuhr Grief fort. »Drei Kugeln schoß er in den Bengel von Leutnant –«

»Er lag drei Monate im Lazarett«, fügte Kapitän Warfield hinzu.

»Dem Gouverneur warf er ein Weinglas ins Gesicht, mit dem Hafenarzt duellierte er sich, verprügelte seine Diener, schlug im Hospital alles kurz und klein, brach einem Pfleger zwei Rippen und das Schlüsselbein. Darauf ging er, in jeder Hand eine Büchse, zu seinem Schiff zurück vor den Augen des Polizeichefs und der Gendarmerie, die ihn verhaften wollten, und fuhr nach Hikihoho. Man sagt, er habe die Insel seitdem nicht mehr verlassen.«

Der Superkargo nickte. »Das geschah vor fünfzehn Jahren, und er hat sich seitdem nicht von der Stelle gerührt.«

»Hat nur Perlen gesammelt«, sagte der alte Kapitän. »Er ist ein alter Narr. Man kann eine Gänsehaut vor ihm kriegen. Er ist ein richtiger Hexenmeister.«

»Was heißt das?« fragte Mulhall.

»Er macht das Wetter – das glauben wenigstens die Eingeborenen. Fragen Sie Tai-Hotauri. Was, Tai-Hotauri? Was glaubst du, was der alte Parlay mit dem Wetter macht?«

»Er eben der große Wetterteufel«, lautete die Antwort des Kanaken. »Ich weiß. Er brauchen groß Wind, er machen groß Wind. Er brauchen kein Wind, kein Wind kommen.«

»Also wirklich ein richtiger alter Hexenmeister«, meinte Mulhall.

»Kein Glück diese Perlen«, stieß Tai-Hotauri hervor und schüttelte unheilverkündend den Kopf. »Er sagen, er verkaufen. Viel Schoner kommen. Dann er machen groß Orkan, alle fertig, ihr sehen. Alle Eingeborenen sagen so.«

»Es ist jetzt die Zeit der Wirbelstürme«, lachte Kapitän Warfield ärgerlich. »Es fehlt nicht viel, daß sie recht bekommen. Es zieht jetzt gerade einer auf, und mir wäre wohler, wenn die Malahini tausend Meilen von hier weg wäre.«

»Es ist sicher eine Schraube bei ihm los«, schloß Grief. »Ich habe einmal versucht, etwas aus ihm herauszukriegen, aber er ist zweifellos etwas verwirrt. Seit achtzehn Jahren konzentriert sich all sein Denken auf Armande. Manchmal glaubt er, daß sie noch lebt und in Frankreich ist. Das ist einer der Gründe, daß er immer noch die Perlen behalten hat. Und zugleich haßt er alle Weißen. Er vergißt es ihnen nicht, daß sie sie töteten, wenn er auch manchmal vergißt, daß sie tot ist. Hallo! Wo ist der Wind geblieben?«

Die Segel flatterten leer über ihnen, und Kapitän Warfield fluchte. So unerträglich die Hitze auch schon gewesen war, jetzt, da der Wind eingeschlafen war, wurde sie noch ärger. Alle Gesichter troffen von Schweiß, und das Atmen wurde beschwerlich. »Da ist er wieder! – Acht Strich weiter! Die Baumtaljen rüber! Los!«

Die Kanaken sputeten sich, und fünf Minuten später lag der Schoner gerade in der Einfahrt und überwand sogar die Strömung, aber kurz darauf flaute der Wind wieder ab, sprang dann in die alte Richtung um, und Segel und Taljen mußten wieder umgelegt werden.

»Da kommt die Nuhiva«, rief Grief. »Sie hat den Motor in Gang gesetzt. Seht, wie sie angeschossen kommt!«

»Haben Sie die Maschine klar?« fragte der Kapitän jetzt den Maschinisten, einen Halbblutportugiesen; sein Kopf war aus der kleinen Luke vorn aufgetaucht, und er wischte sich mit schmierigem Twist den Schweiß von der Stirn.

»Jawohl«, antwortete er.

»Dann lassen Sie sie angehen.«

Der Maschinist verschwand in seinem Loch, und gleich darauf hustete und spie das Auspuffrohr außenbords. Aber der Schoner konnte nicht mit dem kleinen Kutter Schritt halten, der schnell längsseits kam und vorüberglitt. An Deck waren nur Eingeborene, und der Mann am Ruder winkte ihnen ein spöttisches Lebewohl zu.

»Das ist Narii Herring«, sagte Grief zu Mulhall. »Der große Kerl am Rad – der verwegenste und skrupelloseste Bandit in den Paumotus.«

Fünf Minuten später lenkte ein Jubelgeschrei ihrer eignen Kanaken die Aufmerksamkeit wieder auf die Nuhiva. Deren Motor war zum Stillstand gekommen, und kurz darauf hatte die Malahini sie eingeholt.

Die Kanaken kletterten in die Wanten und jubelten jetzt im Vorbeifahren; der kleine Kutter krengte im Winde und wurde durch die Strömung zurückgetrieben.

»Da lobe ich mir unsern Motor«, sagte Grief beifällig, als die Lagune sich vor ihnen öffnete und sie den Kurs änderten, um zum Ankerplatz zu gelangen.

Kapitän Warfield freute sich augenscheinlich, obwohl er knurrte: »Sie macht sich schon bezahlt, haben Sie keine Angst.«

Die Malahini lief bis zu einer Stelle, wo sie genügend Raum zum Ankern fand.

»Das ist Isaacs auf der Dolly«, bemerkte Grief und winkte grüßend. »Und Peter Gee auf der Roberta. Diese Perlenauktion konnte er nicht versäumen! Und da ist Francini auf der

Cactus. Alle sind da. Der alte Parlay wird sicher gute Preise erzielen.«

»Sie haben den Motor noch nicht wieder in Gang«, knurrte Kapitän Warfield freudestrahlend.

Er blickte über die Lagune nach der Nuhiva hinüber, deren Segel durch die Kokospalmen hindurchschimmerten.

II.

Parlays Haus war ein großes, zweistöckiges Gebäude aus kalifornischen Balken und mit verzinktem Eisenblech gedeckt. So unverhältnismäßig groß wirkte es auf dem schmalen Atollgürtel, daß es sich wie ein riesiger Auswuchs über den Sandstreifen erhob und die ganze Insel beherrschte. Sobald die Malahini vor Anker lag, gingen alle an Land, um eine Höflichkeitsvisite abzustatten. Sie trafen verschiedene andre Kapitäne und Händler, die in dem großen Raum die Perlen besichtigten, welche am nächsten Tage versteigert werden sollten. Paumotuanische Diener, Eingeborene von Hikihoho und Verwandte des Eigentümers reichten Whisky und Absinth, und in der neugierigen Gesellschaft ging Parlay selbst herum, stichelnd und spottend, das vermoderte Wrack eines Mannes, der einst groß und mächtig gewesen. Seine Augen waren eingefallen und hohl. Das Kopfhaar war zottig und schien wie sein Bart verkehrt angewachsen zu sein.

»Weiß Gott!« murmelte Mulhall bei sich. »Ein langbeiniger Napoleon der Dritte, aber ausgedörrt, durchgebacken und verbrannt. Und schäbig dazu! Kein Wunder, daß er den Kopf schief hält. Sonst würde er das Gleichgewicht verlieren.«

»Wir kriegen Sturm«, sagte der alte Mann, als er Grief begrüßte. »Sie müssen großen Wert auf Perlen legen, daß Sie an einem solchen Tage kommen.«

»Für die dürfte es lohnen, in die Hölle zu reisen«, lachte Grief heiter und ließ seine Blicke über den Tisch schweifen, auf dem die Perlen ausgestellt waren.

»Andre haben auch schon ihretwegen die Reise gemacht«, kicherte der Alte. »Sehen Sie diese hier!« Er zeigte auf eine vollkommene Perle von Walnußgröße, die auf einem Stück

Sämischleder für sich lag. »In Tahiti hat man mir sechzigtausend Franken für sie geboten. Sie werden morgen ebensoviel oder noch mehr dafür bieten, wenn Sie nicht weggeweht sind. Die Perle hat ein Vetter von mir, ein angeheirateter Vetter, gefunden. Ein Eingeborener. Ein Dieb war er auch. Er versteckte sie, obgleich sie mir gehörte. Sein Vetter, der auch der meine war – wir sind hier alle miteinander verwandt –, tötete ihn um der Perle willen und floh in einem Kutter nach Noo-Nau. Ich folgte ihm, aber der Häuptling von Noo-Nau hatte ihn schon getötet, als ich hinkam. Ach ja, die Perlen hier auf dem Tisch bedeuten manchen Toten. – Trinken Sie ein Gläschen, Kapitän. Ich kenne Ihr Gesicht nicht. Sind Sie neu hier in der Gegend?«

»Es ist Kapitän Robinson von der Roberta«, stellte Grief vor.

Unterdessen hatten Mulhall und Peter Gee sich die Hände geschüttelt.

»Ich hätte nie geglaubt, daß es so viele Perlen auf der Welt gäbe«, sagte Mulhall.

»Ich habe auch noch nie so viele beisammen gesehen«, räumte Peter Gee ein.

»Was können sie wert sein?«

»Fünfzig- bis sechzigtausend Pfund – das heißt, für uns Händler. In Paris –« Er zuckte die Achseln und zog die Brauen hoch, als ob eine solche Summe jede Vorstellung überstiege. Mulhall wischte sich den Schweiß aus den Augen. Alle schwitzten reichlich und atmeten schwer. Das Getränk, das gereicht wurde, war nicht geeist, und sie mußten Whisky und Absinth lauwarm hinunterspülen.

»Ja, ja«, kicherte Parlay. »Viele Tote liegen hier auf dem Tisch. Ich kenne jede einzige dieser Perlen. Sehen Sie diese drei! Vollkommen, nicht wahr? Ein Taucher von der Osterinsel holte sie mir in einer einzigen Woche herauf. In der Woche darauf holte ihn ein Hai, riß ihm einen Arm ab, und Blutvergiftung tat das ihrige. Und sehen Sie diese Barockperle – sie ist nicht viel wert; wenn man mir morgen zwanzig Franken dafür bietet, bin ich froh – aber sie stammt aus zweiundzwanzig Faden Tiefe. Ich war dabei. Dem Taucher platzte die

Lunge, er war zwei Stunden später tot. Er starb unter schrecklichen Qualen. Man konnte ihn meilenweit schreien hören. Er war der kräftigste Eingeborene, den ich je gesehen habe. Ein halbes Dutzend von meinen Tauchern ist auf diese Weise zugrunde gegangen. Und es werden noch viele sterben, viele.«

»Ach, hören Sie auf mit Ihrem Krächzen, Sie Unglücksrabe«, schalt einer der Kapitäne. »Es gibt keinen Sturm.«

»Wenn ich ein kräftiger Mann wäre, würde ich machen, daß ich von hier wegkäme«, erwiderte der Alte mit seiner schrillen Greisenstimme. »Aber ihr wollt nicht. Ihr bleibt. Ich würde euch nicht raten, abzufahren, wenn ich glaubte, daß ihr mir folgtet. Aber man kann einen Bussard nicht vom Aas verscheuchen. Noch ein Gläschen, ihr braven Seeleute! Was wagt ein Mann nicht für ein paar Austerntropfen! Dort liegen sie, alle die kleinen Schönheiten. Morgen, Punkt zehn, ist die Auktion! Der alte Parlay hält Ausverkauf, und die Bussarde versammeln sich. Aber der alte Parlay, der einmal stärker war als der Stärkste von euch, wird noch die meisten von euch sterben sehen.«

»Ist er nicht ein abscheuliches altes Vieh?« flüsterte der Superkargo der Malahini Peter Gee ins Ohr.

»Und wenn es nun wirklich Sturm gibt?« meinte der Kapitän der Dolly. »Hikihoho ist noch nie weggeblasen worden.«

»Um so mehr Grund, zu fürchten, daß es geschehen wird«, erwiderte Kapitän Warfield. »Ich würde nicht so sicher sein.«

»Wer krächzt nun?« schalt Grief.

»Ich würde mich ärgern, wenn ich den Motor verlieren sollte, ehe er sich bezahlt gemacht hat«, antwortete Kapitän Warfield finster.

Parlay eilte mit erstaunlicher Gewandtheit durch den menschenvollen Raum zu dem Barometer an der Wand.

»Sehen Sie, meine braven Seeleute!« rief er frohlockend.

Der am nächsten Stehende las das Barometer ab. Die ernüchternde Wirkung war klar auf seinem Gesicht zu lesen.

»Es ist um zehn Strich gefallen.« Mehr sagte er nicht, aber alle Gesichter wurden ängstlich, und jeder schien am liebsten sofort aufbrechen zu wollen.

»Hören Sie!« befahl Parlay.

In der Stille schien die Brandung ungewöhnlich laut zu tosen. Es klang wie ein mächtiges, brausendes Gebrüll.

»Die See fängt an, hoch zu gehen«, sagte einer, und sie drängten sich an die Fenster.

Durch die Lücken zwischen den Kokospalmen blickten sie auf das Meer. Reihe auf Reihe rollten riesige glatte Wogen auf den Korallenstrand. Einige Minuten starrten sie, leise sprechend, auf den seltsamen Anblick, und in diesen wenigen Minuten erkannten sie deutlich, daß die Wogen an Größe zunahmen. Dies Anschwellen der See bei völliger Windstille war unheimlich, und sie senkten unwillkürlich ihre Stimmen. Der alte Parlay jagte ihnen förmlich einen Schrecken ein, als er plötzlich sein abgerissenes Krächzen wieder aufnahm:

»Es ist noch Zeit, in See zu stechen, meine Herren. Sie können die Schiffe noch mit den Booten über die Lagune bugsieren.«

»Schon gut, Alter«, sagte Darling, der Steuermann der Cactus, ein stahlharter Bursche von fünfundzwanzig Jahren. »Der Sturm weht aus Süd und wird vorbeigehen; wir werden nichts davon spüren.«

Ein Aufatmen ging durch den Saal. Man begann wieder, sich zu unterhalten, und die Stimmen wurden lauter. Einige von den Händlern traten sogar wieder an den Tisch, um die Prüfung der Perlen fortzusetzen.

Aber das Krächzen Parlays wurde noch lauter.

»Recht so«, ermunterte er sie. »Und wenn die Welt unterginge, würdet ihr noch weiterkaufen «

»Morgen werden wir auf alle Fälle kaufen«, versicherte Isaacs.

»Dann müßt ihr den Kauf schon in der Hölle abschließen.«

Das allgemeine ungläubige Gelächter brachte den Alten auf. Heftig wandte er sich an Darling.

»Seit wann wissen Kinder mit Stürmen Bescheid? Und wo ist der Mann, der die Richtung der Orkane in den Paumotus bestimmen kann? Aus welchen Büchern haben Sie das? Ich befuhr die Paumotus, ehe der Älteste von euch geboren war.

Ich weiß Bescheid. Im Osten ziehen die Orkane fast eine gerade Linie, hier im Westen machen sie eine scharfe Kurve. Wie kam es, daß der Orkan im Jahre 91 Auri und Hiolau wegriß? Die Kurve, meine braven Burschen, die Kurve! In ein bis zwei Stunden, spätestens in drei haben wir den Wind. Hören Sie!« Ein mächtiges Krachen erschütterte das Korallenfundament des Atolls. Das Haus erzitterte. Die eingeborenen Diener drängten sich, die Absinth- und Whiskyflaschen in den Händen, schutzsuchend zusammen und starrten entsetzt durch die Fenster auf eine mächtige Woge, die ganz bis zur Ecke eines Kopraschuppens gedrungen war.

Parlay sah nach dem Barometer, kicherte und warf einen boshaften Blick auf seine Gäste. Kapitän Warfield trat zu ihm.

»29,75«, las er. »Es ist noch um fünf Strich gesunken. Weiß Gott, der alte Teufel hat recht. Es kommt, und ich will jedenfalls an Bord.«

»Es wird dunkel«, sagte Isaacs beinahe flüsternd.

»Herrgott! Es ist wie auf der Bühne.« Mulhall wandte sich an Grief, indem er auf die Uhr sah. »Zehn Uhr morgens, und die reine Dämmerung. Die Tragödie beginnt. Fehlt nur noch die leise Musik.«

Bevor Grief antworten konnte, wurden Atoll und Haus von einem zweiten Krachen erschüttert. Panikartig brach die Gesellschaft auf. In dem trüben Licht wirkten ihre Gesichter geisterhaft. Isaacs keuchte asthmatisch in der erstickenden Hitze.

»Welche Eile?« kicherte Parlay und betrachtete seine fliehenden Gäste spöttisch. »Trinken Sie doch noch ein Glas, meine Herren!«

Keiner achtete auf ihn. Als sie den mit Muscheln eingefaßten Weg zum Strande hinunterstürmten, steckte er den Kopf zur Tür hinaus und rief ihnen nach: »Vergessen Sie nicht, meine Herren, morgen um zehn Uhr verkauft der alte Parlay seine Perlen.«

III.

Am Strand spielte sich eine merkwürdige Szene ab. Boot auf Boot wurde bemannt und stieß ab. Es war noch dunkler geworden. Die Windstille hielt an, aber der Sand unter ihren Füßen zitterte bei jedem Ansturm des Meeres gegen das Gestade. Narii Herring ging lässig den Strand entlang. Er grinste über die offensichtliche Hast der Kapitäne und Händler. Drei seiner Kanaken und Tai-Hotauri begleiteten ihn.

»Komm ins Boot und nimm einen Riemen«, befahl Kapitän Warfield dem letzteren.

Tai-Hotauri kam gleichmütig angeschlendert, während Narii Herring und seine drei Kanaken an vierzig Schritt entfernt stehenblieben und zusahen. »Ich arbeiten nicht mehr für Sie, Schiffer«, sagte Tai-Hotauri frech und laut. Aber sein Gesichtsausdruck strafte seine Worte Lügen, denn er schnitt furchtbare Grimassen. »Schnauz' mich an«, flüsterte er mit einem zweiten bedeutungsvollen Blick.

Kapitän Warfield verstand den Wink und begann auch, ein bißchen Komödie zu spielen. Er hob die Fäuste und donnerte: »Ins Boot mit dir, oder ich zerbreche dir alle Knochen im Leibe!«

Der Kanake wich knurrend zurück, und Grief versuchte den Kapitän zu beschwichtigen. »Ich wollen auf der Nuhiva arbeiten«, sagte Tai-Hotauri, indem er zu den andern am Strande zurückkehrte.

»Du kommen her«, rief der Kapitän drohend.

»Er ist ein freier Mann, Schiffer«, mischte Narii Herring sich ein. »Er ist früher mit mir gefahren und wird es jetzt wieder tun, das ist alles.«

»Sehen Sie nur, wie dunkel es wird.«

»Kommen Sie, wir müssen an Bord«, drängte Grief. Kapitän Warfield gab nach, als er aber das Boot abstieß, stand er noch einmal auf und drohte mit der Faust nach dem Lande.

»Ich werde noch mit Ihnen abrechnen, Narii«, rief er. »Sie sind der einzige Schiffer hier, der einem andern seine Leute stiehlt.« Er setzte sich und sagte leise: »Jetzt möchte ich nur wissen, was Tai-Hotauri im Sinne hat. Irgendwas hat er vor, aber was?«

IV.

Als das Boot längsseits der Malahini kam, beugte Hermann sich mit ängstlichem Gesicht über die Reling.

»Bald fällt der Boden vom Barometer heraus«, verkündete er. »Es geht los. Ich habe den Steuerbordanker klargemacht.«

»Machen Sie den großen auch klar«, befahl Kapitän Warfield. »Und ihr da, heißt das Boot an Deck und surrt es kieloben fest.«

Auf allen Schonern wurde aus Leibeskräften gearbeitet. Ketten rasselten, und ein Schiff nach dem andern wendete und ließ den zweiten Anker fallen. Wer gleich der Malahini einen dritten Anker besaß, machte auch diesen klar, um ihn fallen zu lassen, sobald man wußte, aus welcher Richtung der Wind kommen würde.

Das Gebrüll der mächtigen Brandung wuchs beständig, aber die Lagune lag immer noch in spiegelnder Glätte da. An der Stelle, wo das große Haus Parlays auf dem Strand emporragte, zeigte sich kein Lebenszeichen. Bootshäuser, Kopraschuppen und die Speicher, in denen die Muschelschalen lagerten, waren verödet.

»Ich möchte am liebsten die Anker lichten und losfahren«, sagte Grief. »Wenn wir hier das offene Meer hätten, würde ich es bestimmt tun. Aber durch die Atollenkette im Norden und Osten sind wir ganz eingeklemmt. Hier sind wir immer noch besser dran. Was meinen Sie, Kapitän Warfield?«

»Ich bin ganz einig mit Ihnen, wenn die Lagune auch kein Mühlteich und es nicht angenehm ist, den Sturm auf ihr vor Anker abzureiten. Ich bin gespannt, woher er wehen wird. – Hallo! Da geht einer von Parlays Kopraschuppen hin.«

Sie konnten sehen, wie der grasgedeckte Schuppen sich hob und dann zusammenstürzte, während eine schäumende Gischtmasse über den Strand hinweg in die Lagune fegte.

»Quer rübergegangen!« rief Mulhall. »Für den Anfang recht nett. Da kommt es wieder!«

Die Reste des Schuppens wurden hochgehoben und auf den Strand geschleudert. Eine dritte See zerschlug sie ganz, und die Trümmer wurden in die Lagune gespült.

»Wenn es doch nur wehen möchte, dann wird es vielleicht etwas kühler«, brummte Hermann. »Ich kann kaum noch atmen. Es ist ja der reine Backofen.«

Mit seinem schweren Messer hieb er eine Kokosnuß auf und trank sie aus. Die andern folgten seinem Beispiel, hielten aber inne, als sie sahen, wie Parlays Muschelschuppen zusammenstürzte. Das Barometer zeigte jetzt 29,50.

»Wir müssen dem Mittelpunkt des Minimums ziemlich nahe sein«, bemerkte Grief heiter. »Ich bin noch nie im Zentrum eines Wirbelsturms gewesen. Es wird auch für Sie etwas Neues sein, Mulhall. Nach der Schnelligkeit zu urteilen, mit der das Barometer fällt, muß es ein mächtiger Orkan sein.«

Kapitän Warfield stöhnte, und alle Augen richteten sich auf ihn. Er hielt das Glas vor das Auge und blickte nach Südost über die Lagune.

»Da kommt er«, sagte er ruhig.

Man brauchte kein Glas, um es zu sehen. Es war, als würde eine merkwürdig geprickelte Haut über die Lagune hinweggezogen. Daneben bogen sich die Kokospalmen, während die Wedel wild flatterten. Die Grenze des Windes zeichnete sich als ein gerader Streifen sturmgepeitschten, dunklen Wassers ab. Davor kamen wie Plänklertruppen einzelne scharfe Windstöße. Hinterher folgte eine breite Zone glasiger Stille. Dann kam ein zweiter dunkler Sturmstreifen, und dahinter war die Lagune eine einzige weißschäumende Masse siedenden Wassers.

»Was bedeutet dieser völlig ruhige Streifen?« fragte Mulhall.

»Windstille«, antwortete Kapitän Warfield.

»Aber er treibt ja ebenso schnell wie der Wind«, wandte der andre ein.

»Das muß er; wenn er eingeholt würde, wäre es ja keine Windstille mehr. Das nennt man einen Doppeldecker. Ich sah einmal eine Bö ganz wie diese vor Hawai. Einen richtigen Doppeldecker. Die traf uns. Bums! Dann kam eine Weile

nichts, und dann wurden wir wieder getroffen. – Schnell dort
– festhalten! Jetzt ist sie über uns. Seht die Roberta!«

Die Roberta, die vor schlaffen Ketten dem Winde am
nächsten lag, wurde quer getroffen und wie ein Strohhalm
weggefegt. Dann gab es einen Ruck an den Ketten, und mit
einem Sprung lag das Schiff mit dem Bug im Winde. Schiff
auf Schiff – die Malahini wie die andern – wurde getroffen,
fortgerissen und von den gestrafften Ketten gehalten. Mulhall
und mehrere Kanaken wurden durch den scharfen Ruck
umgeworfen.

Dann kam die Windstille. Die fliegende Zone hatte sie erreicht. Grief zündete sich eine Zigarette an, und das Streichholz brannte ungeschützt, ohne daß die Flamme in der stillen
Luft flackerte. Ein düstres Zwielicht herrschte. Die Wolken
hatten sich Stunde um Stunde tiefer herabgesenkt und schienen jetzt ganz auf dem Meere zu ruhen.

Die Roberta zerrte an ihren Ketten, als die Vorläufer des
zweiten Sturmstreifens sie erreichten, und ebenso wurden
auch die andern Schoner in rascher Folge wieder vom Sturm
getroffen. Die See wallte, und aus dem kochenden Gischt
sprühten kleine Spritzer auf. Das Deck der Malahini zitterte
unter den Füßen der Männer. Die gestrafften Falle schlugen
einen Zapfenstreich gegen die Masten, und das ganze Tauwerk trommelte wild, wie von mächtiger Hand gerührt. Es
war unmöglich, das Gesicht gegen den Wind zu kehren und
zu atmen. Mulhall, der mit den andern Schutz hinter der
Kajüte gesucht hatte, tat es einmal, aber die Luft wurde ihm
mit solcher Gewalt in die Lungen getrieben, daß er fast er-
stickte, ehe er den Kopf wegdrehen konnte. »Es ist unglaublich«, schnappte er, aber keiner hörte ihn.

Hermann und einige von den Kanaken krochen auf Händen und Füßen nach vorn, um den dritten Anker fallen zu
lassen. Grief berührte Kapitän Warfield an der Schulter und
zeigte auf die Roberta. Das Schiff trieb auf sie zu. Warfield
legte seinen Mund an Griefs Ohr und brüllte: »Wir treiben
auch.« Grief sprang ans Rad und drehte es hart herum, so daß
die Malahini nach Backbord herumschwang. Der dritte Anker
faßte Grund, und die Roberta flog, das Heck voran, einige

Dutzend Schritte entfernt vorbei. Sie winkten Peter Gee und Kapitän Robinson zu, der mit einer Anzahl Matrosen vorn arbeitete.

»Er schlägt die Schäkel heraus!« rief Grief. »Er will versuchen, die Durchfahrt zu forcieren. Das eine ist so gut wie das andre. Die Anker schleifen ja.«

»Wir halten uns im Augenblick!« lautete die Antwort. »Da rennt die Cactus auf die Misi! Die sind erledigt!«

Die Misi hatte sich bis jetzt gehalten, aber der Druck der Cactus war zuviel für sie, sie riß sich los, und die beiden ineinander verstrickten Schiffe trieben fort über den kochenden Gischt. Man konnte sehen, wie die Besatzungen der Schiffe sich abmühten, um klarzukommen.

Die Roberta, die ihre Anker gekappt und ein kleines Stück Leinwand vorn gesetzt hatte, hielt jetzt auf die Durchfahrt am nordwestlichen Ende der Lagune zu. Sie sahen, wie es ihr gelang, und wie sie auf die See hinaustrieb. Die Misi und Cactus jedoch, die nicht voneinander loskommen konnten, strandeten eine halbe Meile vor der Durchfahrt auf dem Atollring.

Der Wind wuchs und wuchs. Dem Anprall zu widerstehen, erforderte die ganze Kraft eines starken Mannes, und ein paar Minuten auf Deck gegen den Wind anzukriechen, ermattete einen bis zu völliger Erschöpfung. Hermann und seine Kanaken plackten sich unverdrossen, um alles festzumachen und die Segel zu beschlagen. Der Wind zerrte an ihren dünnen Hemden und riß sie ihnen in Fetzen vom Leibe. Sie bewegten sich nur langsam, als wären ihre Körper Tonnengewichte, und ließen nie einen Halt los, ehe sie einen neuen gefunden hatten. Lose Enden standen wagerecht in der Luft, und wenn der Wind neu einsetzte, wurden sie zerfetzt und fortgewirbelt.

Mulhall stieß hin und wieder einen andern an und zeigte auf die Küste. Die Grasschuppen waren verschwunden, und Parlays Haus wankte wie trunken. Da der Wind der Länge nach über das Atoll wehte, war das Haus durch die meilenweiten Strecken von Kokospalmen geschützt. Aber die ungeheuren Seen, die jetzt über die Insel brachen, unterminierten und zertrümmerten es allmählich. Es stand schon ganz schief auf dem Sandhang, und seine Vernichtung war nur noch eine Frage der Zeit. Hier und dort hatten sich Menschen in den Kokospalmen festgebunden. Die Bäume schwankten nicht hin und her. Der unveränderliche Winddruck hielt sie dauernd in derselben gebeugten Lage, aber sie vibrierten furchtbar. Auf dem Sande zischte der weiße Schaum der Brecher.

Die großen Wogen jagten der Länge nach durch die Lagune. Die zehn Seemeilen lange Strecke ließ ihnen reichlich Platz, sich auszutoben, und die Schoner stampften und bockten wild. Die Malahini begann mit Bug und Heck zu tauchen, und zuweilen brach das Wasser mittschiffs über die Reling.

»Jetzt wird's Zeit für Ihren Motor«, brüllte Grief, und Kapitän Warfield kroch zum Maschinisten und schrie ihm seine Befehle hinunter.

Sobald die Maschine mit voller Kraft arbeitete, ging es besser. Wenn die Malahini auch fortgesetzt Sturzseen übernahm, zerrte sie doch nicht mehr so heftig an ihren Ankern. Immerhin wurden die Ketten noch nicht schlaff. Alles, was die vierzig Pferdestärken vermochten, war eine Verringerung des Druckes.

Immer noch wuchs der Wind. Die kleine Nuhiva, die neben der Malahini, aber näher am Lande lag, hatte es schwer. Sie wurde so oft und so tief von den Seen begraben, daß man sich wunderte, sie immer wieder auftauchen zu sehen. Um drei Uhr nachmittags wurde sie, ehe sie sich wieder aufrichten konnte, von einer zweiten Sturzsee begraben und kam nicht wieder hoch. Mulhall blickte Grief an.

»Luken eingeschlagen«, brüllte Grief als Antwort. Kapitän Warfield wies auf die Winifred, einen kleinen Schoner, der auf ihrer andern Seite auf und nieder tauchte, und rief Grief etwas ins Ohr. Seine Stimme kam stoßweise mit Zwischenräumen, in denen der Wind den Klang forttrug.

»Morscher, kleiner Kasten ... Die Anker halten ... Aber daß sie noch nicht auseinanderbricht ... Alt wie die Arche Noah ...«

Eine Stunde später machte Hermann sie wieder auf die Winifred aufmerksam. Vorschiffsbeting, Fockmast und der größte Teil des Buges waren fort, vom Zerren der Anker weggerissen. Sie schwang sich quer in den Wind, stürzte in ein Wellental, kam mit der Spitze wieder hoch und wurde in dieser Lage fortgeschwemmt.

Jetzt waren es noch fünf Schiffe, und von ihnen war die Malahini die einzige, die einen Motor besaß. Aus Furcht, das Geschick der Nuhiva und der Winifred zu teilen, folgten zwei dem Beispiel der Roberta, schlugen die Ankerschäkel heraus und hielten auf die Durchfahrt zu. Die Dolly kam zuerst, aber ihr bißchen Leinwand wurde weggerissen, und sie endete auf dem Korallenriff neben der Misi und der Cactus. Ihr Beispiel schreckte die Noana nicht ab; sie kappte die Anker und erlitt dasselbe Schicksal.

»Einen braven Motor haben wir«, brüllte Kapitän Warfield Grief ins Ohr.

Grief schüttelte seinem Kapitän die Hand. »Er macht sich bezahlt«, schrie er zurück. »Der Wind dreht sich nach Süden, dann wird es besser für uns.« Langsam, aber sicher, mit zunehmender Heftigkeit, drehte sich der Wind nach Süd und Südwest, bis die drei übriggebliebenen Schoner mit dem Bug direkt auf die Küste zeigten. Das Wrack von Parlays Haus wurde hochgehoben, auf die Lagune geschleudert und regnete in Splittern auf sie herab. Ein großes Trümmerstück flog über die Malahini hinweg und stürzte krachend auf die Papara, die eine Viertelmeile weiter achtern lag. Nach einer Viertelstunde hatte sich der Schoner von dem ungebetenen Gast befreit, aber Fockmast und Klüverbaum waren dahin. Näher am Lande, backbord von der Malahini, lag die Tahaa, schlank und feingeschnitten wie eine Jacht, aber übertakelt. Ihre Anker hielten noch. Da aber der Kapitän kein Anzeichen spürte, daß der Sturm nachließ, ging er daran, den Druck zu verringern, indem er die Masten kappte.

»Wirklich, einen braven Motor haben wir«, beglückwünschte Grief seinen Schiffer. »Der rettet noch unsre Hölzer.«

Zweifelnd schüttelte Kapitän Warfield den Kopf. In der Lagune war die See mit dem Umschlagen des Windes ruhiger geworden, dafür machte sich aber das Tosen des Meeres

bemerkbar, das immer heftiger über den Atollring hinweg-
brach. Es standen nicht mehr viele Bäume. Einige waren
abgebrochen, andere entwurzelt. Ein Baum wurde mit drei
Menschen, die sich an ihm festgeklammert hatten, in die
Lagune gewirbelt. Zwei lösten sich von ihm und schwammen
auf die Tahaa zu. Kurz darauf sahen sie einen von ihnen vom
Achterdeck der Tahaa über Bord springen und sich durch den
weißen Gischt nach der Malahini durchkämpfen.

»Das ist Tai-Hotauri«, erklärte Grief. »Jetzt werden wir
etwas hören.«

Der Kanake ergriff das Bugspriet, kletterte herauf und
kroch nach achtern. Man ließ ihm Zeit, zu sich zu kommen,
und im Schutz der Kajüte erzählte er dann abgebrochen seine
Geschichte.

»Narii ... verdammter Räuber ... Er möchten stehlen ...
Perlen ... Parlay töten ... ein Mann Parlay töten ... keiner wis-
sen, welcher ... Drei Kanaken, Narii, mich ... Fünf Bohnen ...
Hut ... Narii sagen: eine Bohne schwarz ... Keiner wissen ...
Parlay töten ... Narii verdammter Lügner ... Alle Bohnen
schwarz ... Fünf schwarz ... Kopraschuppen dunkel ... Jeder
kriegen schwarze Bohne. Großer Wind kommen ... Keine
Möglichkeit ... Alle klettern auf Baum ... Kein Glück diese
Perlen, ich sagen euch vorher ... Kein Glück.«

»Wo ist Parlay?« brüllte Grief.

»Auf Baum ... Drei von seinen Kanaken selber Baum.
Narii und ein Kanake ander Baum ... Mein Baum wehen zur
Hölle, dann ich kommen an Bord.«

»Wo sind die Perlen?«

»Auf Baum bei Parlay. Vielleicht Narii kriegen die Perlen
doch.«

Von einem Ohr ins andre ließ Grief Tai-Hotauris Geschichte weitergehen. Kapitän Warfield war besonders aufgebracht, er knirschte förmlich mit den Zähnen.

Hermann ging nach unten und kam mit einer Laterne
wieder; sobald er sie aber über die Luke hob, blies der Wind
sie aus. Mehr Glück hatte er mit der Nachthauslampe, die
nach vielen vergeblichen Versuchen angezündet werden
konnte.

»Recht windige Nacht!« schrie Grief Mulhall ins Ohr. »Und dabei weht es immer ärger.«

»Wie arg?«

»Hundert Meilen die Stunde ... zweihundert ... was weiß ich ... schlimmer, als ich es je erlebt habe.«

Die Lagune wurde immer erregter durch die Brecher, die über den Atollring hinwegstürzten. Auf Hunderte von Meilen wurde das Meer durch den Orkan aufgepeitscht, und der mildernde Einfluß der Ebbe erwies sich als völlig machtlos. Als dann die Flut wieder einsetzte, wuchsen die Wogen noch. Mond und Wind vereinigten sich, um die Südsee auf das Atoll Hikihoho zu türmen.

Kapitän Warfield kehrte von einem seiner regelmäßigen Besuche im Maschinenraum zurück und brachte die Nachricht, daß der Maschinist ohnmächtig geworden sei.

»Wir müssen den Motor in Gang halten«, schloß er hilflos.

»Schön«, sagte Grief. »Schaffen Sie den Mann an Deck, ich werde ihn ablösen.«

Die Luke zum Maschinenraum war fest verschalt, so daß man nur durch einen ganz engen Gang von der Kajüte aus hingelangen konnte. Die Hitze und der Gasdunst waren unerträglich. Grief warf einen hastigen, untersuchenden Blick auf Motor und Zubehör und blies die Öllampe aus. Dann arbeitete er im Dunkeln, das nur erhellt wurde durch das Glimmen der endlosen Zigarren, die er sich immer wieder aus der Kajüte holte. Trotz seines Gleichmuts begann ihn das Gefühl zu bedrücken, mit diesem mechanischen Ungetüm eingesperrt zu sein, das in der kreischenden Finsternis fauchte und stöhnte. Nackt bis zum Gürtel, mit Fett und Öl bedeckt, durch das Stampfen des Schiffes zerschrammt und zerschlagen, halb betäubt von dem Gas, das er einatmen mußte, arbeitete er Stunde auf Stunde, indem er jeden Teil des Motors streichelte, segnete und verfluchte. Die Zündung begann zu versagen, die Zufuhr wurde unregelmäßig, und das schlimmste war, daß die Zylinder heiß wurden. Sie berieten sich in der Kajüte, und der Maschinist flehte und bettelte, den Motor eine halbe Stunde aussetzen zu lassen, damit er sich abkühlen und die Wasserzufuhr geregelt werden könnte. Kapitän Warfield war dagegen.

Der Maschinist schwor, daß die Maschine einfach verdorben würde und dann von selber stehenbleiben werde und nicht wieder in Gang zu bringen sei. Grief schrie sie beide mit funkelnden Augen, schmierig und zerschlagen, an, schimpfte und erteilte Befehl auf Befehl. Mulhall, der Superkargo und Hermann wurden eingestellt und mußten in der Kajüte das Gasolin doppelt und dreifach filtrieren. In den Fußboden des Maschinenraums wurde ein Loch gehauen, und ein Kanake mußte Bodenwasser über die Zylinder schöpfen, während Grief alle sich reibenden Teile immer wieder mit Öl übergoß.

»Ahnte nicht, daß Sie auch auf dem Gebiet Fachmann sind«, sagte Kapitän Warfield bewundernd, als Grief in die Kajüte trat, um in der etwas reineren Luft Atem zu schöpfen.

»Ich bade in Gasolin«, knurrte Grief. »Ich saufe Gasolin.«

Was er sonst noch mit Gasolin machte, erfuhr man nie, denn im selben Augenblick wurden alle nebst dem Gasolin gegen die Wand geschmettert, während die Malahini plötzlich tief tauchte. Einige Minuten rollten sie, unfähig, sich aufzurichten, auf dem Boden umher und schlugen von einer Wand an die andre. Der Schoner, der von drei mächtigen Seen getroffen war, ächzte, stöhnte und zitterte unter dem Gewicht der Wassermassen auf seinem Deck. Dann kroch Grief zum Motor, während Kapitän Warfield eine günstige Gelegenheit wahrnahm und die Treppe hinauf an Deck kroch.

Nach einer halben Stunde kam er wieder.

»Das Boot ist weg«, berichtete er. »Die Kombüse ist weg! Alles ist weg außer den Luken. Und wenn wir den Motor nicht gehabt hätten, wären wir selber auch weg. Arbeiten Sie ja weiter.«

Um Mitternacht waren Lunge und Kopf des Maschinisten so weit von den Gasdämpfen befreit, daß er Grief ablösen konnte, der sich an Deck begab, um selbst Lunge und Kopf klar zu bekommen. Er trat zu den andern, die sich hinter der Kajüte verkrochen und festgesurrt hatten. Auch die Kanaken hatten sich hier zusammengedrängt. Einige waren zwar auf Aufforderung des Kapitäns in die Kajüte gegangen, aber durch den Dunst wieder vertrieben worden. Immer wieder tauchte die Malahini, und was sie atmeten, war ein Gemisch aus Luft, Wasser und Gischt.

»Jetzt haben Sie auch mal ein tüchtiges Wetter kennengelernt«, rief Grief seinem Gast einmal zu, als sie auftauchten.

Mulhall, der keuchend nach Atem rang, konnte nur nicken. Die Speigatten reichten nicht aus für die Wassermassen, die das Schiff übernahm. Sie mußten beim Rollen des Schiffes über die Reling abfließen, und wenn das Schiff den Bug himmelwärts kehrte, stürzten sie als Wasserfall, alles mit sich fortreißend, nach achtern. Mulhall sah eine Gestalt und machte Grief darauf aufmerksam. Es war Narii Herring, der durch den Lichtkreis der Nachthauslampe kroch. Er war ganz nackt außer seinem Gurt und einem blanken Messer darin.

Kapitän Warfield band sich los und kroch über die andern hinweg zu ihm. Als sein Gesicht in den Schein der Lampe kam, sah man, daß es von Wut verzerrt war. Man sah, daß er sprach, daß der Wind seine Worte fortriß. Er wollte nicht die Lippen an Nariis Ohr legen. Statt dessen wies er auf die Reling. Narii Herring verstand. Seine Zähne entblößten sich in einem höhnischen Grinsen, und er richtete seinen prächtigen Körper auf.

»Das ist Mord«, schrie Mulhall Grief zu.

»Er wollte den alten Parlay ermorden«, schrie Grief zurück.

Die Back war in diesem Augenblick frei von Wasser, und die Malahini hatte sich aufgerichtet. Narii versuchte stolz, zur Reling zu gehen, wurde aber niedergeworfen. Da kroch er fort und verschwand in der Dunkelheit. Keiner zweifelte, daß er über Bord gesprungen war. Die Malahini tauchte tief, und als sie wieder hochkam, rief Grief Mulhall ins Ohr: »Dem geschieht nichts. Er heißt nicht umsonst der Fischmensch von Tahiti. Er wird über die Lagune schwimmen und drüben landen, wenn noch etwas vom Atoll übriggeblieben ist.«

Als sie fünf Minuten später wieder einmal auftauchten, ergoß sich eine wirre Masse menschlicher Körper vom Kajütsdach auf sie. Sie packten sie und hielten sie fest, bis das Wasser abgelaufen war. Dann brachten sie sie in die Kajüte, um ihre Identität feststellen zu können. Es waren der alte Parlay, der mit geschlossenen Augen unbeweglich auf dem Rücken lag, und zwei seiner eingeborenen Verwandten. Alle drei waren nackt und blutig. Dem einen Kanaken hing der Arm hilflos und gebrochen herab. Der andre blutete stark aus einer schrecklichen Kopfwunde.

»Hat Narii das getan?« fragte Mulhall hastig.

Grief schüttelte den Kopf. »Es kommt daher, daß sie auf das Deck und die Kajüte geschmettert wurden.«

Plötzlich trat ein Stillstand ein, der ein Gefühl von schwindelnder Angst in allen erzeugte. Es war schwer zu glauben, daß es nicht wehte. Aber wie durch einen Schwerthieb war der Sturm abgehackt. Der Schoner rollte und stampfte und zerrte an seinen Ankerketten, was man jetzt zum erstenmal hören konnte. Auch das Plätschern des Wassers über das Deck war jetzt vernehmbar. Der Maschinist stellte den Motor ab.

»Wir sind im toten Zentrum«, sagte Grief. »Aber es dauert nicht lange, dann wird es gerade so schlimm wie zuvor.« Er blickte auf das Barometer. »29,32« las er.

Er hatte sich in dem stundenlangen Tosen so an das Schreien gewöhnt, daß es ihm jetzt unmöglich war, leise zu sprechen; seine Stimme gellte in den Ohren der andern.

»Alle Rippen sind gebrochen«, sagte der Superkargo und ließ seine Hand an Parlays Seite entlanggleiten. »Er atmet noch, aber es geht mit ihm zu Ende.«

Der alte Parlay stöhnte, bewegte kraftlos einen Arm und öffnete die Augen. Er schien sie zu erkennen.

»Meine Herren«, flüsterte er mit ganz gebrochener Stimme. »Vergessen Sie nicht ... die Auktion ... zehn Uhr ... in der Hölle!«

Seine Augen schlossen sich, die Kinnlade drohte herabzufallen, aber er widerstand dem Tode noch lange genug, um ein letztes lautes, höhnisches Kichern auszustoßen.

Oben und unten brach jetzt wieder die Hölle los, das wohlbekannte Brüllen des Windes umtoste sie. Die Malahini wurde quer getroffen und, während sie vor den Ankern herumschwang, fast bis zu den Mastspitzen niedergepreßt. Dann bekamen sie das Schiff in den Wind, und es richtete sich auf.

Der Motor wurde in Gang gesetzt und nahm nun seine Arbeit wieder auf.

»Nordwest!« schrie Kapitän Warfield Grief zu, als er an Deck kam.

»Dann kommt Narii nie über die Lagune!« meinte Grief.

»Er wird wieder zu uns zurückgeweht – Pech.«

V.

Nachdem sie das Zentrum durchschritten hatten, begann das Barometer zu steigen, und gleichzeitig fiel der Wind. Als er nur noch ein gewöhnlicher Sturm war, hob der Motor sich plötzlich, löste sich mit einer letzten Anstrengung seiner vierzig Pferdekräfte von den Bodenplatten und legte sich auf die Seite. Ein Sturz Bodenwasser ergoß sich zischend über ihn, und Dampfwolken quollen hoch. Der Maschinist jammerte über das Unglück, aber Grief warf einen zärtlichen Blick auf die Trümmer und ging in seine Kabine, um sich Brust und Arme mit Twist abzuschrubben.

Die Sonne kam hervor, und als Grief, nachdem er die Kopfwunde des einen Kanaken vernäht und den Arm des andern geschient hatte, wieder an Deck trat, wehte das sanfteste Sommerlüftchen. Die Malahini lag dicht am Lande. Vorn war Hermann mit der Mannschaft dabei, einzuhieven und die Ankerketten zu entwirren. Die Papara und die Tahaa waren verschwunden, und Kapitän Warfield suchte die andre Seite des Atolls mit dem Glas ab. »Nicht ein Nagel ist von ihnen übriggeblieben«, sagte er. »Das kommt davon, wenn man keinen Motor hat. Sie müssen abgetrieben sein, ehe der Umschwung kam.«

An der Stelle, wo Parlays Haus gestanden hatte, war keine Spur mehr davon zu sehen. Auf dreihundert Schritt hatte die tobende See weder Baum noch Stumpf stehengelassen. Weiter fort stand noch hie und da eine Palme, und unzählige waren dicht über dem Boden abgebrochen. In der Krone einer stehengebliebenen Palme behauptete Tai-Hotauri etwas sich regen zu sehen. Da die Malahini kein Boot mehr hatte, schwamm er an Land, und sie sahen, wie er in den Baum kletterte.

Als er wiederkam, brachte er ein eingeborenes Mädchen mit, das zu Parlays Haushalt gehört hatte. Bevor man ihr über die Reling half, reichte sie einen Korb hinauf. Darin lag ein Wurf blinder Kätzchen. Alle waren tot außer einem, das schwach miaute und unsicher auf den Füßen schwankte.

»Hallo!« rief Mulhall. »Wer ist das?«

Am Strande sahen sie einen Mann gehen. Er bewegte sich so gemächlich, als befände er sich auf seinem Morgenspaziergang. Kapitän Warfield knirschte mit den Zähnen. Es war Narii Herring.

»Hallo, Schiffer!« rief Narii, als er in Rufweite war. »Kann ich an Bord kommen und etwas Frühstück kriegen?«

Kapitän Warfields Gesicht und Hals begannen anzuschwellen und sich dunkelrot zu färben. Er versuchte zu sprechen, konnte aber nur würgen. »Da soll aber auch – —« war alles, was er herausbringen konnte.